化け札
関連地図
善光寺
千曲川
草津
沼田城
川中島
海津城
菅平
羽根尾城
鎌原郷
鎌原館
丸岩山
丸岩城
岩櫃城
吾妻川
上野吾妻
榛名山
鳥居峠
鍋蓋山
浅間山
太郎山
真田郷
虚空蔵山城
戸石城
上田原
上田城
矢沢砦
神川
信濃小県
禰津下ノ城
碓氷峠
厩橋城
箕輪城
上野
丸子城
芦田城
小諸城
信濃佐久
望月城
岩尾城
大井城
内山城
千曲川
鹿曲川
松本城（深志城）
信濃
三澤小屋
八ケ岳
神流川
信濃諏訪
諏訪湖
高島城
武蔵
信濃伊那
高遠城
若神子城
新府城
木曾谷
躑躅ケ崎館
0 10 20 30km
ヨコ方向
北
甲斐
甲斐府中
駿河

1576~78年
織田信長の領土
織田領土のうち、羽柴秀吉の支配地域
織田領土のうち、柴田勝家の支配地域
北
能登
春日山城
越後
上杉景勝
蘆名盛氏
岩代
磐城
越中
加賀
宇都宮広綱
真田昌幸
上野
下野
戸石城
一向一揆
飛騨
姉小路頼綱
信濃
武田勝頼
越前
北庄城
木曽福島城
柴田勝家
郡上八幡
若神子城
新府城
武蔵
甲斐
躑躅ヶ崎館
岩殿山城
北条氏政
若狭
織田
美濃
羽柴秀吉
大垣城
犬山城
小牧山城
相模
小田原城
駿河
丹波
安土城
清洲城
長久手
三河
近江
駿府城
山城
尾張
岡崎城
三河長篠
徳川家康
伊豆
遠江
駿河田中城
伊賀国人衆
高天神城
浜松城
伊賀
伊勢

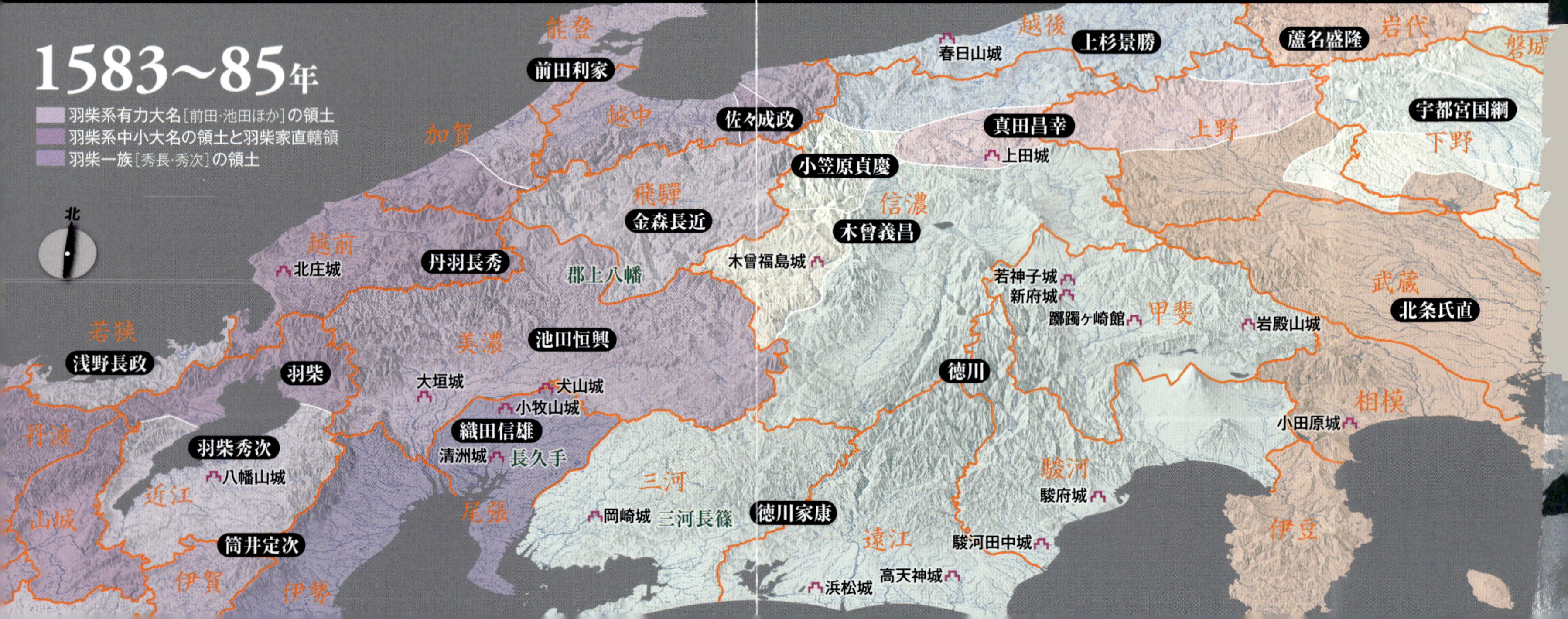
1583~85年
羽柴系有力大名［前田・池田ほか］の領土
羽柴系中小大名の領土と羽柴家直轄領
羽柴一族［秀長・秀次］の領土
北
能登
前田利家
春日山城
越後
上杉景勝
蘆名盛隆
岩代
磐城
越中
佐々成政
加賀
真田昌幸
上野
宇都宮国綱
下野
上田城
小笠原貞慶
飛騨
金森長近
信濃
越前
木曽義昌
北庄城
丹羽長秀
木曽福島城
郡上八幡
若神子城
新府城
武蔵
躑躅ヶ崎館
甲斐
岩殿山城
北条氏直
若狭
美濃
池田恒興
浅野長政
羽柴
徳川
大垣城
犬山城
小牧山城
相模
小田原城
丹波
織田信雄
羽柴秀次
清洲城
長久手
駿河
八幡山城
近江
三河
駿府城
山城
尾張
岡崎城
三河長篠
徳川家康
伊豆
遠江
駿河田中城
筒井定次
高天神城
伊賀
浜松城
伊勢

目次

装丁　篠田直樹（bright light）
装画　竹田嘉文
地図　ジェイ・マップ

化け札

第一部　天正壬午《てんしょうじんご》の乱

一　変人の正義

新春一月十日だが、およそ長閑《のどか》な風はない。甲斐《かい》を囲む山々からの寒風ゆえか。或いは、と昌《まさ》幸《ゆき》は思った。武田《たけだ》家が置かれた状況ゆえ、なのかも知れぬ。

武田本城・躑躅《つつじ》ヶ崎館《さきやかた》の北西には重臣の屋敷が建ち並んでいる。板塀を用いたもの、手入れされた生垣で囲われたもの、それらの間の路地に馬を進め、城の西から南へと廻《まわ》った。東南の馬出しに至ると堀や土塁が途切れている。そこを通って大手門の手前で下馬し、供を務める横谷左《よこたにさ》近《こん》に手綱《たづな》を渡して門衛に呼ばわった。

「真田安房守《さなだあわのかみ》昌幸、お召しに従い参上」

一応は名乗るが、この館で昌幸を知らぬ者などいない。今でこそ信濃《しなの》国小県《ちいさがた》郡の本領・真田郷で過ごし、また武田の上野《こうずけ》領を預かる身であるが、七歳で人質に寄越されてからの大半をここで過ごしたのだ。見知った門衛たちが「ようこそ」と一礼した。もっとも、彼らの面持ちは晴れない。六年前、三河《みかわ》国長篠《ながしの》で織田信長《おだのぶなが》・徳川家康《とくがわいえやす》との戦いに敗れて以来、ずっとこうである。

大手門を過ぎて半町（一町は約一〇九メートル）ほど奥の本殿を眺め、昌幸は思った。

武田は本国の甲斐を中心に北西の信濃、北の上野、南の駿河《するが》から遠江《とおとうみ》に及ぶ領を持つ大国である。だが、その実は苦しい。今や駿河は徳川に、信濃は織田に圧迫されていた。

本殿に入り、南西に向いた広間に到着する。既に皆が集まり、中央を開けて向かい合わせに座っていた。主座に向かって左側の筆頭は岩殿《いわとの》城代・小山田信茂《おやまだのぶしげ》である。その下座には海津《かいづ》城代の高坂昌元《こうさかまさもと》が座っていた。右側には上座から、当主・勝頼《かつより》の叔父に当たる武田信廉《のぶかど》、同じく従弟の武田信豊《のぶとよ》、一門衆の穴山信君《あなやまのぶきみ》、そして勝頼側近の長坂釣閑斎《ながさかちょうかんさい》が列席していた。

向かって左手の末席に着くと、左隣の高坂がこちらを向いた。

人質として武田に仕えて以来、高坂の先代・弾正昌信《だんじょうまさのぶ》は何くれとなく世話を焼いてくれた。昌幸にとって一方の大恩人である。その子――この高坂昌元とも長い付き合いゆえ、親しくはあった。

「しばらくだな」

「ええ」

高坂の小声に応じ、こちらも静かに返す。何とも短い挨拶であった。

親しいということと、友であるということは異なると、昌幸は思う。友とは、互いを高め合うことができる間柄のことだ。

（こう言っては不遜《ふそん》だが）

高坂は父の弾正に比べて多分に物足りなく映る。

他を見ても大同小異と思えてならない。評定衆《ひょうじょうしゅう》の重臣もめっきり少なくなり、しかもずいぶん小粒になった。武田家先代・信玄《しんげん》以来の猛将や智将は多くが長篠で討ち死にしていた。昌幸の二人の兄も同様である。討ち死には戦場の常とはいえ、寂しさを禁じ得ない。

国は大なれど人は少なく、さながら今の武田は張子《はりこ》の虎か。唇の間を滑らせるようにため息をついた。その様を見て、武田信廉は何か勘違いしたらしい。半ば窘《たしな》め、半ば労《いた》わるような声をかけた。

「信蕃《のぶしげ》は来ないぞ」

依田《よだ》信蕃について言われ、昌幸は笑みを作って応じた。

「心得ております」

ひとつ年下の依田こそ、昌幸が真に友と認める相手であった。二人は長年に亘《わた》って働きを認め合い、互いに「この男に負けぬように」と励《はげ》んできた。

依田は遠江にあり、岡部元信《おかべもとのぶ》の下で高天神《たかてんじん》城番の任に就いている。だが昨年末から徳川家康の兵に包囲され、兵糧攻めに遭《あ》っていた。評定だとて甲斐に戻れるはずもない。いつの日か、この籠城《ろうじょう》戦を笑って語れる日が来れば良いのだが。

思ううちに、武田勝頼が広間に入った。評定の面々が揃って頭を垂れる中、せかせかとした足音が進み、主座にどさりと腰を下ろす。

「皆々、面を上げい」

一同が平伏を解くと、勝頼は開口一番に切り出した。

「躑躅ヶ崎に替わる城を築く」

武田信豊が驚いた風に声を上げた。

「お待ちあれ。三代続いたこの館を捨てると仰せか」

これに続き、小山田信茂が言いにくそうに口を開いた。

「昨今は戦続きで……この上の負担は、いささか」

勝頼は左右をじろりと睨み据えて返した。

「徳川との戦いは旗色悪く、高天神の救援も儘《まま》ならん。遠からず、駿河も東西から挟み撃ちとなろう。然《しか》らば、遠江・駿河で時を稼ぐと考えるべし。その間に甲斐を固めるのだ」

正面筆頭の武田信廉が目を伏せた。左隣の高坂を見れば、口を真一文字に結んでいる。昌幸は俯《うつむ》き加減の顔の中で眼差しだけを勝頼に向けた。

「高天神のこと、それがしが兵糧を入れに赴きましょうや」

だが、即座に「ならん」と返された。

「其方《そのほう》に上野を任せておる理由が、分からん訳でもあるまい」

そう言われて口を噤《つぐ》む。しばしの沈黙が流れた。

長篠で大敗した後、武田の外交は迷走したと言わざるを得ない。三年前の三月、越後《えちご》の上杉謙《うえすぎけん》信《しん》が没したことが発端である。世子《せいし》を定めぬままの急逝《きゅうせい》に、謙信の甥・景勝《かげかつ》と、北条《ほうじょう》家からの人質・景虎《かげとら》、二人の養子の間に家督《かとく》争いが起こった。武田は当初、北条と共に景虎を支援していたが、景勝から和睦《わぼく》の申し入れがあると盟約を結び、調停を図るようになった。

その調停に失敗した。越後の争いはいったん終息するも、勝頼が甲斐に戻るとすぐ再燃し、上杉景虎はそれから半年ほどで落命するに至った。北条と疎遠になり、ついに手切れとなったのも当然の帰結である。

以後、武田は上野で北条と争い、昌幸はその指揮を任されていた。不利な高天神に力を割くよりも、反北条勢が多く有利な上野を重んじよ——勝頼の言には一理ある。朋友・依田を思う気持ちはあれど、何を返せるでもない。

「然《しか》らば」

長坂釣閑斎が沈黙を破った。六十過ぎの剃髪《ていはつ》した細面から、穏やかな声音が渡る。

「新城の普請《ふしん》、早急に縄張りを。賦役《ふえき》番も決めねばなりませぬ」

勝頼は力強く頷《うなず》いた。

「追って沙汰《さた》する。各々《おのおの》屋敷にて待機せよ」

それだけ言うと勝頼は座を立ち、来た時と同じように忙《せわ》しなく去った。形こそ評定であれ、実のところは一方的な通達であった。

主君がいなくなると皆が重そうに腰を上げた。まず高坂が「これにて」と広間を辞し、次いで穴山信君、武田信廉が立ち去る。昌幸も座したまま軽く頭を下げた。

「それがしも」

立ち上がりかけたところで小山田が声をかけた。

「それで良いのか」

昌幸は動きを止めた。

「仰《おお》せの意味が分かりませぬが」

これに応じたのは、小山田ではなく長坂であった。

「今の武田は戦続きで疲弊しておる。取れた米の七割を年貢《ねんぐ》に召し上げ、この上なお民に負担を課すなど暴挙であろう。其許《そこもと》とて、上野のことに加えて賦役では苦しかろうに」

「おや。貴殿は先に、御屋形《おやかた》様に賛同しておいでてでしたが」

長坂は呆《あき》れたように鼻で笑った。

「我らが何を言おうと聞く耳を持たんのだ。無駄な評定などせず、早々に切り上げるのが良い」

不忠な物言いに顔が強張《こわば》った。

「然《さ》りながら、御屋形様の仰せは一面で正しゅうござる」

すると、信豊が「それよ」と指差した。

「そもそも駿河を支えられんのは、北条を敵に回したからではないか。ゆえに、上野を攻めねばならん」

小山田が大きく頷いて吐き捨てた。

「上野に兵と兵糧を割き、当面の大敵が迫る高天神を見捨てたのだ。本末転倒とはこのことよ」

続いて、長坂が嘆くように頭を振った。

「一貫して北条と共にあれば良かったものを……余計なことをしてこじれさせたのう」

苛立《いらだ》ちを覚える。昌幸は努《つと》めてそれを押し潰し、静かに応じた。

「後からなら何とでも言えましょう。織田・徳川に対抗するため、自らを軸に北条・上杉と三国の盟約をという御屋形様の思惑、当時は皆様とてお認めになられたはず」

小山田が声を荒らげて応じた。

「認める、認めぬの話ではない。あの時の評定とて今日と同じであった」

信豊が瞑目《めいもく》し、長坂は腕組みをして頷く。心の底から嫌気を催《もよお》す姿であった。

(勝手なものだ)

昌幸は胸の内に毒づき、次いで平坦な声音で発した。

「止めなかった以上、認めたのと同じです。それに高坂の先代、弾正殿は」

若き日の己《おのれ》に諸々《もろもろ》を教えてくれた恩人を思って目を閉じ、すぐにまた見開く。

「海津城で常に上杉の矢面に立っておられた弾正殿にとって、甲・越・相の盟約はまたなき一手にござった。信豊様とて、あの時に上杉との交渉に任じておられたからには、重々ご承知でしょう。策が功を奏せなんだのは成り行きに過ぎませぬ」

すると長坂は、何とも厭味《いやみ》な笑みを浮かべた。

「其許も同じか。あの頃は上杉と、今は北条と相対しておるしな。境目の者は良いのう。自らの進退だけ考えておれば済む」

境目の者――敵との最前線にある者は向背勝手、つまり危うくなったら寝返りも致し方なしと見做《みな》される。武士だけではない。百姓も自らの身を守るため、双方の勢力に年貢を半分ずつ納めることが認められていた。戦乱の世ならではの習いである。そうした苦しい立場にある者を揶揄《やゆ》するひと言は、とても聞き流せるものではなかった。

「それがしは先代・信玄公に大恩を受けた身にござる。最後まで武田に忠節を尽くすのみ」

怒りに身を震わせながらも、昌幸はなお静かに発して座を立った。

＊

躑躅ヶ崎の真田屋敷に留まり、三日が過ぎた。庭に歩を進め、昌幸は初春の冷たい風に独りごちる。

「普請か」

現状が心許ないのは事実である。甲斐府中は北方の山地や東西の川といった要害に囲まれているが、躑躅ヶ崎館そのものは然《さ》して堅牢《けんろう》でなく、防備の一翼を担う城下町もこれ以上は拡げられない。より確実な城を志向するのは理に適《かな》っている。とはいえ、負担が増えることは頭の痛い話であった。

屋敷の廊下から横谷左近の声が渡った。

「殿、昌春《まさはる》様がお越しです」

双子の弟の名であった。昌幸と同じく幼少より武田家への人質に出されていたが、今では甲州の旧族・加津野《かづの》家を相続し、武田家の朱印状奉者を務めるほどに出世している。

「お役目で来たのか」

振り向いて問うと、横谷は「はい」と応じた。ならば新城の普請に関わることであろう。すぐに通せと命じ、昌幸は小姓を連れて広間に移った。

重臣とはいえ、屋敷は父・幸隆《ゆきたか》が武田に臣従した当初からの小さなものである。庭から上がってすぐ、自室の隣にある板張りの広間は、十人も入れば一杯になるぐらいの狭さだった。

主の座に着いて間もなく、加津野昌春が広間に入った。頬骨《ほおぼね》と顎《あご》の張った顔に切れ長の目、五尺五寸（一尺は約三〇・三センチメートル）の背丈など、双子だけに鏡を見ているかのようである。だがこの弟は、昌幸とは異なるところがひとつあった。

昌春は広間の中央に胡坐《あぐら》をかき、肘《ひじ》を張って深々と頭を垂れる。再び顔を上げるまで、全くの無言であった。

「兄上」

ようやくひと言を発したかと思ったら、それきりまた黙った。懐《ふところ》に手を入れ、畳まれた書状を取り出す。腰を落として進んだ小姓に手渡す際にも口を開かず、眉ひとつ動かさない。

運ばれた書状は、やはり勝頼の朱印状だった。普請の賦役について細々と書かれている。

「賦役衆の期限は二月二十五日か。一ヵ月ほどしかない」

無言で頷く弟の姿に、昌幸は小さく鼻息を抜いて続けた。

「相分かった。急を要するゆえ、いったん本領に戻って諸々を手配する。御屋形様に、そのようにお伝えしてくれ」

「はっ」

弟が頭を下げ、立ち上がる。昌幸は去り際の背に声をかけた。

「いつも思うが、もう少し喋《しゃべ》ったらどうだ」

肩越しに当惑した顔が向けられた。やはり無言で、何ともやりにくい。口元を歪《ゆが》めた昌幸に向け、弟は「都合良きゆえ」とだけ残して去った。おそらくは「全く同じ顔の二人を、皆がこれで区別している」と言いたいのであろう。

翌朝、昌幸は真田郷に向けて発《た》った。供はいつもと同じ、横谷左近ひとりである。だが、それは見た目だけのことだ。実際には十余の透破《すっぱ》が目を光らせ、遠巻きに二人を警護している。横谷は昌幸が代官を務める上野国吾妻《あがつま》郡の豪族で、透破衆の棟梁《とうりょう》であった。

信濃国佐久《さく》郡に入ってしばらく馬を進める。そろそろ武田信豊の小諸《こもろ》城に至る頃だ。背後遠くになった八ヶ岳《やつたけ》の白い尾根を眺め、昌幸は目を前に戻した。

「甲府を出られてから、ずっと黙っておいでですな」

轡《くつわ》を並べる横谷が、そう声をかけた。昌幸は短く応じた。

「ああ」

「昌春様と見分けが付きませんぞ」

「そうか」

横谷は少し口を噤み、やがて躊躇《ためら》うように再び発した。

「悩んでおられるのですな」

思わず苦笑を浮かべ、返した。

「さすがに透破の長《おさ》よ。顔色ひとつで、情けない胸の内まで見通すとは」

「ご無礼とは存じましたが」

昌幸は大きく息をつき、頭を振った。

「かえって、やりやすい。皆まで言う必要がないのだからな」

横谷は「ふふ」と笑った。

「左様なところ、殿は変わったお方です」

「存じておる」

横谷は確かめるように問うた。

「普請の儀、応じぬ訳にはいかぬのでしょう」

「ああ。御屋形様のお考えは正しい。逆風ばかりで後手に回らざるを得ぬ中、最善の策を取ろうとしておられる。が……」

ちら、と目を流す。横谷は頷いて返した。

「正直なところ、それがしも自らの領で負担が増すのは困りますな」

「そうよな」

先日の長坂ではないが、上野吾妻郡はまさに境目の地である。武田の治下に入って日が浅く、郡内にも北条方や中立の者が残っている。このような地で負担に負担を重ねれば、不満ばかりが募《つの》るだろう。昌幸は溜息《ためいき》をついた。

「おまえのように思うのが当たり前であろう。されど、どうもわしはおかしい。時を稼ぐために遠江と駿河を捨て、高天神を見捨てるという御屋形様の方が正しく、そんな馬鹿なと不平を漏らす皆が間違っていると思えてならん。城の普請も同じよ。下々の苦労を知りながら、その下々が不満を抱くこそ間違いだと思う。……このような領主では」

「お待ちあれ」

緊張した声音で遮《さえぎ》られた。横谷は馬に軽い駆け足を続けさせながら、じっと前を見ている。しばらくすると道の向こうに小さな人影が浮かんだ。

「手の者です」

横谷が手綱を引くのを見て、昌幸も倣った。向こうから駆け寄る人影は薄汚れた野良着の百姓にしか見えぬが、恐ろしく足が速い。瞬《また》く間に近付き、こちらから五間（一間は約一・八メートル）を隔てて片膝を突いた。

「怪しい者を捕らえました」

短く報告する。横谷は「うむ」と頷いた。

「連れて参れ」

透破は「承知」と残し、風のように走り去った。昌幸と横谷はなお少し馬を進め、小諸城まで二里（一里は約六五〇〇メートル）を残す辺りで待った。

やがて、百姓と思《おぼ》しき若者が連れて来られた。後ろ手に縛られ、半ば泣き声のような叫びを上げている。

「あ痛たたた、やめろし、この。兎獲りで山におっただけじゃちゅうに」

横谷が、きょとんとした顔で問う。

「怪しい者とは、これか」

「いかにも」

応じた透破に、横谷は「やれやれ」という目を向けた。

「おまえは小県に紛れていながら、この者を知らんのか。もういい、往《い》ね」

訳が分からぬという面持ちながら、透破は鋭く一礼して去った。横谷は大きく溜息をつくと、馬を下りて腰の物を抜き、百姓の戒めを断ち切った。

縄の痕が残る手首を撫でながら、百姓の若者は訝《いぶか》しげな眼差しを寄越した。

「あんた、誰け」

「おまえは俺を知らんだろうが、俺はおまえを良く知っている」

失笑して返した横谷に、若者はぎょっとした顔を向けた。

「やめてくりょうし、気色悪い。うら、そういうのはその、女なら……まあ、あれじゃけんど」

横谷は若者の頭をぺしりと張った。

「訳の分からん勘違いをするな」

昌幸は当惑し、両者を交互に見ながら口を挟んだ。

「左近、待て。何が何やら……」

「あ、失礼を。これは新平《しんぺい》と申しまして、まあ良く知られた変わり者なのです」

横谷が言うには、新平は真田郷の下原《しもはら》村で畑を作る家の次男だそうだ。当年取って十八になるが、二年ほど前から奇行が目立つという。

「昨年の夏には、せっかく組んだ盆踊りの櫓《やぐら》を壊し、ひとりで組み直して村衆に呆れられておりました。秋口に嵐が迫ると、近くの家の周りに堆《うずたか》く土を盛って閉じ込めるような狼藉《ろうぜき》を働く始末です。それから先月でしたか、隣家が畑仕事に使う馬の腹に数本の縄を渡し、厩《うまや》の梁《はり》に吊ろうとしているところを見付かって大目玉を食らっております」

昌幸は目を丸くして新平を向いた。

「なぜ左様なことをする」

「なんで、って……」

口籠もる顔に重ねて問う。

「たとえば櫓だ」

「ああ。ありゃあ縄目が甘かったんだあ。崩れたら皆が怪我するずら」

「馬は」

「蹄《ひづめ》が弱ってたからな。馬は脚一本が潰れたら死んじまうずら。ちょっとでも楽にしてやろうと思うて」

「盛り土は」

「二軒隣の伝吉《でんきち》やんがな、嵐になると決まって川の按配《あんばい》を見に行こうとするんよ。けんど、それで流されたら元も子もねえずら。だから、出られんようにしてやった」

昌幸は咎《とが》めるように問うた。

「川が溢れたらどうする。外に出られねば死んでしまうぞ」

「下原の辺りはそう簡単に溢れねえ。それに溢れたら、どの道うらたち百姓は首を括《くく》らにゃなんねえずら」

最後の言葉は、とりも直さず「どれほど負担をかけているか」ということだ。昌幸は胸に痛みを覚えつつも、呆れて溜息をついた。

「櫓や馬はまだしも、それを皆に言って分かってもらえるのか」

新平は、ぶんぶんと首を振って応じた。

「とんでもねえ。ゆうたって、誰も分かんねえ」

「だろうな。……と、すると村八分《むらはちぶ》か」

新平は「あはは」と屈託なく笑った。

「誰に怪我させるでもねえ、盗むでもねえ。嫌われちょるけんど、あのぐらいじゃ村八分にはなんねえ。皆、悪たれの悪戯《いたずら》ぐらいに思ってるんよ。そんなら、それでええ。誰かが――」

新平は、何かを諦めたように言葉を切る。昌幸は、自らの胸がどくりと脈打つのを感じて目を見開いた。

「誰かが？」

問うてやると、新平は首を傾げ、にやにやと自嘲《じちょう》の笑みを浮かべた。

「あんたらが誰か知らんけんど、ゆうても分かんねえら」

昌幸は馬を下り、新平の肩を摑《つか》んだ。

「聞いてやる。言ってみろ」

「はあ、そんなら。誰かが悪者になってやれば、丸く収まることってのがあるずら」

その言葉を反芻《はんすう》する。ひとつ、二つ、呼吸を繰り返す。

「あ……」

昌幸はぶるりと身を震わせた。不意に一条の光が降り注いだ気がして天を仰ぐ。ずっと胸の中でもやもやしていたことが、明確な形を持った。百姓と武士は為すべきことに違いがあるが、この世に生きる人としての核心は何も違わないのだ。

「ならば、誰に誹《そし》られてもか」

目を戻し、相手の肩を摑んだままになっていた右手に力を込める。

「今ひとつ聞こう。この地を平穏に治めるため、百姓衆に賦役が命じられたら、どう思う」

新平はまた「訝しい」という目になりながらも、こともなげに答えた。

「そらあ、村の畑が戦で踏み荒らされんように、ちゅうことけ。だったら仕方ねえずら」

「おまえらの負担が増えるのだぞ」

「何もかもなくなっちまうより、ずっとええ」

くすくすと笑いが湧き上がってきた。やがて肩が揺れ、然る後に大笑へと変わった。

「あっははは、あはは！　おまえ、すごいな。礼を言うぞ。やはり、それでいいのだ」

新平は気味悪そうにこちらの手を振り払い、後退って横谷を向いた。

「何け、この人」

横谷は、また新平の頭をぺしりと張った。

「殿様の顔を知らんのか」

「え？」

まじまじとこちらの顔を見て、新平は腰を抜かした。

「殿様？　さ、真田のけ」

昌幸はにやりと笑って頷いた。

「下原村のすぐ西の山に、戸石《といし》の城があろう。そこの主、真田昌幸だ」

「す、すんません！　こらあ、その、あれです」

尻餅《しりもち》のまま体を折り畳んで平伏する前に、昌幸はしゃがみ込んだ。

「構わん。おまえのお陰で迷いが晴れた。わしは真田郷の主だからな。如何《いか》なる誹りを受けようとも必要なことを為し、おまえらを守らねばならん」

「へ、へえ……」

おずおずと上げられた顔に、再びの笑みを向けた。

「百姓の次男坊か。面白い奴よ。どうだ、知行《ちぎょう》二十貫で真田の家来にならんか。おまえは人の上に立つ器を備えておる」

木っ端《こっぱ》武者なら知行は四貫から五貫である。二十貫は相当の厚遇だった。だが新平は、泣き出しそうになってまた平伏した。

「堪忍してくりょうし。人の上になんて、その、窮屈なことは嫌です」

「窮屈……そうか。そういうものよな」

己が主君・武田勝頼がどういう思いで家臣たちと相対しているのか。長坂や小山田は「上に立つ勝頼が好き勝手にやっている」と考えているが、それが小人輩《ばら》の妄言に過ぎぬことをはっきりと思い知った。勝頼も、自らが泥を被る気で懸命にのた打ち回っているのだ。

やはり新平は人として相当な高みに至っている。紛うかたなき変わり者だ。この男を草莽《そうもう》に置くことを残念に思いながら、昌幸は「はあ」と大きく息を吐いた。

「致し方ないか。だが、ひとつだけ頼みたい。たまにで良い、話し相手になってくれぬか」

「ええと、その。それは……。はい」

新平は目を白黒させるばかりであった。昌幸はその腕を取って立たせ、横谷を向いた。新平を無事に村に帰すために透破衆を動かせ。こちらの意思を察したか、横谷はやや嫌そうに頷いた。

＊

新春の評定から一ヵ月ほどが過ぎた天正九年（一五八一年）二月末、躑躅ヶ崎館の北西約十五里、韮崎《にらさき》の地で新府《しんぷ》城の普請が始まった。当然ながら長くかかる。苗代《なわしろ》作りの時期に賦役を命じられ、田植えにも戻れぬだろうとあって、武田領各地から集められた百姓衆の意気は上がらなかった。自領の百姓に怨まれることを嫌い、督《とく》する側の武士にも不満が鬱積《うっせき》しているという。

そんな折、三月二十五日に高天神城が落ちた。

戸石城本丸館の自室で弟・昌春からの書状に目を通し、昌幸は深く溜息をついた。落城の報は数日遅れで届けられ、既に四月になっている。

「あやつは無事であったか」

うっすらと笑みが零《こぼ》れた。高天神城にある友・依田信蕃は駿河の田中《たなか》城に退いたそうだ。引き続き徳川との最前線を守るだけに予断は許さぬが、友の命が繋《つな》がったことは素直に嬉しい。

しかし、と思って庭に目を遣る。まばらな庭木にも、南の尾根に見える木々にも、瑞々《みずみず》しい新緑が芽吹いていた。

「人も草木のようなら良いのだが。剝《は》げ山は寂しいばかりだ」

「……左様に思われますか」

右手の廊下から声がかかった。驚いて顔を向けると、家臣の池田綱重《いけだつなしげ》が苦い面持ちで立っていた。三十路《みそじ》前にして髪が相当に薄く、満足に髷《まげ》を結《ゆ》うこともできぬのを気にしている。

「あ、いや。違う、其方のことではない」

昌幸は少し慌てて、自らの胸中を説明した。

「木の葉と人の心の違いを考えておったのだ。葉が枯れ落ちるは、主家への忠節が失われるが如し。そうであろう」

翌年になればまた葉を繁らせる木と違って、人の場合は失われた忠節を回復させるのに莫大な時を要する。そう言って、手中にあった書状を手渡した。

池田はつまらなそうに目を走らせたが、すぐに愕然《がくぜん》とした顔になった。

「高天神が……。御屋形様も、惨《むご》いことをなさる。何の手も打たずに見捨てるとは」

昌幸は半ば目を伏せて発した。

「まあ、そう思うだろうな」

「もしや、殿は御屋形様を見限るおつもりで？」

頼りなげな眼差しに失笑を返す。

「信玄公に大恩を受けたわしが、簡単に忠節を捨てるものか」

すると、池田は少しばかり安堵したようだった。そこへ言葉を続ける。

「だがな、綱重。おまえが先に言うたようなことを皆が思えば、武田は危うくなるぞ。国衆も、百姓も然りだ。真田郷の皆は、たとえば韮崎の普請をどう思うておる」

「普請は……百姓が不平を漏らしております。次男、三男のおる家はまだ良いのですが、そうでない家は賦役に人を出して田植えもできぬと嘆いておりまして」

「それと同じよ」

勝頼と同じ立場に身を置けぬ以上、何を理解することもできまい。不平不満が先に立つのは人の常である。昌幸は俯いて腕組みし、目だけを池田に向けた。

「高天神が落ちたことはすぐに知れ渡ろう。この真田郷は元より、上野の吾妻衆にも、努めて狼狽せぬよう言い含めておけ。騒ぎ立てる者は成敗すると伝えよ」

池田は「御意」と頭を下げ、立ち去った。

もっとも昌幸は、これで安心などしていなかった。どういう対処をしたところで、うろたえる者は必ず出る。押さえ込めるのは夏までか。年貢を取り立てる秋――国衆や百姓が負担の重さを身に沁《し》みて感じる季節になれば、きっと不満が噴き出してくるだろう。

＊

小県郡の真田郷や西上野の吾妻郡、真田が治める地に於《お》いては、この年の稲作は村をひとまとめにして行なった。普請に人を取られて働き手のいなくなった家を、少しでも手の多い家に手伝わせたのだ。ひとりひとりに例年を上回る働きを命じ、どうにか帳尻を合わせた格好である。

だがそれは、言ってしまえば百姓の働きを安く買い叩いたのに相違ない。それでなくとも、今の武田は法外な年貢を召し上げねばならぬ。昌幸は近隣の秋祭りを視察したが、どの村の百姓衆も酷く疲れた顔をして、楽しまぬ風であった。

そして十一月、戸石城に重大な報せがもたらされた。

「沼田《ぬまた》城代・矢沢綱頼《やざわつなより》様、お越しにござります」

小県の旧家・矢沢家を継いだ叔父の名である。昼前に早馬で来訪を知らされてはいたが、上野領の東端――北条との最前線を急に空けるとなれば、一大事が起きたのに違いない。小姓に声をかけられると、昌幸は目元厳しく頷いて即座に立ち、広間へと向かった。

平時に於いて常に戦を忘れぬため、評定を行なう広間の裏手に自室を取っている。綱頼が広間に入ったのは昌幸より少し遅かった。躑躅ヶ崎の真田屋敷より少しばかり広い板張りの中、一間を隔てて向き合い、双方が深々と頭を下げた。

「急に目通りを願い、申し訳ない」

父よりやや丸顔だが、精悍な目元は良く似ている。昌幸にとっては数少ない、心が寄り掛かれる相手だった。いつもならこの顔で、ほっと安堵するところである。

しかし、今日は様子が少しおかしい。常なるのんびりとした口調ではなく、言葉に何とも硬い響きがある。返す昌幸の声音も同じようなものになった。

「いいえ。叔父上は、訳もなく斯様なことをするお方ではございませせぬゆえ」

すると綱頼は、いきなり平伏の体となった。

「相すまぬ。海野《うんの》が北条に通じおった」

海野家は吾妻郡に勢力を誇る土豪であり、真田の本家筋に当たる。吾妻の岩櫃《いわびつ》城下には海野幸《ゆき》光《みつ》が居館を構え、沼田城には幸光の弟・輝幸《てるゆき》と、その子——海野の現当主にして綱頼の娘婿・幸《ゆき》貞《さだ》がいる。

「一族から裏切りを出すとは」

発して、昌幸は顔を強張らせた。綱頼が額を床に擦り付ける。

「恥ずべきことよ。申し訳次第もござらん」

「叔父上を責めておるのではございません。むしろ己が失策を恥じております。韮崎の城普請では国衆にばかり気を取られ、一族を律することを怠っていた」

綱頼は平伏のまま、顔だけをこちらに向けた。

「如何なさる。何なりと言うてくれ」

「その前に」

昌幸は歩み寄って叔父の手を取り、座り直させた。

「まず、北条に通じたのは誰なのです」

「わしが摑んでおるところでは、岩櫃城下の幸光殿が首謀しておる。輝幸殿に、婿殿……幸貞殿も同心しておると見て良かろう」

昌幸は「おや」と首を傾げた。

「すると、未だ表立っての動きは見せておらぬと？」

綱頼は大きく頷いた。

「いかにも。今朝方、我が手の透破が密書を奪い取り、極秘で報せに参った。早々に手を打たねばならん。が……」

然り、どう対処するかが問題である。昌幸は躊躇いがちに頷いた。

「元凶が新府城の普請にある以上、吾妻衆の皆が注目することになる……。真田の本家筋、我が従姉の嫁ぎ先か。ええい」

忌々しさに任せて床板を殴った。ガン、と激しい音が広間に響く。綱頼が驚いて声を上げた。

「斯様なことをして、怪我でもしたらどうする」

「怪我ですか。既にしておりますが」

右の拳を持ち上げると、中指の付け根の節からひと筋の血が流れた。綱頼は慌てて懐から手拭いを取り出し、傷を押さえた。

「顔色ひとつ変えずに、何が『既に怪我をしております』じゃ。落ち着いておるのか荒ぶっておるのか、それすら分からん」

「叔父上は、それがしとは別のお人です。分からなくて――」

　分からなくて当然です。そう言おうとしたところで、不意に思い出した。ひょろりと細い顔に離れた細い目と分厚い唇――いくらか間抜けに映る、新平の顔であった。

「どうなされた」

　声をかけられ、昌幸は叔父の顔を見た。二つ、三つと呼吸をするうちに、思わずにやりと笑みが浮かんだ。

「そう、誰に分かってもらえずとも良い」

　そして、勢い良く立ち上がる。

「叔父上にお願いいたす。すぐ沼田に立ち戻り、海野輝幸・幸貞両名を討つ支度をなされませ。それがしが岩櫃の幸光を討ったと報じられたら、決行なされよ」

「相分かった。が、それで良いのか。真田の一族、しかも幸貞殿は我が婿じゃ」

　叔父は「あ、いや」と右の掌をこちらに向けた。

「厭うておるのではない。わしは昌幸殿を信じておる。ゆえに此度とて海野を討つことに異存などないが、吾妻衆は動揺するぞ」

「海野父子が北条に走れば、武田家中で真田への風当たりが強くなりましょう。然《さ》りとて今の武田に、真田以外の代官を立てる余裕はありませぬ。然《さ》すれば上野……武田の命綱は、より大きく綻《ほころ》びる。必要だから、それを為すのです」

　決然と言い放つと、綱頼は静かに二つ呼吸をして、ゆっくりと頷いた。

二日後の早暁《そうぎょう》、昌幸率いる三百の徒歩《かち》兵が鳥居《とりい》峠を越えた。吾妻に入り、遠く右前に浅間山《あさまやま》の雄大な尾根を見て進む。峠道を下り、頂上からたなびく白い煙が山の陰に隠れた頃、吾妻川の河原に出た。

底の浅い早瀬には、ごろごろと大小の岩が顔を覗かせている。低い土手の上、人の足で踏み固められた道を伝って進んだ。奇襲への備えとして兵を五十人ずつ六つの隊に分け、また隊と隊の間を半町ほども隔てて行軍している。今回は奇襲の心配もないが、そういう時でも節所——通りにくい地ではこれを徹底していた。

戸石城から岩櫃城までは五十余里の道のりである。平地を進むに於いては朝から夕刻までの行軍で進み果せるが、山道では時がかかった。夜が白むと同時に真田郷を出たが、十一月とあって日も短い。岩櫃まで十五里ほどを残した草津《くさつ》口の辺りで、日が暮れかけていた。

山中、行軍の右手に切り立った崖がぽっこりと姿を見せ、夕日の杏《あんず》色に染まっている。この丸岩《まるいわ》山を南に行けば須賀尾《すがお》峠に、吾妻川支流の白砂《しらすな》川を溯《さかのぼ》れば草津に至る。

「殿、今日の行軍はもう無理ではござらぬか」

池田綱重が慎重な見通しを述べる。しかし昌幸は首を横に振った。

「大事ない。策は講じておる」

しばし進むと、一里半の向こうに一群の人影があった。戸石から率いた三百が「すわ敵か」と身構える。昌幸は大笑して皆を鎮《しず》めた。

「早合点するでない。あれは味方だ」

そして「おうい」と声を上げる。二十ほどの人影が川沿いを走って近寄り、先頭の徒歩武者に従って頭を垂れた。

「草津の湯本三郎右衛門《ゆもとさぶろうえもん》にござる。横谷左近殿から一報を受け、お待ちしておりました」

「大儀である。其許には夜道の先導を頼みたい」

「承知仕った。一兵とて損じぬまま岩櫃へ送り届けましょう」

吾妻衆・湯本三郎右衛門を加えた行軍は、まさに円転自在の風であった。時に川沿いの道を抜け、時にわざわざ山に分け入る。長らくこの地に親しんだ湯本が知る最善の行路なのだ。先導する松明《たいまつ》を目印に進めば、とっぷり暮れてからも危ないことはなかった。

岩櫃山の東麓《とうろく》、吾妻川を挟んだ城下に入った頃には夜更けとなっていた。

海野幸光の居館は然して大きくない。造りそのものは平城《ひらじろ》と言えるが、郭《くるわ》二つだけの総構えは周囲三町半ほどである。西の一方は川に面し、他三方は土塁と空堀を巡らして固めてあるが、それだけに外との連絡は追手口《おうてぐち》と搦手口《からめてぐち》しかない。

昌幸は池田と湯本に命じた。

「綱重は百を率いて追手へ、三郎右衛門は手勢に我が兵を五十加え、搦手へ回れ。わしが残余を督して火矢を放たせるゆえ、両名は各々門を塞《ふさ》ぐべし」

池田が確かめるように問うた。

「夜討ちで火矢を射込み、退路を塞げば進退窮《きわ》まりましょう。幸光殿に、降を請うことも許さぬ構えと見えますが」

昌幸は即座に返した。

「見えますが、ではない。降伏など許さぬ」

「何と。ご一族ですぞ」

昌幸は思う。やはり他人には非情と映るのだろう。だが、それでもやらねばならぬ。師と仰ぐ信玄からも、常に「火種を残すな」と教わっていた。

「構わぬ。行け」

改めて命じると、池田と湯本はそれぞれに兵を率いて走った。

襲撃を前に、奇妙な静寂が満ちる。耳に入るのは、まばらな松明がぱちりと木を爆《は》ぜさせる音ばかりであった。

すう、と風が抜けた。

「放て」

昌幸の号令と共に、百五十の火矢が夜空に舞った。土塁に阻《はば》まれて堀に落ちるものもあるが、多くは館の内に消えてゆく。二度、三度と射込んでやると、じわじわと火の手が上がり始めた。

海野館の内に喧騒が巻き起こった。数は多くない。館の大きさから言っても、精々が二十から三十ほどであろう。

やがて追手の門が開かれた。昌幸はそれを見て、池田へと声を張った。

「容赦すべからず。斬れ」

追手口から狭い土橋を渡り、海野の兵がばらばらと走り出す。土橋の際《きわ》で待ち受ける池田の兵がそれを取り囲み、槍を突き込んだ。敵は夜の火攻めに狼狽し、また数の大差に気を呑まれ、何の抵抗ができるでもなく次々と討たれていった。数に勝る時は一気に攻めよ、時をかけぬが勝ち戦の常道なり。これも信玄の教えであった。

東の空がうっすらと色を変え始めた頃、追手の門からひとりの男が転がり出て、土橋の向こうで平伏した。

「海野幸光様、ご……ご自害、なされました」

慄《おのの》いた声音である。その後ろから何かを抱えた者が走り出る。そして手にした物を土橋の中央に置くと、先に幸光の自害を報せた男の隣まで戻り、同じように平伏した。

館の中には既に人の気配が——少なくとも抗《あらが》おうという意思は感じられない。昌幸は「綱重」と呼ばわって促し、土橋の上に置かれた物を検《あらた》めさせた。

「間違いない、海野幸光が首にござる」

池田の大声を以て、海野館への襲撃は終わった。

一方、沼田城の輝幸・幸貞父子は矢沢綱頼の動きを察し、前日のうちに城から逃げ出してしまっていた。不十分な討伐だったが、武田の命綱と言える上野領で謀叛《むほん》を未然に防いだことは大きい。昌幸は勝頼から大いに賞賛され、上野に於ける軍権も大きく強められることになった。

二　武田滅びて

海野一族の討伐から一ヵ月後の天正九年十二月、武田勝頼は新府城に入った。普請はまだ残っているが、もう多くを駆り出す必要もない。甲斐以外から集められた賦役衆は各地に戻されている。真田郷や上野吾妻郡でも同様であり、十二月二十日過ぎには百姓衆が帰郷した。昌幸は戸石城を出て、各地の村長と共にそれらを迎えた。

「長らくの務め、ご苦労であった」

真田郷の賦役衆は各々が村長の元に集まり、無事を喜び合っている。昌幸は小姓の引く荷車を指し示し、晴れやかに発した。

「賦役ひとり当たり米俵ひとつ、わしからの褒美として与える。少なくてすまぬが、村の皆で分けて正月の足しにするが良い」

百姓衆が、わっと歓声を上げた。秋祭りの頃の沈んだ面持ちは、今の皆にはない。昌幸は少しばかり安堵して笑みを浮かべ、一同を見回した。

ふと、目に付いた姿がある。新平であった。同じ下原村の皆と離れ、ぽつねんと立ち尽くしている。昌幸はそこへ進み、声をかけた。

「おまえも賦役だったか。そう言えば次男坊だったな」

新平が振り向き、ぴょこんと頭を下げる。薄ら笑いを押さえ込んだような顔であった。訝しく思って問う。

「どうした。何かありそうだな。言うてみい」

「いえその……へえ、それじゃあ。殿様は凄いお方じゃと思いまして」

言われて、ぎくりとした。

新平が言わんとしているのは、先に施《ほどこ》した米のことであろう。百姓の暮らし向きが楽でないのは、武田が途方もない年貢を課しているからである。それを考えれば、わずかな施しなど子供騙しでしかない。だが人というものは、目先のものを示せば溜飲《りゅういん》を下げる。

昌幸は、ほっ、と短く息をついた。

「やはり、おまえは目の付けどころが違う」

「それより、あの」

新平は先までとは違い、何とも居心地が悪そうな面持ちになっていた。気が付けば、百姓衆の歓声がすっかり止んでいる。

昌幸は周囲を見回した。誰もが己と新平に目を向け、動きを止めている。名の知れた変わり者が領主と親しく言葉を交わしていることに驚いているらしい。

得心して二度頷き、昌幸は百姓衆に呼ばわった。

「大事ない。新平には、わしの話し相手になるように、かねて命じてあったのだ。早う村に帰って顔を見せてやれ」

ざわ、と空気が淀《よど》む。皆が皆「どうして」を胸に満たしながら、村長に率いられて帰っていった。

「ほんじゃ」

頭を下げて去ろうとする新平を、昌幸は呼び止めた。

「おまえは待て。色々と聞きたい」

家督を継いで以来、評定や戦がなければ甲斐に赴《おもむ》くことも少ない。諸々の様子は横谷左近の透破や弟・昌春から報じられているが、それとは別に新平が肌で感じたことを聞いてみたかった。

百姓が全て立ち去った後、昌幸は小姓にも先に城へ戻るように言い、人を払った。道端に腰を下ろして手招きし、隣に座らせる。

「普請はどうだった」

問うてみると、新平は「ううん」と首を捻り、返した。

「何ちゅうか、やり辛え賦役《づれ》でした。百姓衆はつまらねえって顔で、見て回る人らは上の空で」

「馬鹿な。何をどうしろと命じねば、普請など先に進まんだろう」

「そりゃまあ。でも、あれこれお命じなさるのは下っ端の人ずら。それが、たまに偉そうな人が来てまして。これっぽっちも仕事を見ねえで、ひそひそやってんです」

新平の言う「偉そうな」とは重臣だろうか。内心では多くが反対していた普請だが、だからと言って、視察に来て様子すら見ないのは確かにおかしい。ふむ、と頷いて眼差しで続きを促す。

「二人でくすくす笑って、嫌らしいんだあ。人を馬鹿にしたみてえな顔で、腹が立ちました」

昌幸はぴくりと眉を動かした。百姓衆の不満を承知しているであろう重臣が、わざわざ普請の場で百姓を哂《わら》うはずがない。別の何かがある。

「二人と言ったな。どんな顔だ」

「ええと……片方は吊り目で、口の髭《ひげ》がちょぼちょぼ生えてて、ちょっと顔が丸かったかな。もう片方は坊さんです。年寄りの」

ぴん、と来るものがあった。どうやら小山田信茂と長坂釣閑斎である。

「他に、気になる者はなかったか」

「うらが嫌だったのは、その二人ぐれえですけんども。あの、これがお役に立つんですけ」

「もちろんだ。やはり、おまえは色々と良く見えておる。礼を言うぞ」

昌幸は「それではな」と残して戸石城に戻った。

それからは横谷の透破に命じ、小山田と長坂の動きをも探らせた。だが、これと言っておかしな話が漏れてくるでもない。天正九年は気味が悪いほど静かに暮れていった。

*

年明けの天正十年（一五八二年）一月半ば、戸石城に驚くべき報せが入った。新府城にある弟・加津野昌春からの書状である。文面に目を走らせ、昌幸は池田を呼んだ。

「綱重、今すぐに動かせる兵はどれほどいる」

「はっ。小県の八百のうち、五百はすぐに。さらに二十日あれば足軽を二百も雇えます」

昌幸が治める真田郷と上野吾妻郡には、総勢二千の兵がいる。北条との最前線・沼田城、真田郷の要となる戸石城、両所を結ぶ岩櫃城などの要所に守りの兵を残せば、この数は全軍と言って良かった。日頃の「平時にあって戦《いくさ》を忘れるべからず」という訓示が行き届いている証左だが、それを確認してなお昌幸は渋面《じゅうめん》を湛《たた》えた。

「あと千、何とか一ヵ月で揃えられぬか」

「この上にそれだけ雇うとなれば、二ヵ月近くかかります」

それでも早い方であった。昌幸は苦虫を嚙み潰したような顔で、弟からの書状を突き出す。池田が手に取って目を走らせた。

「これは……御屋形様が朝敵などと！」

色を作《な》すのも無理はなかった。昌春からの報せでは、天下人《てんかびと》――武田にとって不倶戴天《ふぐたいてん》の仇《きゅう》敵《てき》である織田信長が天皇を動かしたという。昨年末、勝頼が新府城に入ったことを以て「右府《うふ》・信長への敵対」と唱え、これを「朝廷への叛逆」に置き換えたのだそうだ。

池田は切迫した顔で発した。

「早々に朝廷への申し開きをせねば」

しかし昌幸は大きく首を横に振った。

「朝廷は信長が動かしておるのだぞ。近いうちに織田が攻め込んでくるのは必定、それに乗じてまたぞろ北条が沼田を窺おう。我らは信濃と上野、双方に敵を迎え撃つことになる」

池田は薄い頭を掻《か》き毟《むし》り、眉間に深い皺を刻んで、声を絞《しぼ》り出した。

「承知仕《つかまつ》った。少しでも多くを揃えます」

以後、池田を始めとする家臣や、勝頼から預かった寄騎《よりき》衆《しゅう》は兵を集めるために奔走《ほんそう》した。

しかし、昌幸が目処《めど》とした一ヵ月を待たずして事態は急を告げた。

一月末のこと、信濃伊那《いな》郡の木曾義昌《きそよしまさ》が織田信長に寝返った。境目の者を切り崩す手管《てくだ》――調略である。上野を攻め取るに於いて昌幸も散々に駆使した手だが、木曾については訳が違った。何しろ先代・信玄の娘婿なのだ。武田は既に親族衆すら繋ぎ止められなくなっている。その動揺を見透かしたように、織田軍は伊那に兵を進めた。

勝頼は木曾の老母と子女など府中で人質に取っていた皆を手討ちにし、二月初旬、一万五千を率いて出陣した。だが春とはいえ、信濃は未だ雪深い。行軍には長くかかろうと思われた。

織田は盟友・徳川に駿河から甲斐への侵攻を命じ、北条にも伊豆《いず》と上野からの進軍を促している。そうした中で昌幸に求められたのは、勝頼の後詰を視野に入れつつ、上野への侵攻を食い止めることであった。

二月十四日の昼下がり、兵が思うように集まらぬ焦燥を胸に、昌幸は戸石城本丸館の居室で碁《ご》盤《ばん》を前にしていた。白黒の石が並んだ中に、白い石をぱちりと打つ。

「御屋形様は」

織田に勝てるのだろうか。信濃は先代・信玄の頃に攻め取った領であり、内心では武田に服していない者も多かろう。木曾の裏切りに触発され、背後を襲う者が出ないとも限らない。

「長篠の二の舞に――」

ならねば良いが。呟きは、突如の揺れに遮られた。地震である。大きくなるのかと思う間もなく、辺りに爆音が響き渡った。ズドン、という音は大砲を十も束にしたところで及ばぬほどである。直後、空気の固まりが正面の庭から飛び込んで来て、昌幸は仰向けに倒れた。何が起きたのか。すぐに起き上がって庭に下り、音のした方を向く。

東の空、戸石城から二十里足らずの浅間山頂に灰色の煙が濛々《もうもう》と上がっていた。

「いかん……。誰かある!」

声を張ると、真っ先に駆け付けたのは池田綱重だった。転げるように参じて目の前で片膝を突く池田に向け、昌幸は声音厳しく命じた。

「今から言うことを書状にまとめ、左近の透破を使って方々へ飛ばせ」

「はっ」

突然の噴火に狼狽した風ながらも、池田は鋭く返した。昌幸は満足して続ける。

「浅間が火を噴くは東国に変事あるの兆《きざ》しと言う。迷信と侮《あなど》るなかれ。灰が降り積もらば、必ず皆がうろたえよう。御屋形様の率いた一万五千とて烏合《うごう》の衆と化すに相違なく、織田との戦も連戦連敗は必至である。されど我らは、この真田郷と吾妻だけは、動じてはならぬ。皆々努めて自らを律し、八方手を尽くして百姓を鎮めるべし。真田が必ず守ってやると隅々まで言い含めよ」

池田は忙しなく何度も頷きながら言った。

「必ず武田が守ってやると、確かに」

昌幸は大きく頭を振った。

「違う。武田が、ではない。民百姓は連年の負担に疲れ、不満を溜め込んでおる。武田が守ると言ったところで動揺は収まらん」

「え？　ええと……それがし、何をどうしたものか」

池田の顔から正気が失われていく。元来、物事を深く考えるのが苦手な性質《たち》だ。昌幸は、すっかりうろたえた池田の肩を摑んで鋭く揺すり、厳しい声音で言葉を継いだ。

「真田だ。真田が、必ず守ってやると伝えよ。住む家をなくした者あらば、城に入れて庇護《ひご》するのでも良い。兵糧を開いて施すのでも構わん。領主として、真田が決して民百姓を見殺しにせぬという姿を見せるのだ。兵、大将の下知《げじ》に背かざる時は、鍛錬なきといえども剛兵なり……それと同じよ」

自らが範とする楠《くすのき》流軍学の教えに準《なずら》えて、下々の心に芯《しん》を通せと命じる。池田はどうにか気を落ち着けて書状を手配し、各地の城代へと早馬を飛ばした。

以後、昌幸以下は文字どおり不眠不休で民心の安定に努めた。これが功を奏し、浅間山の麓《ふもと》にありながら、真田郷と吾妻郡は大きく揺らぐことがなかった。

だが既に戦端が開かれた地では、動揺を鎮める余裕などあろうはずがなかった。

勝頼は雪に行軍を阻まれ、地の利を味方に付けた木曾義昌に翻弄《ほんろう》されて、一万五千の兵を四散させて甲斐に逃れた。信濃伊那郡は織田軍大将・織田信忠《のぶただ》に攻め寄せられ、大島《おおしま》城で防戦に当たった武田信廉も支えきれずに敗走している。駿河田中城代——かつて高天神城で粘り強く籠城した依田信蕃でさえ、総力を挙げた徳川軍を前に為す術《すべ》なく、戦わずに降伏した。

そして二月二十八日の晩、池田が強張った顔で昌幸の居室を訪ねた。

「申し上げます。穴山信君様……徳川家康に降ったとの由《よし》にござる」

「何と」

昌幸はしばし絶句した。穴山は勝頼の従兄弟で、親族衆筆頭である。駿河の要衝・庵原《いはら》郡を領していた男が降ったとなれば、甲斐南方の防備はなくなったも同然だった。

昌幸は池田に顔を向け、掠《かす》れる声で問うた。

「ならば、府中からお召しがあっただろう」

「は、はい。そのことも早馬にて。新府城で評定を開くとのことです」

頷いて立ち上がり、命じた。

「今宵のうちに発つ。左近に知らせ、供を命じよ」

甲斐北西の高遠《たかとお》城には勝頼の弟・仁科盛信《にしなもりのぶ》が籠城し、抵抗の構えを見せている。しかし、ここともそう長くは持つまい。織田の目的は武田を攻め滅ぼすことだ。高遠を抜いたら、小県郡や上野には目もくれずに甲斐へと雪崩《なだ》れ込むだろう。猶予《ゆうよ》はなかった。

＊

評定を二日後に控えた二月二十八日、加津野昌春は新府城で信濃から参集した重臣を迎えていた。かつて躑躅ヶ崎館の城下にあった重臣の屋敷は順次新府城下に移されていたが、城そのものが急な普請であったがゆえ、日頃甲斐に在国しない者の屋敷は後回しにされている。信濃衆は自らの屋敷がないため、本丸西の二之丸御殿が宿所となった。

次から次と、迎えては宿所へ案内することを繰り返した。既に大方の者は迎えたが、息をつく暇などない。昌春は二之丸から本丸に取って返し、南西の門を入ってすぐの細い道を進んだ。

通路は北に向けて半町ほど、本丸御殿の庭へと通じている。庭に入ってすぐの左手に西門、門脇には侍詰所が見えた。瓦葺《かわらぶき》の上に広がる灰色の空を見上げ、昌春はぼそりと呟いた。

「此度《こたび》の評定は」

おそらく、勝頼がどこに逃げて再起を図るかという話だろう。ならば――。

思ったところで、向こうから己と同じ顔をした人が歩を進めてきた。昌春が無言で頭を下げると、兄・昌幸は「息災《そくさい》か」と声をかけた。返事をする代わりに礼を解いて顔を見せた。

兄の着物は実にみすぼらしい。百姓の野良着で勝頼に目通りしてきたのかと思うと、眉根が寄る。どうにも、この人には分からぬ部分があった。かねてそうだと知ってはいたが、相変わらず突拍子もないことをする。

兄は「これか」と自らの胸を指差し、口元を歪めた。

「ここに来るのもひと苦労でな。織田、徳川、北条、三方から攻め込まれているとあって、向背定まらぬ者が虎視《こし》眈々《たんたん》と窺っておる」

「二百で良うござろうに」

そのぐらい兵がいれば、土豪の襲撃など恐れることもなかったはずだ。しかし昌幸は、ゆるりと首を横に振った。

「今の武田がどれほど苦しいかは承知しておろう」

然り、既に甲斐は孤立している。駿河を失い、高遠城を除く諏訪《すわ》郡を席巻され、信濃各地から兵を引き入れることも儘ならない。俯き加減のこちらに向け、兄は小声で続けた。

「御屋形様が命運を繋ぐには、上野に逃れるしかない。わずかの兵でも無駄にしとうなくてな」

だからこそ自身と横谷、そして透破衆だけで参じたのだと言う。周到である。ならば武田は簡単には滅びまい。少しばかり安堵して、また目を合わせた。

「宿所に」

「案内はいらん。このままいったん城を辞し、おまえの屋敷で厄介《やっかい》になる」

それならば西出構えから搦手の門へ行くのが近道である。黙って西門を指し示すと、昌幸は苦笑してそちらへ向かった。

宿所に入った皆へのもてなしなどの手配を済ませ、ひととおり役目を終えると、日はとっぷりと暮れていた。昌春は城を辞し、搦手門の北にある自邸へと歩を進めた。

「城下も、作りかけで終いか」

こうまで急に攻め込まれるとは思ってもみなかった。高遠城と佐久、および兄の小県を除いて南信濃が総崩れになったことも、思惑が外れたと言わざるを得ない。やはり浅間の噴火が大きいのだろう。見上げれば月の光もぼんやりと煙って頼りなく、空には未だ灰が漂っていることを示していた。

目を戻し、建物のまばらな町を進む。自邸はあと一町も先であった。

「うん?」

月明かりが乏《とぼ》しいゆえ、はっきり見えた訳ではない。だが十間――否、十五間ほど向こうか、何かが右から左へと道を横切ったような気がする。

足を速め、路地の辻まで進む。左手の向こうに見える丈の長い板塀は、間違いない、長坂釣閑斎の屋敷である。先の人影はそこに向かっているらしかった。落ち着きのない足取りが、何とも訝しい。

気付かれぬように足音を忍ばせ、二十間ほど後ろを尾《つ》けて進む。人影は長坂屋敷の門に至ると、脇にある木戸に向いて身を屈めた。

「小山田にござる」

正直なところ、驚いた。小声だが、夜の静けさの中で聞き違えるはずもない。昌春はすっと道を外れ、ひんやりとした土に伏せて目だけを向けた。屋敷の敷地として均《なら》され、枯れ草も綺麗に除かれており、様子を窺う妨《さまた》げになる物はない。

小山田は滑り込むように木戸の内へ消えた。腹這《はらば》いのまましばしを過ごし、門の内から聞こえる音がないことを確かめて立つ。

「……おかしい」

長坂に用があるなら、城に出仕している間に話せば済むことだ。供のひとりも連れず、夜陰に紛れるように屋敷を訪れたのは不審である。昌春は伏し目がちに眼差しを泳がせ、二つ三つと呼吸を繰り返す。そして鋭く頷き、足早に立ち去った。

自邸に戻ると下人が出迎えた。門を閉めているところに短く問う。

「兄上は」

「へえ、横谷様とご一緒に広間の隣です」

その部屋を好むのは逗留《とうりゅう》先でも同じらしい。昌春は真っすぐ兄の元へ向かった。

「御免」

障子を開けると、昌幸は横谷と二人で酒を酌み交わしていた。苦労して参じたとあって、疲れた顔をしている。

「お勤めご苦労。おまえも飲まんか」

柔らかな笑みに向け、しかし昌春は頭を振った。

「お話が」

こちらの纏《まと》う空気を察したか、兄は目元を引き締めて「聞こう」と応じた。

「小山田様、長坂様と密会を」

「密会だと?」

「人目を忍び、長坂様のお屋敷に」

兄は口を噤み、指先で顎鬚を摘むように撫でている。そこへ、横谷が重々しく発した。

「お二方は、新府城普請の頃から御屋形様にご不満を覚えておられました。もしや良からぬことをお考えなのでは」

昌幸は今少し考えてから口を開いた。

「ない……とは言えぬ。されど確たる証《あかし》もなく御屋形様に言上《ごんじょう》すれば、この火急のときに家中を騒がせることになろう。左近、頼めるか」

横谷は「はっ」と応じて庭に面する廊下に進み、懐から呼子《よびこ》を取って吹いた。音は出ない。だが十も数えぬうちに、庇の上から静かに飛び降りる影があった。

「長坂釣閑斎様のお屋敷に潜り込め。聞き耳を立て、全てを報じよ」

透破は「承知」と頭を下げて駆け出し、瞬く間に闇に消えた。

昌春は兄主従と共に無言で待った。兄は時折、酒を含んでいる。疲れを癒すのでも、楽しむのでもない。焦れて渇く喉を湿《じ》らせているようだった。

透破は一時半（一時は約二時間）ほどで戻った。しかし小山田と長坂が何かを企んでいるという確証は得られなかったそうだ。

「此方《こなた》が向かう前に、話すべきことは話し終えておられたのかと。小山田様がお帰りになるまで待ちましたが、酒を飲み、たわいもない言葉を交わして笑うのみでした」

昌春は、ぴくりと眉を動かした。

「笑う……か」

兄に目を向ける。躊躇うような頷きが返された。

「この期に及んで、たわいもない話で笑えるはずもない。この余裕……やはり何かある」

どうするのか、と目で問う。兄は声を潜めて続けた。

「時がなさすぎる。企みがあったとて暴くことはできん。正論を言上し、御屋形様を上野に迎えるよう尽力するしかない。昌春、おまえは人質に出している母上をお守りせよ。何かあったら岩櫃城に入るべし。道々、左近の透破を残しておく」

何かあったら、とは——。

「承知」

最悪の場合を考え、昌春は短く返した。

三月一日、新府城本丸館の広間で評定が開かれた。昌春は朱印状の奉者ゆえ、武田家に関わる重要な話は全て知っておかねばならぬ。評定には加わらずとも、広間の隣室にあった。

兄の声が聞こえる。

「かくなる上は、御屋形様は上野に移られるがよろしいかと。それがしの治める岩櫃城は楠流に言う『寄手寄せらるる地形』にて、容易には落ちませぬ」

寄手寄せらるる——攻める側が逆に攻められる地形というものがある。岩櫃は山城で、しかも吾妻川を渡って兵を進めざるを得ない節所である。四方に気を配って兵を伏せ、地の利を以て迎え撃てば、逆にこちらが敵を攻めるに等しい。加えて狭隘《きょうあい》な山道では、大軍という織田の強みを十全に生かすこともできぬのだ。まさに正論である。

しかし、これに真っ向から反対した者がある。小山田信茂であった。

「異なことを。真田郷から、百姓に扮してようやく辿《たど》り着いたのではなかったか。其許の策は御屋形様を危地に導くものぞ。御屋形様、騙されてはなりませぬ。同じ甲斐にあるそれがしの岩殿城は兵糧も多く、楠流とやらの崇める要害でもあり申す。これこそ再起のための地と存じます」

然り、岩殿城とて四方を川に囲まれた山城である。兄はどう応じるか——。

「先に申し上げたとおり、要害とは容易に落ちぬ場に過ぎませぬ。最善を期するなら最悪を思うべし。既に囲まれておる甲斐で城が落ちたら、落ち延びることも叶いますまい。されど上野ならば盟友・上杉を頼れます」

小山田は、さもおかしそうに大笑して言った。

「語るに落ちるとはこのことよ。もしや織田方と通じておるのではないか。甲斐一国が代償ならば、其許の真田郷ぐらいは本領安堵を認められるやも知れぬのう」

「馬鹿も休み休み申されよ。それがしは心底より武田のためを思うて言上するのみ」

兄の怒声に応じたのは、小山田ではない。長坂釣閑斎の静かな一喝であった。

「両名、鎮まれい。小山田殿、口が過ぎますぞ」

そして、勝頼に向けた言葉が続けられる。

「小山田殿も真田殿も、武田の命運を案ずるがゆえに言葉を尽くしておられると、拙僧は見ております。されど斯様な時こそ譜代衆を頼むべきにあらずや。長きに亘る忠勤を重く見ずば、人の心など束ねられませぬ」

評定の場に、しばしの沈黙が流れた。皆が勝頼の裁定を待っている。ひととおりを聞き、昌春は深く息を吸い込んだ。

「なるほど」

誰にも聞こえぬぐらいの声で囁《ささや》く。ことのあらましが見えた。

「釣閑斎の勧めに従い、小山田の言を容れる。信濃衆一同は、高遠城が持ち堪えている間に手勢を集め、上野を経て岩殿に引き込め」

それが勝頼の決定であった。評定は終わり、皆が足早に広間を去った。

翌、三月二日。皆が手勢を呼び寄せるべく奔走する中、その報せはもたらされた。

加津野屋敷に寄越された伝令に仔細を聞き、昌春は兄の部屋を訪ねた。

「高遠、落城の由にて」

昌幸は愕然とした面持ちで返した。

「何だと。盛信様はどうした。三千の兵で籠城しておるのだぞ。たった一日で……」

織田軍の高遠布陣は昨日のことである。如何に大軍相手だとて、ただの一日も持たぬとは、この兄でさえ見通せなかったか。共にある横谷に至っては、口を開けたままわなわなと身を震わせるのみであった。

昌春は右の掌《てのひら》で兄の狼狽を制し、続けた。

「岩殿へは明朝、発つことに」

高遠落城によって、兵も整わぬままの移動を余儀なくされた格好である。織田軍に拠点を渡さぬよう、新府城に火を放つことを告げた。

しばし黙っていた昌幸が、ぽつりと漏らした。

「やらねばならぬか」

無言で見つめる。兄は力強い眼差しで受け止め、言葉を継いだ。

「無念だが……武田は滅びる。長坂と小山田によってな。評定でのこと、覚えていよう」

昌春は、しっかりと頷いた。

「語るに落ちたは、小山田の方にござったな」

「彼奴《きゃつ》め、わしが織田と通じておるなどと抜かしおった。それこそ自らの企みだと白状したようなものよ。もっとも武田領は騒乱続きで、小山田や長坂が織田と気脈を通じる暇はなかったはずだ。ならば……岩殿の兵で御屋形様を襲い、首を手土産に降る肚《はら》であろう」

「どうなされる」

兄は躊躇いがちな顔で、小声を発した。

「信蕃なら……いやさ、奴も徳川に降った。此度ばかりは、さすがに」

友と認めた依田信蕃を引き合いに出して少し沈思する。そして兄の面持ちが峻厳《しゅんげん》なものに変わった。肩から、ゆらりと何か立ち上ったような気がする。何だろう、これは――。

「真田は、武田を見限る」

そのひと言で、横谷が咳《せ》き込んだ。

「ま、お待ち……お待ちあれ。どういう……今になって、忠節が揺らぐとあっては」

昌幸は右隣に目を流し、低く押し潰した小声で語った。

「父・幸隆、兄・信綱《のぶつな》、そしてこの昌幸……三代に亘って武田の恩を受けながら不忠を働くは、恥ずべきことである。世の誹りも免《まぬが》れまい。されど、真田には真田の家臣がある。領民とて浅間の一件以来、皆が我らを頼みとしておろう。やらねばならぬのだ」

今の兄からは、鬼気迫るものが感じられる。昌春は、未だうろたえている横谷の肩をぽんと叩き、小さく二度頭《かぶり》を振った。

忠節が揺らいだのではない。むしろ、覚悟が定まったのだ。こちらの心中を悟ったか、兄は頼もしい響きの声で続けた。

「わしは岩櫃に向かう。小山田の岩殿城と共に織田を挟み撃ちにするという名目でな。ついては昌春、おまえは母上と共に御屋形様に従うべし」

母は、武田への人質として新府城にある。なるほど、と頷いた。

急に上野に向かうなどと言い出せば、勝頼は「真田が織田に通じている」という小山田の言葉を思い出すだろう。しかし己と母が残る、つまり引き続き人質を差し出すと言うのなら、勝頼は兄の言を「逆転のための一手」と信じるに違いない。

「それこそ、策にござるか」

平らかな声音で問う。兄は満足そうに頷いた。

三月三日、武田勝頼は築城間もない新府城に火を放ち、約六十里の東、小山田信茂の岩殿城を指した。だが、率いたごくわずかの兵は、初日の野営で次々と行方を晦《くら》ました。

それらの中には昌春と老母の姿もあった。二人は夜陰に紛れ、山中へと消えた。

*

新府城を出て三日、昌幸は岩櫃城に入った。横谷と二人、百姓の出で立ちで山に紛れ、どうにか土豪衆の目を盗んでの帰還である。城代・湯本三郎右衛門が迎え、本丸館の広間に導かれた。

「良くぞお戻りあられた。まずは湯を。疲れを取られませ」

土埃と浅間山の灰で枯れ草のような色になった顔を見て、湯本が湯浴《ゆあ》みを勧めた。こういう人柄の良さを好いてはいたが、昌幸は今だけはそれを退けて言った。

「先に、打つべき手を打たねばならん。まず左近、透破の動きは」

横谷は汚れた顔を引き締めて返した。

「北条方への物見は、昨日には済んでおりましょう。沼田に遣《や》った者も既に着いておるはず」

北条は織田と共に武田への攻勢を強めている。真っ先に標的になるのは吾妻領東端の沼田であろう。甲斐から帰還の道中、沼田城代・矢沢綱頼に急を伝えて城を固めさせ、併《あわ》せて北条の行軍を襲う伏兵の手配などを命じていた。

昌幸は腕組みをして二呼吸ほど考え、口を開いた。

「さすれば、今日中に先の先か」

先の先――敵が警戒を強める前の先制である。出鼻を挫《くじ》けば、敵はいきり立ってなお軍を進めるか、或いは警戒を強めて行軍を遅らせるか、いずれにしても動きが変わる。

「北条は、どう出るかな。三郎右衛門」

「は……はっ」

急に声をかけられ、二人の脇に座していた湯本が身を硬くして頭を下げた。昌幸は声をひそめて命じた。

「いつでも使者に立てるよう、支度しておけ」

何が何やら分からぬという風ながら、湯本は「承知」と返して広間を去った。話の先まで見通すことはできぬようだが、篤実なのは良いことであった。

その日——三月六日の夕刻、横谷の透破が岩櫃城に戻った。本丸館の庭に片膝を突く。

「申し上げます。矢沢様の野伏《のぶ》せり（伏兵）に乱され、北条はいったん兵を止めました」

聞いて、昌幸は「よし」と右手に拳を握った。

「思ったとおりだ。三郎右衛門！」

声を上げると、括《くく》り袴《ばかま》の旅装束に身を包んだ湯本がすぐに駆け付けた。

「使者の支度、整うております。して、いずこへ」

「北条だ」

「北条……和睦の申し入れにござるか」

昌幸は失笑を返した。

「武田が風前の灯になっておるのに、和睦になど応じるものか。真田は北条に降ると伝えよ」

「は？」

「真田は武田を見限り、北条に付く」

改めて言うと、湯本は得心がいかぬとばかり詰め寄った。

「何ゆえにござる。これまで北条と戦って死んだ者は浮かばれますまい。それに、忠節を曲げるなど……父子三代の恩を忘れたと世に誹られましょうぞ」

昌幸は声音を低く抑えて言い放った。

「わしが蔑《さげす》まれ、侮られることで済むなら安いものだ。良いか三郎右衛門。近々、武田は重臣の裏切りで滅びる」

「何と。どうして左様なことが分かります」

「説明しておる暇はない。だが間違いない。考えよ。武田が滅したら、其方の本領・草津も共倒れを望むか。……違うであろう。我らの下にも人がある。かつて御屋形様が高天神を見捨てたのと同じで、今、武田を見限ることには大いなる理がある」

己とて本心では辛い。だが彼岸の信玄も常に言っていた。領主たるもの、家臣領民を安んじるのが務めなのだと。そのための軍略や統治を、己は側近くにあって見てきた。武田が滅び、皆が揃って命を落とせば、彼の人の教えを受け継ぐ者がいなくなる。家臣のため、領民のため、そして信玄のため——思いを込めて言葉を継いだ。

「もう一度言う。わしが蔑まれることで済むなら、それで構わん。生き残らねばならぬのだ」

湯本は俯いて眼差しを逸らした。

「それでも、相手が北条というのは解せませぬ。これまで沼田を攻められたのも一度や二度ではございますまい。その度に退けてこられた矢沢様とて、ご承知には」

少し言葉が止まり、顔を上げて「あっ」と口を開いた。昌幸はほくそ笑んだ。

「分かったか。叔父上には既に、左近の透破から伝えてある。だからこそ野伏せりで先手を打ったのだ。北条が兵を止めた用心は何ゆえか。真田を、我らを恐れておるからだ。それが降ると言うのに、粗略に扱うはずがあるまい。行け」

命じると、湯本は勢い良く一礼し、走り去った。

昌幸の見立ては当たった。真田が降ると伝えると、北条当主・氏直《うじなお》の叔父、北条氏照《うじてる》から歓迎する旨《むね》の書状が届いた。三月九日のことである。併せて、いくつかの進物があった。その中には昌幸の娘・菊姫《きくひめ》に宛てた物もある。真田からの人質として目を付けているのだろう。

残るは真田の知行をどこまで認めるか、その条件を詰めるだけとなった。

またこの日、弟・加津野昌春が老母を伴って岩櫃城に入った。武田を離れるに当たっての懸念は全て払拭《ふっしょく》されたかに見えた。

しかし――。


「注進、注進！」

三月十日早暁、昌幸は透破のもたらした一報に目を覚ました。寝所を出て廊下を進むと、本丸館の庭には既に昌春と横谷が出ていて、透破から諸々を聞いていた。

こちらの姿を認めると、横谷は一礼して捲《まく》し立てた。

「織田軍、甲斐のみならず、小県から上野に向けても兵を出しておる模様です」

昌幸は首を傾げた。

「既に織田の友軍、北条に通じておるが……。もしや織田は北条を蔑《ないがし》ろにし、力で上野を取ろうとしておるのか」

横谷が「然《しか》り」と応じる。隣にいる昌春が、鼻の穴を膨《ふく》らませて発した。

「滝川一益《たきがわかずます》。兵は一万」

「一万とは」

昌幸は言葉を失った。

真田郷は半分が平地だが、そもそもの領が狭い。上野吾妻郡はほとんどが山地である。ゆえに収量も少なく、広大な割に多くの兵を整えられない。昌幸が両所ですぐに動かせる兵はどう多くとも二千、真田郷に限れば八百が精一杯である。織田四天王のひとりに数えられる大物、連戦連勝の勢いに乗った一万が押し寄せるとなれば、半日も持たぬだろう。

「織田がこうまで本気とは。我らには打つ手がござりませぬか」

横谷の苦しげな声を聞き、昌幸は唸《うな》った。

「……さすがに天下人よな。上野が武田の命綱と知り、最後の望みも絶ちにきたのだ。それに、北条が上野を取ればうるさい存在になると見抜いている」

空気が重い。武田を見限るという苦渋の決断をしたのに、座して死を待つしかないのか。皆が無言に陥った。

ようやく白んだ空の下、昌幸は腕組みをして俯き、庭を行ったり来たりする。

ふと、目に付いた物があった。屈《かが》んで、それを手に取る。

「これは、菊に贈られた加留多《かるた》の札か」

ポルトガル人が遊びや賭けに使う紙の札を模して、日本で作られた「天正加留多」である。四つの異なる印ごとに一から十二の札があり、それとは別に一枚の札が添えられている。

昌幸が手に取ったのは、その「別途の一枚」である。何とも不気味な幽霊が描かれていた。

横谷が怪訝そうに発した。

「そう言えば昨夜、姫様の侍女たちが何か探しておりましたが、これでしょうか」

得心がいった。菊姫は、この絵柄を嫌って放り出したのだろう。どこに行ったのか分からなくなったものが、庭の片隅に落ちていたのに違いない。

思いつつしばし眺めていると、横谷は焦れて捲し立てた。

「滝川ほどの大物が寄越されるのは、殿を恐れるがゆえなのですぞ。生きるか死ぬかの時に、加留多などどうでも良いでしょう」

昌幸は答えず、加留多札の幽霊をぼんやりと見ていた。すると、昌春が怪訝そうに、あるいはいくらかの嫌気を堪えて呟いた。

「化け札ですな」

化け札、鬼札、幽霊札、この札にはそうした呼び方がある。他の全ての札に変えて使える、相手を化かす切り札であった。

「化け札か」

昌幸はくすくすと笑い、横谷を向いた。

「おまえの言うとおり、北条のみならず、織田も真田を恐れておる」

恐れるがゆえに一方は降伏を喜び、一方は殲滅《せんめつ》の構えを見せている。真田に、己に、それだけの価値があるという証左であった。

「ならばこの真田昌幸、化け札になってやる」

巷間に誹られることを承知で、真田家のため、民百姓のために武田を見限るのだ。誰に分かってもらえずとも構わぬ。だが本領の安堵のみ、生き残りに汲々《きゅうきゅう》とするのみでは終わらせぬ。北条が、織田が恐れる真田はそこまで安くない。

含み笑いが大笑に変わった。

「あっはは、ははは、はははっ！　……そうとも。楠流の始祖、楠正成《まさしげ》が示しておる。小勢には小勢の戦い方があり、それを以て天下を動かすこともできるのだ。真田とて同じよ」

昌春が小さく「あっ」と漏らす。先の曖昧な面持ちではなかった。昌幸は声だけで横谷に命じた。

「左近よ。至急、手の者を出して三郎右衛門に伝えよ。北条への降伏を取りやめる」

「え？　されど」

右の掌を向けて遮り、宣言する。

「まずは命運を繋ぐことだ。真田は織田に降る。北条とて織田と戦を構える気などなかろう」

そして昌春の目を見た。

「滝川一益に遣い致せ。織田の軍勢を手引きして上野に迎える。だが、取らせるは一時のこと。いずれ……」

昌幸は空を仰ぎ、心中で天に問うた。俺はどこまで大きくなれるのか、と。

翌三月十一日、武田家は滅亡した。小山田信茂が裏切って勝頼を岩殿城から締め出し、織田軍に襲わせて自刃に追い込んだものであった。

もっとも小山田はその後、織田に恭順を願い出たが容れられず、三月二十六日に甲斐の善光寺《ぜんこうじ》で首を刎《は》ねられた。長坂釣閑斎に至っては勝頼と同じ十一日のうちに斬首されている。

一方、真田家の恭順は認められた。上野は滝川一益の領となり、小県郡の本領を安堵されたのみだったが、それでも昌幸の中に定められた「化け札の心」は不敵に笑っていた。

三　表裏比興《ひょうりひきょう》の者

加津野昌春は武田滅亡を機に真田に復姓し、名も信尹《のぶただ》と改めた。

上野が滝川一益の領となったことで、吾妻衆の湯本三郎右衛門や横谷左近は滝川の下に据えられた。また沼田城も明け渡し、矢沢綱頼・頼康《よりやす》父子は真田郷の矢沢砦《やざわとりで》に戻ることとなった。信尹も昌幸と共に岩櫃城を退去して戸石城に入っている。

落ち着く間もなく、四月、恐るべき報せが届けられた。信長が甲斐の恵林寺《えりんじ》を焼き討ちにし、高僧・快川紹喜《かいせんじょうき》以下を焼き殺したという。かつて信長に敵対した者を匿《かくま》ったという理由だが、あまりにも苛烈《かれつ》な仕置きであった。

信尹は戸石城本丸館を訪ねてこれを報じ、また問うた。

「使えますぞ」

兄は背を丸めたまま、目だけを向けて「うん」と生返事を寄越した。

信尹は「おや」と思った。肩透かしを食った感がある。

化け札になる――兄がそう言った時に、何とはなしに察せられるものがあった。

家臣領民のためというのも、大きな理由には違いあるまい。だが、それだけならば新たな主家となった織田に従い続ければ済む。四方を大軍に囲まれ、どう頑張っても八百の兵しか揃えられない小県に、それでも自らの足で立とうと言うのだ。相当な覚悟と、別の理由がある。

もしやこの人は、武田信玄に成り代わろうとしているのではあるまいか。

そもそもが信玄に心酔していた人である。武田勝頼に従っていたのも、信玄の子であるというところが大きいのかも知れない。化け札云々は、それ以外の誰をも主君と仰ぐ気はないという宣言に聞こえた。

余人が同じことを思うのなら、馬鹿馬鹿しいと一笑に付すところだ。しかし兄には、やはり窺い知れぬ何かが秘められていると思えてならない。だからこそあの決断に従ったのだし、期待してもいた。

それだけに、この反応は意外であった。兄はこれまで数多くの調略を駆使してきたが、恵林寺の一件はその種となり得る。真田が生き残り、伸し上がるため、嬉々《きき》として策を練るとばかり思っていたのだが。

信尹は念を押した。

「人心、離れるは必定にて」

「そうだな。考えておく」

何とも煮え切らない。織田に臣従して滝川の軍勢を目の当たりにし、実力を知ったためなのだろうか。織田は確かに恐い。それでも、この兄なら何らかの手を使って対抗すると思っていたのに。残念な思いを胸に、信尹は一礼して立ち去った。

それから二ヵ月、天正十年も六月となった。

既に真田郷の稲も青々と育っている。もう二ヵ月足らずで刈り入れとなろう。灰が多く降った地では、向こう一年は米が育たない。浅間山が連日煙を噴き上げていた頃からそれが懸念されていたが、風向きのせいか、真田郷には大きな害がなかった。

だから、なのか。近頃の兄は何とも安心しきっているように思えてならない。

この日、信尹は兄の居室に招かれていた。加えて矢沢頼康、そして兄の嫡子《ちゃくし》・信幸《のぶゆき》も呼ばれていた。重臣三人を集めて何をしているかと言えば、遊興である。

兄は自らを含む四人に加留多の札を配っていた。皆が囲む間には「一」を示す札が四枚並べられている。手元に配られた札に目を落とし、信幸が神妙な面持ちを見せた。

「父上。斯様な時に……遊んでいて良いものでしょうか」

信尹は常なるすまし顔ながら、心中に深く頷いた。信幸は生真面目で、兄と違って何を考えているのか分かりやすい。行く行くは真田の家督を継ぐ以上、それだけではいけないが、真っすぐな心根には好感を覚える。

兄は何を思っているのか、顔を綻《ほころ》ばせていた。

「何ごとも根を詰め過ぎては良くない」

信幸は先からの表情を変えずに応じた。

「されど上野や甲斐は、田植えすらできぬ有様と聞こえておりますれば」

「だからこそ、真田郷には少しばかり余裕があるのだ。それに、これは碁と違って時をかけずに楽しめるからな」

滝川の上野、織田軍本隊が取った甲斐、両国はしばし戦《いくさ》どころの騒ぎではあるまい。そういう太平楽な言い分に苛立ちが募った。

「ほれ、信幸」

兄が促すと、信幸は諦めたように頷く。そして手札から「二」の札を取り、剣の模様の「一」の隣に置いた。次いで頼康が棍棒の絵柄の「二」を出す。信尹は頼康に続いて「三」を置いた。順番の最後は兄で、少し考えて杯《さかずき》の模様の「二」を出した。そうやって順繰《じゅんぐ》りに札を切り合っていく。何巡めか、信幸が渋い顔で首を横に振った。

「出せる札がありませぬ」

「周りの手の内を読み、札を出せなくなるように切り方を工夫するのも手管よ。正直なだけでは勝てん。この遊びも戦もな」

兄はそう言ってにやりと笑み、頼康に目を遣った。

「おまえ、銭の十を止めておるだろう。だが」

そして手の内から幽霊の絵柄——化け札を取り出し、銭の模様の「十」の代わりに置いた。他の札が南蛮《なんばん》風の色鮮やかな絵柄なのに対し、薄墨で描かれた影の薄い幽霊は奇異に映る。

頼康が渋々という風に、手の内から本来の札を出して化け札に重ねた。次の順番が来ると、兄は銭の十一を出し、全ての手札を切り終えた。

「また、わしの勝ちだ」

先に化け札を見たせいか、信尹の苛立ちは寂しさに変わった。

この姿は何なのだ。戦乱を変幻自在に立ち回り、世を化かす男になるのではなかったのか。

(あまりに無策。このようなことで、生き残るなど)

信尹は目を伏せ、手に持った札をぽんと放り捨てた。

そこへ、ばたばたと走り込む者がある。目を向けてみれば、池田綱重が血相を変えていた。

「殿、殿!」

大声で呼ばわる。だが部屋の様子を目の当たりにすると、呆気《あっけ》に取られたように問うた。

「これは……何をしておいでで?」

兄は、こともなげに答えた。

「菊が、この加留多をいらぬと言うのでな。美しい模様を眺めているだけでも楽しかろうに、化け札がどうしても嫌だと。もったいないゆえ、わしが遊び方を考えて楽しんでおる」

途端、池田は薄い頭まで真っ赤に染めて、さらに声を大きくした。

「そういうことをお聞きしているのではございませぬ。一大事、一大事なのですぞ」

池田が騒ぎ立てるのはいつものことだが、今日はやけに激しい。皆の顔が怪訝なものを湛え、兄も体ごと廊下の池田に向き直った。

「聞こう」

池田はごくりと唾を飲み込み、深呼吸してから発した。

「織田信長公、横死《おうし》なされたとの由にござります」

瞬時に空気が変わった。総身が痺《しび》れたようになり、身動きもできない。ここしばらくでは珍しく、兄の言葉にも緊張が宿った。

「確かなことなのだな」

「無論にござります」

問いに応じたのは、池田の後ろから歩を進めた横谷左近であった。吾妻衆として滝川の下に置かれた者が、わざわざ自ら参じたのだ。疑いようがない。

慌てふためく池田を制し、横谷が説明を加えた。

去る六月二日、織田信長は重臣・明智光秀《あけちみつひで》の謀叛により、京の本能寺《ほんのうじ》で落命した。嫡子・信忠も奮戦空しく討ち死にしたという。

「織田重臣は多くが出払っており、わずかに織田信孝《のぶたか》様と丹羽長秀《にわながひで》様の手勢が畿内にあるのみ。これらとて兵が動転し、明智と戦に及ぶべくもないとのこと」

一同が低く唸った。そうした中、信尹だけは身じろぎもせず、兄に目を向けた。

「我らの動きは」

兄はすぐには応じない。北条が、いや徳川はと、ぶつぶつ独り言を呟いている。何かを考える時の癖であるが、信尹には、これまでの無策の付けと思えた。

皆が固唾《かたず》を飲んで見守っている。さもあろう、信長という偉大な重石がなくなれば、何がどうなるか分かったものではない。本領を安堵されただけの真田など、嵐の海に浮かぶ笹船に等しいのだ。

兄は未だ黙っている。その胸中が分かる気がした。

信長の横死を知って自らの取るべき道を模索しているのは、各国同じである。織田家中然り、関東の北条然り、東海の徳川もこれを機に力を伸ばすべく動くに違いない。

（迷っている）

そう思った。余裕が生まれたからと言って、やはり加留多に興じている暇などなかったのだ。

「……どうして、こう立て続けに」

池田が頭を抱えて掻き毟った。兄はそれをじろりと見て、ようやく口を開いた。

「やめい。余計に薄くなるぞ。それより、兵はどれほど動かせる」

池田は顔を上げ、咳払いして返した。

「日頃のお達しに従い、小県の八百は常に動かせるようにしております」

「よし。然らば真田は上野に兵を出す。信長公が急にご遠行となれば、滝川だろうと誰だろうとうろたえる。それを良いことに、北条が上野に手を伸ばすのは必定ぞ。されど彼の地は真田が長く治め、勝手を知っておる。北条嫌いの国衆も味方に付けられよう」

再び池田に目を遣り、言下に命じる。

「総勢から三百を割き、この戸石城と松尾城《まつお》（戸石城の北東二・五キロメートルにある山城。真田本城）、叔父上の矢沢砦に百ずつ入れて守りを固めさせるべし。残る五百は鳥居峠に陣張りの上、下知あるまで待機」

そして皆を見回した。

「上野に動きあり次第、滝川への助力を名目に動き……取り返すぞ」

最後のひと言が実に力強い。それに乗せられたか、皆が「おう」と背筋を伸ばした。

（もしや）

正直、驚いた。そして二ヵ月前の一件――恵林寺の焼き討ちを思い出し、心中に舌を巻く。己の不満はあの時から積み上がり始めた。大恩ある武田を見限ったというのに、兄は織田の力を恐れ、迷い、手を拱《こまね》いているのだと。

だが違った。

「この戸石は綱重が、松尾には信幸が入って守るように。頼康は叔父上に仔細《しさい》を伝えた後、鳥居峠の陣で下知を待て。左近は吾妻衆ゆえ、上野に戻らねばなるまい。火急の折にすまぬが、透破を十人ほど回してくれ」

兄は矢継ぎ早に指示を下し、次いでこちらを向いた。

「信尹。おまえも、わしや頼康と共に五百を率いるべし」

命じる顔には、恐れや迷いなど微塵《みじん》もない。ゆえに、この場の誰も兄に疑いを抱かない。

信尹は目元を引き締め、兄と眼差しを交わした。

「承知仕った」

迷っていたのではない。兄はきっと、この時を待っていたのだ。

発端はやはり恵林寺の一件だろう。己には信長のやり様が分からなかったし、分かる必要もないと思っていた。ただ、それを真田の益にできれば良いのだと。

対して兄は、あの仕置きの意味を考えていたのだろう。そこが二人の違いか。誰もが「分からない」で済ませてしまうことを、兄は見過ごさずに考え続ける。だからこそ、いずれこういう日が来ると察し、目の前の小さな餌《えさ》に踊らされなかったのだ。

(今や我にも迷いなし。この人には到底敵《かな》わぬ)

大将の下知に皆が疑いなく従い、命懸けで働く軍は強い——楠流が説くところの真髄《しんずい》が分かった気がした。この兄ならば、本当に生き残り、成り上がるやも知れぬ。期待の心を新たにして、信尹は思った。それを支えるために働きたい、と。

それから数日、待望の動きが出た。上野の地侍・藤田信吉《ふじたのぶよし》が沼田城を奪おうとして、滝川に阻まれた。こうした織田の乱れを衝《つ》き、北条も上野に兵を進める構えを見せている。

だが兄の下知はなかった。越後の上杉景勝が「関東と甲信の騒乱を鎮定する」と称して川中島《かわなかじま》に兵を出し、北信濃が激動していたからだ。

信尹は兄の居室に参じた。夏の暑さにも拘《かかわ》らず障子は閉められていた。

「兄上」

「信尹か。入れ」

従って中に入り、障子を閉め直す。そのまま黙っていると、兄は脂の浮いた顔で発した。

「海津が落ちたことだな」

海津城は千曲《ちくま》川の水を利して敵を阻む造りになっており、容易に攻められぬ城であった。それが、瞬く間に上杉の手に落ちた。

この城は川中島の善光寺平東南端で、真田郷から見て北西に位置している。行き来するには峠を越えるか千曲川に沿って進む以外にないが、両所は指呼の間、二十里足らずの距離である。一方の大勢力がそこまで来ている以上、動きたくとも動けないのが道理であった。

兄は苦しそうに大きく息を吐いて続けた。

「左近から借り受けた透破が色々と報せてきてな。上野の滝川一益、信濃の森長可《もりながよし》らは本領への引き上げを考えているらしい。上野を取る好機だが……」

下手に動けば上杉に呑まれる。では上杉への対処に織田を使う――援軍を出させられるかと言えば、とてもではないが期待できない。

「策はある」

そう言う兄の顔には躊躇いが見えた。もしや、と目を覗き込み、信尹は静かに返した。

「迷うことではござらぬ」

虚を衝かれた面持ちが返された。やがて、その顔がじわりと渋くなる。目を合わせたまま、信尹は眼差しで叱咤《しった》した。

「……そうか。頼む」

小さく発した兄に向け、ゆっくりと頷いた。

数日後、信尹は使者に立った。向かった先は上杉が落としたばかりの海津城である。この後に起きることを考え、供は連れなかった。

「真田信尹、参上。上杉景勝公にお目通り願いたい」

真田と聞いて門衛が槍を向け、門脇の櫓に登った兵が弓を引き絞る。信尹は微動だにせず、ひと言も発さずに待った。しばしの後に取次ぎの者が歩を進める。案内に出たのは、かつて武田重臣としてこの城を任されていた高坂昌元であった。

「加津野殿、久しいな」

「真田信尹です」

それだけ返し、東の大手門から三日月池の懐にある二之丸南門へと至る。海津は平城だが、西は千曲川を天然の堀と為し、他の三方も池や堀に囲まれている。水上の堅城といった有様は、武田が治めていた頃のままであった。歩きながら目を遣っていると、また高坂が口を開いた。

「この城を落とされるほど織田は乱れている。正直、上杉に助けられた気がしてな」

さもあろう、と無言で頷いて本丸に入った。

本丸館の広間では、ふくよかな丸顔に大きな吊り目の男、上杉景勝が主の座で待っていた。信尹は中央に進んで座り、上杉家臣の只中で深々と一礼した。

「織田が使者を寄越すとはな」

どっしりと太く、それでいて高く澄《す》んだ美声である。信尹は顔を上げて応じた。

「真田の遣いにて」

「真田は今、織田に従うておる。我らが兵を出したは織田の混乱を鎮めるためと存じておろう」

和議なら聞く耳は持たぬということか。信尹は黙ってにやりと笑った。

途端、景勝は激昂《げきこう》した。

「無礼者め。何を笑う」

違う。声を張っているのであって、怒鳴っているのではない。景勝の態度は作りものだ。

何度も川中島で武田と戦い、後に盟約を結ぶに至った上杉である。真田の力量とて知っていよう。つまり北条や織田と同じで恐れている。織田方にあるならこれ幸い、混乱に翻弄されている間に叩いてしまいたいのだろう。

信尹は何も返さず、ただ胸を張る。すると景勝は大きく息を吸い込んだ。こちらに見透かされたと察したらしい。

「其許は寡黙に過ぎる。何用で参ったかを申せ」

信尹は「ふむ」と頷いた。

「先に、真田の遣いと申し上げましたが」

意味するところを悟ったか、景勝の厳しい目元がさらに引き締められた。

「織田の……ではないと?」

「然り。織田と手を切り、上杉に付きまする」

周囲がざわめいた。ここが勝負どころと、信尹は言葉を連ねた。

「上野には上杉の仇敵・北条が進まんとしております。織田が斯様な有様では、遠からず上野を制され、上信国境を越えられるは必定。小県の真田郷も踏み潰されましょう。真田は自らを守るべく上野を取らんと思い定めた次第。その後ろ盾を上杉家にお願いしとう存じます。然らば我ら後顧《こうこ》の憂いなく、北条に先んじて彼の地を押さえることができましょう」

寡黙な態度が一転したことで、景勝以下の全てが驚愕の色を見せた。呑んだ——確信して声を大にする。

「ただし！　助力を請うのみにあらず。もし上杉家が我らを迎え入れ、真田が上野を制すれば、それ上杉の盾にあらずや」

景勝が思案顔を見せる。そして、しばしの沈思の後に口を開いた。

「従うと申すなら、証を立てるべし」

信尹は腹に力を込め、静かな声を支えた。

「それがしが人質に」

態度を寡黙なものに戻すと、景勝はまた少し考えて口を開いた。

「相分かった。申し出を容れよう。目覚しき働きを期待しておるぞ」

信尹は丁寧に平伏した。自らを生贄《いけにえ》とする交渉だが、兄を疑うことは微塵もなかった。

*

「上野に行ってみぬか」

新平はそう聞いて、ぽかんと口を開けた。夜明けと共に昌幸に召され、城の本丸などという落ち着かぬ場所に連れて来られた。庭に跪くなり、この言葉である。訳が分からず、しどろもどろに返した。

「ええと。え？　いやその殿様。あの、うら……何か悪いことでもしましたんけ」

「阿呆。頼みたいことがあると言うておるのだ」

からからと笑いながら応じる。やはり分からなかった。

「うらに分かるように言うてくだせえまし」

「ああ……すまん。ちと焦っておったらしい」

二度、三度と大きく呼吸を繰り返した後、昌幸は事情を説明した。

「ある男に書状を届けたいのだが、手が足りん」

「はあ。何でそれを、その、うらなんかに」

「おまえが変わり者だからだ。下原の新平と言えば、真田郷はおろか、吾妻まで知られておるそうではないか。これは凄いことだぞ」

褒められているのか貶《けな》されているのか分からない。ぼんやりと笑みを浮かべていると、脇に立つ髪の薄い武士に頭を小突かれた。唇をぺろりと舐めて仕切り直し、今ひとつを問うた。

「うらぁ確かに飛び上がり者じゃけんど、それがお役に立ちますんけ」

「立つ。密書……他の者に見つからぬように運ばねばならぬ書状を任せたい」

腰を抜かさんばかりに驚いた。

「ええ？　そんなら、その、誰にも知られちょらん人の方が」

「そうでもない。上野は今、大いに乱れておってな。知らぬ者が歩いておるだけで怪しまれる。まあ、本当は透破……忍びの者でも出せれば良いのだが。すぐ動かせる者がないところへ急を要することが起きて、呼び戻す間も惜しい。そこで、おまえだ。人に良く知られ、素性も百姓の次男坊ということで明らかなれば、武家のやり取りに於いては疑うに値せん」

ようやく事情は飲み込めた。だが本当に良いのだろうか。

「うらみてえな阿呆に務まりますんけ」

大きな頷きが返された。

「人は、おまえのように自らを蔑むぐらいの方が良い。己が阿呆だと認めておる者は大事に於いて用心を怠らん。加えて、おまえは肝も太い」

「そういうもんですけ」

呆けた顔をしていると、昌幸は館の廊下から庭へと歩を進め、こちらの肩をぽんと叩いた。

「褒美も弾《はず》むぞ。望みのままだ」

褒美、しかも望みのままと聞いて、新平は目を丸くした。

「そ、それじゃ。米一升で」

「分かった。大俵で一俵やる」

新平は驚いて立ち上がった。昌幸が懐から書状を取り出し、手ずから渡す。それを受け取って野良着の胸にしっかりと抱いた。

「ええと。そんで、上野のどこへ？」

「吾妻の鎌原《かんばら》郷にある館へ届けよ」

聞き終えて駆け出した。が、どちらに行けば城から出られるのか分からない。右往左往していると、髪の薄い男に首根を摑まれ「こちらだ」と引き出された。

去り際、昌幸がひと声をかけた。

「危ないことをさせて申し訳ないが、是非に頼むぞ」

「何も。うら、殿様が好きじゃから」

新平は、にこりと笑って大声で返した。そうだ。真田昌幸という人は、これまで「変わり者の鼻摘《はなつま》み」としか見られていなかった己を、初めて「おまえは正しい」と認めてくれたのだ。力になれるならという思いを胸に、新平はすぐに上野へと向かった。

下原村から北へ進むと、神川《かんがわ》が枝分かれして北東へと延びている。その流れを溯って菅平《すがだいら》を過ぎ、やがて峠道に入った。六月も十六日、真上から照り付ける日の光は盛夏の暑さであった。木立の中には蟬時雨《せみしぐれ》が降り注いでいる。

鳥居峠に差し掛かると、真田の兵に「何をしているか」と声をかけられた。新平は「父の知り合いに米の無心に行く」と、堂々と嘘を返した。昌幸の言ったとおり、物々しい軍兵でさえ、この変わり者を疑うことはなかった。

峠を越えれば上野である。織田領となる前、獣や魚を捕るために何度かこの辺りの山に入ったことがあった。いくつかある吾妻川の支流のうち鍋蓋《なべぶた》山の東の流れに至ると、水を手に掬《すく》って喉へ流し込んだ。この川を越えて南に進めば目指す鎌原郷であった。

川を渡ってしばらくは夏草の野であったが、二里も歩くと小さな百姓家がまばらに建っているのが目に入った。茅葺屋根の周囲に畑の青が眩しい。それらを越えた向こうに、ひときわ大きな館がある。あと少しだと駆け寄るも、門は閉められていた。その前には身なりの悪い四人の男が槍を持って立っている。

「もし」

声をかけると、それらは一斉に槍を構えた。

「誰……いや、百姓か？　見慣れぬ顔だが」

「へえ、すんません。下原の新平ちゅう者ですが」

すると四人は顔を見合わせ、然る後にひとりが問うた。

「あの新平か。飛び上がり者の」

にやにやと笑って頷くと、さも迷惑そうな顔が返される。

「おまえのような者の来るところではないぞ」

「うらの用じゃねえ。届け物です」

言いつつ、懐から書状を取り出す。門衛は新平と同じで表書きの字が読めぬらしく、怪訝そうに訊ねた。

「誰からだ」

「真田の殿様です。ほんなら、うらはこれで」

黙ってしまった門衛たちに頭を下げ、鎌原の館から立ち去った。米一俵の褒美を思うと、二時(四時間)余り歩き続けた疲れなど微塵も感じない。足取りも軽く帰路に就き、鳥居峠へと続く道に差し掛かった。

そこへ、後ろから駆けてくる馬の足音があった。

「止まれ。止まれい」

新平は辺りを見回した。田畑の中で野良仕事をする姿は数あれど、道を進んでいるのは己のみである。

「うらか?」

背筋が凍る思いがした。何か怪しまれることをしたかと考えるものの、思い当たる節《ふし》はない。

もっとも、逃げようとは思わなかった。昌幸は己の肝の太さを買ってくれたのだから、それを信じるのが道理ではないか。

思ううちに三騎が駆け付けた。先頭の大男が馬上から呼ばわる。

「鎌原宮内《くない》じゃ。我が館に書状を届けた下原の新平とは、おまえか」

「へ、へえ」

顔を前に向けたまま、首を突き出すように頷く。先の館の主がじろじろと顔を見て言った。

「なるほど。昌幸殿は実に用心深い」

何と返して良いものか。言葉に詰まっていると、鎌原は豪快に笑った。

「相分かった。ご苦労だが、返書を届けてくれ」

後ろから供の馬が進み、鎌原に書状を手渡す。鎌原はそれを開いて懐から筆を取り出し、さらさらと一筆加えて新平に渡した。次いで、腰に着けた竹皮の包みを放って寄越す。

「結び飯じゃ。道々、食うが良かろう」

主従は先に来た道を引き返して行った。

新平が真田郷に戻ったのは、夏の長い日が傾きかけた頃だった。鎌原に頼まれた書状があるため、下原村を素通りして戸石城へと進む。山を登って南の馬出しに至ると、今朝がた顔を見た門衛や厩番がいた。向こうもこちらを覚えていたようで、すぐに昌幸へと取り次がれた。

本丸館の庭に座り、昌幸が書状に目を走らせる姿を見つめる。やがて昌幸は大きく頷いた。

「良くやった」

「あの、殿様。こりゃどういうことなんですけ」

「鎌原は真田の分家筋でな。真田が再び上野を取るため、誰にも知られぬように手を貸してくれと伝えた。返書にて、岩櫃城までの道を押さえることが約束されておる。それと最後に書き加えてあるが、おまえを褒めておる。肝の据わった良い家臣じゃと」

新平は、ぶんぶんと頭を振った。

「いやいやいや、うら家臣じゃねえずら」

どこか嬉しそうな、くすくすという笑いが返された。

「分かっておる。人の上に立つなど窮屈……だったな。だが、またこういう働きをしてもらうこともあろう。褒美は明日、おまえの家に届けさせる」

昌幸はそう言って、館の内へ消えていった。

*

信長の死後、甲信は激動している。

徳川は瞬く間に甲斐へと兵を進めた。未だ甲斐の全てを制してはいないが、いずれ信濃をも視野に入れるだろう。上杉も川中島を押さえている。これらに対抗するため、北条は上野に向けた軍を信濃へ転じた。反北条の国衆が多く、しかも灰の害が重い上野は後回しという選択だった。

もっとも上野の滝川一益にしてみれば、一難去ってまた一難である。北条の信濃侵攻を食い止めねば、本領・伊勢《いせ》への退路が断たれてしまう。そこで武蔵《むさし》国児玉《こだま》郡の神流《かんな》川まで軍を出した。

上野に急な空白が生まれた。昌幸が新平を透破代わりに使ったのは、このためである。

鎌原宮内少輔《しょうゆう》が道を押さえたら、草津の湯本三郎右衛門を動かして岩櫃城を取らせる。上野を切り取って滝川を締め出し、織田と手を切って上杉への鞍替《くらが》えを宣言するつもりだった。

ところが滝川は六月十九日の合戦で惨敗し、翌二十日、戸石に逃れてきた。昌幸には期せずして、上野を楽に押さえる口実が生まれた。即ち滝川の本領帰還を援助し、自らが上野を預かるという名目である。滝川はこの申し入れを受け、二十一日に戸石城を後にした。

同日、昌幸の意を受けた湯本三郎右衛門が岩櫃城を押さえた。

そこまでは、良かった。

二十日ほど過ぎた七月八日、昌幸は居室に信濃の地図を拡げ、個々の城に碁石を置いて頭を悩ませていた。

「中々、甘くはない……か」

戸石城には黒の碁石がひとつ、対して佐久郡の小諸城には白の碁石がいくつも置かれている。真田郷と同じ小県の各地にも、ぽつりぽつりと白石が置かれていた。

北条の動きが速い。既に佐久郡の国衆を次々と傘下に従え、この小県にも手を伸ばしていた。これというのも滝川が呆気なく蹴散らされたためである。

「昌幸殿」

叔父・矢沢綱頼が部屋に入った。腰を下ろしながら言う。

「上野のこと、如何なさるおつもりじゃ。北条とて、いつまでも上野を捨て置くまい。兵を回すか戻すか、そろそろ決めねばならぬぞ」

昌幸は俯いて二呼吸ほど考え、首を小さく横に振った。

「待ちます。ぎりぎりのところまで」

叔父は眉尻を下げた。

「このままでは機を逸しよう。それはかりなら良いが、岩櫃の湯本や横谷が孤立するのは避けねばならぬ」

何よりも痛いところを指摘され、昌幸は溜息をついた。

もし上野が北条に取られても、土地だけなら追って奪い返せば良い。しかし人は違う。横谷や湯本は滝川の下に置かれてからも真田と懇意にしてくれていたが、この先、あまりに長く北条の脅威に晒され続ければどうなるか。境目で追い詰められれば心変わりも責められまい。

（信蕃なら）

武田での朋友であり、今は徳川に仕えている依田信蕃を思った。飢え死にが山と出た高天神で籠城を続けた男なら、斯様な懸念は無用だろう。だが、あれほど強靭《きょうじん》な心は誰もが持てるものではない。

思って力なく頭を振り、昌幸はぼそぼそと続けた。

「人は城、人は石垣、人は堀……信玄公も仰せになられました。我らが動けぬなら、左近や三郎右衛門は真田郷に迎えます。全ては上杉の援軍次第なのですが」

叔父は腕組みで問うた。

「信尹は何と？」

「再三の陳情はしておるそうです。何をどうしたいのか、景勝公がはっきりせぬようで」

「昌幸殿と同じよな」

言われて苦笑した。そこへ、小姓に導かれて来た者がある。

「援軍は来ませぬぞ」

たった今の話題に上っていた横谷左近である。昌幸は目を大きく見開いた。

「所領を空けて大丈夫なのか」

「岩櫃の近くにござれば、今はまだ湯本殿に任せて置けます」

「そうか。して援軍が来ぬとは、透破の報せか」

横谷は部屋に入り、叔父の脇に腰を下ろして「はい」と頷いた。

「援軍を出さぬのではなく、出せぬのです。北越後の新発田重家《しばたしげいえ》が、またぞろ動き出しました」

新発田重家——昨年、謀叛を起こして上杉から独立した男である。景勝が信濃に兵を出した隙を衝き、上杉本城・春日山《かすがやま》を脅かしているという。

横谷は続けた。

「真田郷のみならず、同じく北条と相対しておる下野《しもつけ》の国衆に対しても、上杉は援軍の約束を違えております」

昌幸が「ふむ」と唸ると、叔父が切迫した声音で発した。

「援軍がないと分かったのなら、次善の策を考えねば。上野を取るどころか――」

昌幸は「お待ちあれ」と叔父を制した。そして、横谷を連れた後も留まっていた小姓を向く。

「評定を開く。綱重と頼康を呼べ」

小姓が「はっ」と短く応じて足早に去る。昌幸はふと思い付き、また声をかけた。

「待て。あとひとりだ」

立ち上がって歩み寄り、耳打ちをする。小姓は「まさか」とばかり問い返した。

「何かのお間違いでは」

「間違いではない。行け」

困惑しつつも、小姓はまた駆け出した。

しばらくして池田綱重と矢沢頼康が広間に参じた。昌幸の居室にあった横谷と叔父を加え、評定となる。岩櫃城の湯本三郎右衛門、松尾城を守る嫡子・信幸、人質として上杉に出仕している弟・信尹を除けば、真田の重臣と言える者が全て揃っていた。

昌幸は上杉の援軍が望めそうにないことに加え、北条の動静を伝えた。

「既に隣の佐久郡は多くが北条に従うておる。遠からず真田郷の周りも同じとなろう。如何すべきか、皆の忌憚《きたん》なきところを聞きたい」

叔父がしかめ面で口を開いた。

「岩櫃の湯本を呼び寄せ、この戸石城に拠って一戦交えるべしと存ずる」

頼康と池田が続いた。

「然り、討ち死にも已《や》むなし。真田の意地を見せてやりましょう」

「我ら皆、殿に付いて行く覚悟ですぞ」

対して横谷は黙っていた。昌幸はそちらに向いて問うた。

「おまえは違うのか」

「いえ。一戦交えるのは良しとしても、討ち死にしてはつまらぬと思う次第にて。危うくなったら上杉家を頼り、落ち延びるのが良いかと」

即座に噛み付いたのは頼康だった。

「何を申す。そもそも上杉は、我らをただの盾と思うておったのだ。こちらの苦境を知りつつ援軍も寄越さぬ者に借りを作るなど、以《もっ》ての外ぞ」

横谷は大きく頭を振った。

「然《さ》にあらず。援軍がないのは訳あってのことにて、景勝公は義理そのものを欠くお方ではござらぬ。海津の信尹様からも、我が手の者に左様伝えられております」

頼康は語気激しく言い返した。

「それでも！　上杉に落ち延びるなど、殿に恥を晒せと申しておるに等しい」

「戦って負けるのは致し方なし。命を落としては何にもならぬと申し上げているのです」

言い合う二人を、昌幸は「待て」と制した。

「真田は成り上がると決めたのだ。そのためには、まず生き残らねばならぬ」

頼康が悲壮な面持ちで発した。

「北条を向こうに回して生き残るなど、できるはずがござらぬ。聞けば、四万三千の数があるとか。佐久や小県の者を束ね、ますます肥え太っておるそうではないですか」

「戦は数ではない。数をどう活かし、どう殺すかだ。……とは言いつつ」

昌幸は唸った。さすがに真田郷の八百で勝てる相手ではない。

「申し上げます。その、殿の仰せになられた者を連れましたが」

外の廊下から小姓の声が渡ってきた。昌幸はそちらに目を遣る。廊下の向こうの庭に新平が突っ立っていた。

「おお、来たか。上がれ」

評定の場に百姓など場違いに過ぎる。皆があれこれ咎《とが》めたが、昌幸が「構わぬ」と強く言うと不満顔で口を噤んだ。

広間の隅に座った新平に向け、昌幸は分かりやすいように話した。

「ひとつ聞きとうて呼んだ。たとえば、おまえに戦わねばならん相手がいるとしよう。恐ろしく強い相手だ。そこへ、友が力を貸してくれると約束した。この友がいれば負けぬのだが、訳あって戦いの場に来ない。おまえならどうする」

新平は居心地が悪そうに小声で応じた。

「うら、喧嘩《けんか》の相手に頭下げて終わりにします。殴られるよりずっとええら」

「力を貸すと言っていた友は面目を潰すが、それはどうする」

「訳があろうとなかろうと、約束は守れねえんずら。だったら仕方ねえ」

昌幸は自らの頰を、両手で、ぴたり、ぴたりと挟むように軽く叩いた。そして、しばし天井を見上げる。然る後に右手の指で膝頭を忙しなく叩き、くすくすと笑いを漏らして、再び新平に目を遣った。

「やはり、おまえは面白いな」

途端、横谷が血相を変えた。

「もしや新平の申しようを我らの立場に当て填めると仰せですか」

「新平を呼んだのは、こやつなら目覚しき一手を思い付くやも知れぬと考えたからだ。されど、そう上手くはいかぬということよ。今の真田にとって最善の道は、北条に許しを請うことだ」

「なりませぬ！　百姓の喧嘩と我らとは別ではございませぬか」

それに対し、きっぱりと首を横に振った。

「別物ではない。人は話が大きくなると目が曇る。かく言うわしも、今の話を聞くまでは戦って果てるしかないと思い込んでいた。だが、生き残りの道は存外簡単なところにあったのだ」

皆が一斉に怒号を寄越した。

「待たれよ、昌幸殿」

「いやさ、それは恥にござらぬか」

「節操を問われますぞ」

しかし昌幸はかえって声を張った。

「成り上がるのが嫌な者は手を挙げい」

誰もが黙ってしまい、じっとこちらを見ている。そこへ、力を込めて続けた。

「自らの心に流されるべからず。忘れてはならん。何のために武田を見限ったか。領民を守り、生き残るためぞ。その志《こころざし》を捨てぬため、成り上がるため、真田は上杉を捨てて北条に付く」

改めて宣言すると、池田がおろおろした顔を見せた。

「されど殿！　武田が滅ぶ前のことをお忘れですか。北条は我らを抱えるつもりでおりましたのに、中途で織田に乗り換えて反故《ほご》にしております。今になって北条に付くと申し入れても、受け入れるとは思えませぬ」

昌幸は、ぐっと奥歯を噛み締めてから返した。

「……わしが必ず何とかする。境目の者は向背勝手というのが戦乱の世の習いだ。織田とのことは、それで押し切ってみせようぞ」

実際には当の真田が織田の手引きをしていたのだが、北条の側は知らぬ話である。それゆえ、あの折にも確かに咎められてはいなかった。

昌幸はなお言葉を続けた。

「もうひとつ。上野を後回しにせざるを得ぬという、北条の弱みを忘れてはならん。元来が反北条の多い上野ぞ。後に回すほど厄介になることは奴らとて承知しておる」

言葉を切って瞑目《めいもく》した。背を丸めて、右手の人差し指で眉間をトントンと叩く。不思議なもので、先までは浮かばなかった策が頭の中の暗闇から湧き出してきた。

目を見開き、背筋を伸ばして声を大にする。

「彼の地は長らく真田が治めておった。北条のために上野を押さえ、背後を安んじると言ってやるのだ。それでも信用ならぬと言うのなら、他にも策を講じる」

頼康が苦りきった顔を向けてきた。

「そうまでして許しを請うのでは、たとえ生き残っても、成り上がるなど絵空ごとですぞ」

「否とよ頼康。先にも言うたが、我らは上野を知り抜いておる。北条に背を守らせれば、千々《ちぢ》に乱れた彼の地を鎮められるのだ。鎌原宮内、横谷左近、湯本三郎右衛門、これらの力を借り、再び国衆を束ねることもできよう」

見苦しく生き残るのでも良い。命運を繋ぎさえすれば、北条の庇護の下、北条の力を使って自らの益を生むことができる。それが昌幸の思惑だった。

頼康や叔父は一面で得心した風である。しかし池田はなお頭を抱え、茫然自失《ぼうぜんじしつ》という危うい目つきを見せた。

「それがしには、もう何が何やら……。されど、上杉に人質として残った信尹様が危ういことだけは分かります。景勝公に斬られるやも知れぬのですぞ」

あまりに非情ではないかと詰め寄ってくる。痛いところだった。少し言葉に詰まった後、昌幸は静かに口を開いた。

「信尹は……。あやつは進んで上杉への遣いに立ち、人質となることを是《ぜ》としたのだ。きっと自らの力で命を繋いでくれると信じるしかない」

すると傍《かたわ》らの叔父が、ぼそりと呟いた。

「そうは仰せられてものう。いかにも……」

含むものがありそうに言葉を濁す。昌幸は自らの膝を爪が食い込むほどに握り、踏ん切りを付けて応じた。

「信尹はあのとおり、口数の少ない男です。何を考えているか傍目《はため》には分かりませぬ。されど、わしには分かるのです。この兄への不満、不信、怒りなどは特に」

叔父の面持ちが肯定している。赤の他人でも悪い感情は肌に刺さるものだ。いわんや兄弟、それも双子とくれば分からぬはずがないと。

昌幸は頷いて続けた。

「然《しか》るに、上杉に向かうと申した日の信尹には、そうしたものがありませなんだ。わしを、兄を信じてくれていた。だから、わしも信尹を信じるのです」

座が、しんと静まった。昌幸は背を丸めて固く目を瞑り、自らの言葉を何度も反芻しては心の内に問うた。間違っているのではないか、どうかと。

やがて一同に苦渋の面持ちを向け、絞り出すように声を発した。

「わしは、ただ己に都合の良いことを言うておるのやも知れぬな。だが、それでもだ。信尹は上杉の人質となることで、真田に生き残れ、成り上がれと言うてくれた。ならばそれに応えるのが当主たる者の務めぞ」

ここに至って、ようやく池田が口を開いた。

「殿は……謀《はかりごと》多きお方ゆえ、時に分からなくなります。されど今のお言葉は偽りなき赤心だと、伝わって参りました。そこまでのお覚悟ならば付いて行くのみ」

池田は何かあれば頭を抱え、うろたえるのが常の、難しいことを考えられぬ男である。しかし心根は善良そのもの、今とて信尹を思うがゆえに、面を冒《おか》して反論を繰り返したのだ。その男が納得して肚を決めた。叔父や横谷、頼康にも響いたのだろう。ようやく皆が頷いてくれた。

昌幸は長く、長く息を吐き、面持ちを引き締めた。

「然らば真田は北条に許しを請う。わしも命賭けで臨むぞ」

重臣たちが力強く「おう」と発した。

その向こうから、声が渡る。

「あのう殿様。うら、もう帰ってもええんでしょうけ」

広間の隅で新平が呆けている。間延びした声を聞き、緊張の糸が切れて笑いが漏れた。

「すまぬ、忘れておった。今日の礼に飯を食って帰れ」

新平は二つ返事で「はい」と応じ、やがて支度された湯漬け飯を九杯平らげて帰った。

上杉に従属してわずか一ヵ月、真田は天正十年七月九日を以て北条に鞍替えした。武田滅亡の直前――たった四ヵ月前の変節も、上野を代償に示したことで、何とか咎めを受けずに済んだ。これと前後して佐久と小県の大半が北条に従うようになった。

一方で、上杉の人質となった信尹が斬られることもなかった。横谷の透破が探ったところによれば、信尹は「表裏者の兄には愛想が尽きた」と言い逃れをして、上杉家への仕官を求めたそうだ。無論、本心は別にある。

上杉景勝も、信尹を斬れという声には耳を貸さなかった。先に真田の帰順を認めたように、景勝は昌幸の力を認めている。本国に謀叛の種を抱えていることも大きかったのだろう、信尹を害して恨みの種を蒔くことを避けた格好であった。

四　潮の満ち引き

新発田重家の謀叛に対処するため、上杉景勝は早々に越後へ帰還せねばならなかった。しかし北条軍が小県に進んだことで儘ならずにいる。まずこれと一戦し、退けねばならない。

七月十三日、その景勝から召致があり、信尹は海津城の本丸館へと上がった。

「参上仕った」

景勝の居室は狭い板間である。廊下側の障子は他と変わらぬが、残る三方は襖《ふすま》を外して土の塗り壁に改めていた。刺客を紛れ込ませぬためという理由である。

気が小さい、とは言えない。先年まで上杉の家督を争い、家中のどこに敵が潜んでいるか分からぬ中を生き抜いた男なのだ。用心深さは、くっきりと眉間に刻まれた皺《しわ》の痕にも見て取れる。

「入れ」

声をかけられて敷居を跨ぐ。右の障子の陰に隠れるように、もうひとりがいた。左目に眼帯を渡した五十路《いそじ》の小男――斎藤朝信《さいとうとものぶ》である。じろじろと無遠慮にこちらの顔を見ていた。

景勝は壁を背に座っていた。何しろ狭いものだから、信尹は入口の近くに座ろうとした。すると斎藤が「もっと前へ」と促す。下ろしかけた腰を上げ、景勝とも、右手の斎藤とも膝詰めという辺りに座を取った。少々息苦しいものを覚えながら問う。

「お召しの儀、何用にて」

斎藤が「ふふん」と鼻で笑った。聞こえぬ振りをして景勝と目を合わせる。

「斯様なものを手に入れてな」

景勝が懐から書状を取り出し、ぽんと放って寄越した。手に取って、じっくりと眺める。表の「真田安房守殿」という宛名書きは、かつて武田で海津城代を務めていた高坂昌元の筆跡だった。見覚えがある。内容は承知していたが、敢えて包みを解いて中を検めた。

「寝返り……ですな」

景勝は無理に抑えたような声音で返した。

「昨夜、斎藤が透破を捕らえてな。お主の兄者に宛てた密書を持っていたという訳だ。恐らく上州の横谷左近が手の者だろう」

「確かに、真田で透破と言えば横谷にござる」

そう応じた。返答はない。

沈黙が流れる中、景勝の眼差しが幾分厳しい色を湛える。右手の斎藤が目を剝いて睨んでいることは気配で分かった。二人とも何も発しないのは、この信尹を疑っているがゆえだろう。

（まずい）

このままでは斬られる。そうした危険を承知で上杉家中に潜り込んだとはいえ、いざ目の前に死がちらつけば、やはり胸の鼓動は速まった。

どうにか逃れる術はないものか。焦りの中、ふと兄の顔が心に浮かんだ。

（……そうとも）

己とて策士・真田幸隆の子なのだ。決して気取られぬようにすまし顔を保ち、その間に命を繋ぐ道を探すのみ。

景勝と斎藤は、こちらを追い詰めようとして無言を貫いている。だが己にとって沈黙は常なること、理由もなく口を開く必要などない。黙っていてくれるのは、考える間を与えてくれたようなものではないのか——そこに思い至ると、いくらか気が楽になる。信尹は静かに呼吸を繰り返しつつ、頭の中の諸々を整理した。

兄の密命を受け、高坂を語らうのは容易《たやす》いことだった。

己も兄と同じく幼少から武田の人質に出された身だが、人質というのも悪いことばかりではない。高坂の父・弾正昌信は、兄に加えて己にも心を砕いてくれた。武田での作法、主君に仕えるための心得、武芸、軍略、城の縄張りなど、教えてもらったことは数多い。必然、子の高坂昌元とも長らくの既知である。

信長の横死によって織田が激震した際、高坂は「上杉に海津城を攻め落とされて助かった思いだ」と言っていた。その上杉も、今や腹背に敵を抱えて抜き差しならぬ状況に陥っている。生き残りの道を探る高坂にとって、寝返りの誘いは渡りに船だったろう。即ち、兄・昌幸に通じて北条に北信四郡を取らせれば後日の厚遇は間違いない、と口説いていた。

露見すれば真っ先に疑われると承知しつつの調略である。高坂はともかく透破が不始末を犯すとは思ってもみなかったが、斯様な時に自らの身を守る手段も当然ながら考えてあった。

(されど)

その方法を容易に是としきれぬ思いを持て余してもいる。どうにか別のやり方を選べぬものだろうか。

「お主が手引きしたのであろう」

景勝が、ことさらに静かな声で沈黙を破る。信尹は無言で首を傾げた。

「白を切るのもいい加減にせよ」

再びの静寂を断ち切り、斎藤が不意に大声を上げた。信尹はわずかに眉をひそめて右手を向いた。

「それがしが真田安房の弟だからですか」

斎藤は目を剝いて身を乗り出した。

「おまえは、そもそも真田の生き残りのために上杉に入った者だ。それに高坂が寝返って海津が乱れれば、目と鼻の先の真田が一番得をするではないか」

「既に兄を見限っております」

「口でなら何とでも言えよう。弟のおまえとて昌幸と同じ表裏者ぞ。信用ならぬわ」

「それがしと兄は別の者にて」

「何が別か。おまえはいつも言葉少なく、胸の内を見せぬ。それは何のためだ」

「やめい！」

景勝の一喝が、埒《らち》の明かぬ言い合いを遮った。見れば、眉を開いていてもそれと分かる眉間の皺がことさらに深くなっている。

「信尹よ。飽くまでお主には関わりがないと申すか」

景勝に向き直って「無論」と返した。顔つきも声音も全く変わらぬことを忌々《いまいま》しく思ったか、景勝は目を逸らして荒々しく鼻息を抜いた。

「お主の兄は傑物《けつぶつ》よ。武田信玄の薫陶《くんとう》を受けて軍略に優れ、調略に長《た》け……。されど武田に無二の忠節を誓っておるかと思えば、あっさりと離反して見殺しにし、以後も変節を繰り返して恥じるところすらない。正直、扱いに困る化け物ぞ」

景勝はいったん口を噤《つぐ》み、さも嫌そうに舌打ちをして続けた。

「わしは、その化け物を飼い慣らせなんだ。実に腹立たしい。かくなる上は、あの者を利することだけはできぬのだ」

そして、じろりとこちらの目を覗き込んだ。

「まこと調略に関わりなしと申すなら、高坂を如何に仕置きすべきか答えよ」

こちらを試すための問いを寄越してくる。どうしたものかと、二呼吸ほど考えて返した。

「浅薄にござりますな」

「ほう」

景勝が「面白い」とばかりに、怒気を孕んだ眼差しを向けてくる。信尹は平然と応じた。

「それがしが間者なら、昌元殿がお手打ちになろうと白を切りとおします」

斎藤の歯噛みする音が、ぎり、と聞こえた。対して景勝は静かに問う。

「身の証を立てぬと申すか」

「立てようがござらぬ」

「それでは、わしはお主を罰するしかない」

信尹は平伏した。

「御意に従うまで」

再びの沈黙が流れる。淀んだ空気が重い。しかし心には、もう小波ひとつ立たなかった。

己ひとりを失っただけで策が手詰まりになるなら――そのような策しか立てられぬなら、兄は化け札になどなれまい。信じた己にしても同じ、この乱世には足りぬ器であろう。

「はは、はははは っ！」

不意に景勝が大笑した。斎藤が驚いて身じろぎし、衣擦《きぬず》れの音が聞こえた。信尹は平伏したまま微塵も姿勢を崩さなかった。

「面を上げよ」

命じられて居住まいを正す。景勝は「面白い」とばかりに笑みを浮かべていた。

「首を刎ねられても構わぬ……か。相分かった。此度だけは、上杉への忠節ゆえと受け取っておこう」

「有難き幸せ」

景勝の面持ちが厳しさを取り戻した。

「ただし！　お主に命ずる。高坂を討て」

大国の当主だけあって、さすがに隙がない。かくなる上は自らの手で調略を潰し、身の証を立てねばならぬ。ことが露見した以上、どうあっても高坂は誅《ちゅう》されよう。だが自らの首が繋がっていれば次がある。無理にでもそう思い、胸の内の後ろめたさを払ってすまし顔を続けた。

「……御意のままに」

信尹は改めて一礼し、立ち去った。ちらと目に入った斎藤の面持ちが憎らしげなものを湛えている。何とかこの場を逃れたが、それで自らが安泰とは言えまい。やり辛くなるな、と思った。

その晩、信尹は酒を携えて高坂を訪ねた。

三之丸の東にある大手門を出てすぐ、城将の屋敷が南北に広がって軒を連ねている。城が武田に属していた時のまま、板塀の中に平屋建ての瓦葺であった。

高坂はかつての城代だったことを重んじられ、大手門正面に屋敷を宛《あて》がわれていた。七月十三日、夜空の月が青い光を斜めに寄越し、門を照らしている。信尹が来訪を知らせるとすぐに門脇の木戸が開かれた。

高坂を討って海津城に火種がなくなれば、上杉と対峙する北条軍は城攻めの手掛かりを失うことになる。その時、事態はどう動くだろう。戦を構えることになれば、己は本当の意味での人質に取られるばかりだ。この身の危難は去っていない。

だが景勝は、信濃での戦を極力避け、本国に兵を回したいはずだ。そのための策をきっと腹蔵している。今の己はここに賭けるしかない。引き続き景勝に生殺与奪の権を握られている以上、やはり高坂を手に掛ける以外の道は選べなかった。

(昌元殿。すまぬ)

信尹は心中に詫《わ》びつつ、木戸をくぐった。

下人に導かれ、庭に面した高坂の居室へと至る。高坂は「おお」と顔を綻ばせた。

縁側に座って酒瓶を置き、右の掌を添えて「これを」と示した。高坂は喜んで、下人に酒器と肴《さかな》の支度を命じる。そして信尹の正面に座った。

「先んじて、如何です」

信尹は瓶の口を縛った紐《ひも》を解き、鹿皮の蓋を取った。そのまま持ち上げて口を付け、ぐびりと呑む。径五寸ほどの口は一部だけ、ぼってりと釉《ゆう》が厚い。そこに酒の濁りが乗り、月明かりを緑色に跳ね返した。

「策は成れり。美酒にござる」

口を拭うと高坂も興が乗ったようで、「それがしも」と瓶から直に呑んだ。互いに三口ほど呑んだところで銚子《ちょうし》と杯、大根の溜まり漬を載せた皿が運ばれた。

信尹は酒を柄杓《ひしゃく》で掬い取り、銚子に移して互いの杯に注いだ。溜まり漬を摘みながら杯を傾ける。下人が屋敷の離れにある小屋に下がったことを見届け、高坂は小声で笑った。

「お主も聞いておろう。明朝、景勝殿が出陣すると触れがあった。いよいよだ。わしが海津城を奪って北条と挟み撃ちにすれば、お主も真田への帰参が叶うな」

信尹はすまし顔で返した。

「どうでしょう」

「と、申すと？」

「まだ済んでおらぬということです」

高坂は小さく吹き出した。

「上杉から、まだまだ」

言葉を切った。そして口を押さえて欠伸《あくび》をする。

「……毟り取るか。さすがは真田」

また言葉が切れた。今度の欠伸は大口を開けていた。

「さすがは真田安房……。いかん、どうも眠い。これは……」

見る間に高坂は船を漕ぎ始めた。かくん、と頭を落としては目を開ける。何度か繰り返していたが、やがてばたりと横たわり、高鼾《たかいびき》で眠ってしまった。

信尹は、ふう、と息をついた。

「これほど効くとは」

誘われるまま酒瓶から呑んだのが、高坂の命取りだった。釉の厚い一部——信尹が口を付けた場所を除いて、瓶の口には眠り薬が塗られていた。正面に向き合っているのだ。わざわざ瓶を回して相手と同じところから呑もうとする者などいない。

高坂の寝顔をぼんやりと見下ろしながら呟く。

「恐らく」

斎藤朝信が目を光らせているだろう。古くからの知己を死なせるのは忍びないが、致し方ない。

懐から匕首《あいくち》を取り出し、すっと抜き払う。そして高坂の喉に宛がい、一気に貫いた。

高坂は驚いて目を開けたが、元より薬で朦朧《もうろう》としている。加えて息もできぬ、声も出せぬとあって騒ぐこともできなかった。ぱた、ぱた、と緩慢に動いていた手足がやがて痙攣《けいれん》を始め、ほどなくそれも止んだ。

(相すまぬ)

再び心中に詫び、信尹は夜空を見上げた。調略をしくじるとは、こういうことなのだ。高坂を討つのが景勝であるか、己であるか、その違いがあるに過ぎない。

(だが)

武田の人質として過ごした年月で、指南役の高坂弾正には確かな思慕が生まれた。その子を手にかけたのだ。致し方なしと理解していても、簡単に割り切れるものではない。瞬く星がじわりと滲《にじ》み、やがて両の目から涙が零れた。

信尹は小袖の袂《たもと》で目を押さえ、また小さく息をついた。

兄が同じ立場なら、やはりこうするだろう。北条の脅威に晒されてあっさりと膝を折り、安い誇りを捨てたほどだ。大国に囲まれた小勢が生き残るとは、ことほど左様に厳しい。

もし兄が自ら高坂を殺したら、やはり心を揺らすだろうか。それで構わない。景勝が言う「化け物」であって欲しくはないからだ。

「されど兄上」

誰にも聞こえないぐらいの小声を漏らし、口を噤んだ。

あなたは己のように涙を流してはならぬ、と心に思った。極悪無道と罵《ののし》られても、顔だけは不敵に笑っている。それでこそ世を化かすことができようし、己も真田の捨石となった甲斐があるのだと。

*

七月十四日、昌幸は二百の徒歩兵を率いて北条軍に従っていた。上杉軍が海津城を発し、千曲川沿いに進んできたためである。

信濃国分寺《こくぶんじ》に敷かれた北条軍の陣に伝令が駆け込んだ。

「申し上げます。上杉方、虚空蔵山《こくぞうさん》城を背に陣を敷いてございます」

真田の本拠・戸石城のある太郎《たろう》山から延びた峰が、西方六里ほどの地でひと際高くなったものが虚空蔵山である。そこに構えられた城は南に上田原《うえだはら》を見下ろし、千曲川の河岸が極端に狭くなる節所を睨んでいる。山中での進軍を妨げるため数々の小峰を利する造りで、小城ながら中々の要害であった。

報せを受け、北条氏直が問うた。

「川の南か、北か」

「北にござります」

昌幸は主座に向かって左手の列、中ほどに得た座で心中に毒づいた。

(確かめるまでもなかろうに)

山を背にしている、つまり南を向いているのだ。川の南では背水の陣になってしまう。味方の城に背を預け、川で前面を遮る北岸への布陣に決まっている。どうにも氏直という人は戦の勘どころが分かっていないようだ。

伝令が走り去るのを見届け、氏直は発した。

「河北の東側から攻めるべきか」

昌幸は「お待ちあれ」と声を上げた。

「いたずらに兵を進めるべからず。山中に伏兵があると見て間違いござらぬ」

「されど南から川を越えて攻めるよりは、陸続きの東からであろう。上杉の一万五千に対し、我が方は四万五千ぞ。伏兵など恐るるに足らぬ」

昌幸はそっと手を伸ばし、左隣に座る大道寺直繁《だいどうじなおしげ》の背を叩いた。

「うわっ」

直繁は驚いて声を上げた。皆の目が「何ごとか」と向く。昌幸は朗々《ろうろう》と発した。

「これが伏兵にござる。北条重臣の大道寺様とて不意に背を叩かれれば声を上げ、他の皆様も目を奪われるのです。戦場なら如何なりましょう。我らに数ありとて、その利を活かせず心を挫《くじ》かれれば、烏合の衆と変わりありませぬ」

氏直は面白くなさそうに応じた。

「然らば、どうやって攻めよと申す。高坂が寝返ると分かっていても、攻めねば勝てぬのだぞ」

それに対しては、昌幸から二つ上座にある男が答えた。先に背を叩いた直繁の父で、北条にその人ありと知られた百戦錬磨の将・大道寺政繁《まさしげ》である。

「ただ今の真田殿の言と同じにござる。海津で高坂殿が火の手を上げれば、上杉方こそ烏合の衆となりましょう。虚空蔵山に伏兵ありとて、大将の陣が崩れてしまえば何もできませぬ。その時を待ちさえすれば如何様に攻めても勝てまする」

昌幸の言葉では納得しなかった氏直も、政繁に言われると「なるほど」と頷首《がんしゅ》した。

「されば我が方は、まず固く守るべし。その時が来たら全軍にて進む」

昌幸は膝元に目を落として小さく溜息をついた。

(阿呆ではない。が……)

氏直は判断を人任せにしすぎる。初陣から五年、大した戦も知らぬままの若者に四万五千もの大軍は、まだ早いと思われた。

ふと気付けば政繁がこちらを見ている。目が合うと、向こうは口元にだけ苦笑を浮かべた。

そこへ再度の伝令が駆け込んだ。

「上杉方から贈られてきた物がございます。進物のようですが」

「はて……これへ持て」

運ばれてきたのは縦横に錦の紐が掛けられた黒漆塗りの箱だった。四辺は一尺ほど、高さはさらに五寸ほど大きい。訝しげな顔の氏直に「開けてみよ」と命じられ、伝令が蓋を取った。

高坂昌元の首級が入っていた。

「露見したか」

大道寺政繁が愕然として呟く。疑念に彩られた皆の目が、こちらの顔に集まった。昌幸は眉をひそめて俯き、右手を口元に宛がって沈思した。

しくじればこうなるのが調略というものだが、いざ高坂の首を目の前にすると胸が悪い。信尹の身も案じられる。いずれにしても、この気持ちは飲み込まなければ。

それにしても、と思う。上杉景勝が首を送り付けた意味は何なのだろう。動揺を誘うためか。

（いや……違うな。どうにも引っ掛かる）

昌幸は顔を上げて伝令の者に問うた。

「他に箱はないのか」

「はっ。これだけです」

確認して二度頷き、氏直を向く。

「露見したのは高坂殿の不手際にござろう。我が弟・信尹が仕損じたなら、それがしと同じ顔の首も届けられておるはずです」

「……左様であるな。だが、そのことと其方が上杉に通じておらぬことは別の話であろう。我らを謀り、うまうまと誘《おび》き出したのではないか」

まただ。もやもやとする。高坂の首を送って寄越した上杉景勝、己を疑う北条氏直、双方に相通ずる違和が感じられてならない。氏直を踊らせて、景勝は何をしようとしているのか。

昌幸は小刻みに頭を振り、まずは自身に向けられた疑念を払った。

「それがしが敵に通じておるなら、伏兵に用心せよなどと申し上げぬはずですが」

すると政繁が安堵したように「ふむ」と頷いた。

「それが道理よな。守りを固めて睨み合っておる限り、誘き出されたとは言い難い。敵が攻め掛かって来たとて、広い上田原での野戦なら、まさに数の差がものを言う」

政繁の言葉で昌幸に対する疑いは晴れたが、戦は決め手を欠くことになってしまった。堅城・海津を落とす算段がなくなれば、上杉軍を叩くのは容易ではない。結局のところ評定は、当面は守りを固めるという方針の他、何も決まらぬまま終わった。

氏直の陣を出た昌幸は、千曲川の河原に張られた自陣に戻った。六文銭《ろくもんせん》の幟《のぼり》の下では小県の地侍や足軽たちが賭けごとに興じている。戦の合間の常なる風景を眺めながら歩を進め、陣幕に入った。

「左近。左近やある」

声を上げると、すぐに横谷左近が参じて床机《しょうぎ》の前に片膝を突く。単刀直入に事実を伝えた。

「調略が露見した。高坂殿の首が送り届けられてな……。海津に遣った透破からは何も知らされておらなんだが」

横谷は両膝を突く格好になり、顔を引き攣《ひつ》らせた。

「申し訳次第もござりませぬ。手の者の失策……もしや信尹様も」

「おまえを責める気はない。それに、信尹は間違いなく無事でおる」

「何ゆえに」

面持ちを緩めない横谷に、軽く微笑《ほほえ》んで見せた。

「人はな、左近、相手の立場に自らの身を置いて考えれば、色々なことが見えるものだ。わしが信尹の立場なら、調略の相手を自ら斬る。高坂殿には悪いことをしたが……信尹の首が届けられておらぬのは、あやつがそうやって疑いを晴らしたからだろう」

横谷は今ひとつ安堵しきれぬ風ながら、やや落ち着いた声で返した。

「殿が左様に仰せなれば」

「それより、どうにも引っ掛かってならぬ。景勝め、何ゆえ首を送り届けたのか」

「動揺させようという腹にはござりませぬか」

昌幸は、きっぱりと否定した。

「いや。心を挫くためなら、むしろ首は送らぬのが良い。調略が成ったと思い込ませたまま戦に及び、懐深くに引き込んでから高坂殿の死を明かした方が、北条軍はより大きく狼狽する」

横谷は「確かに」と唸る。昌幸は床机から立ち、その肩に手を置いた。

「確かめねばならん。信尹に渡りを付けたい」

そして耳打ちする。横谷の顔が、見る見るうちに驚愕に彩られていった。

*

信尹は上杉本陣付きの将として虚空蔵山の麓にあった。評定に加えられるでもない、わずかな兵すら与えられるでもない、ただ軍に付き従っているのみである。つまりは監視されているということだ。

十五間向こうの篝火《かがりび》に、上杉の「竹に二羽飛び雀」の旗が浮かび上がっている。評定の場、大将・上杉景勝の陣幕である。そこから伝令が駆け出し、雑兵の間を縫《ぬ》って夜陰に消えた。

眉尻がぴくりと動く。静かに歩を進めて自らの小さな陣幕に入り、床机に腰を下ろした。他の誰もいない方が落ち着いて考えられる。

先の伝令は何だったのか。未だ北条が攻めて来る気配すらないのに、ずいぶん慌しかった。或いはこちらから仕掛けるのやも知れぬ。

刹那《せつな》、陣幕の外に立つ六文銭の幟が揺れた。足許に一本の矢が突き立つ。

「矢文……」

こうしている今も何れかの目が光っている。誰も駆け付けないのは、この矢に気付いていないからか。寸時の隙を衝いた透破の仕事に違いない。

矢柄《やがら》に結ばれた紙を取って拡げる。思ったとおり、横谷左近からの密書であった。明日七月十五日から二日の間に、虚空蔵山に紛れた兄の遣いに会えと記されていた。

密書を畳み直して具足の胸に仕舞い込み、右手を額に当てて思案した。人目を忍んでこの陣を抜け出すのは極めて難しい。どうしたら良かろう。

しばしの後、陣幕の外から「真田様」と声がかかった。伝令らしい。

「何用か」

「申し上げます。いつでも陣払いできるよう支度しておくべしと、お達しがありました」

動きが変わった。先に評定の陣幕から駆け去った者とも関わりがありそうだ。思いつつ、静かに返した。

「明朝より支度に掛かる」

伝令が走り去り、再び夜の静寂となった。

信尹は両膝に肘を預け、背を丸めて下を向く。ぼんやりと視線を泳がせながら考えた。

陣払い――上杉が兵を退くのには早いはずだ。何しろ、未だ北条軍の進退は明らかでない。

「二つの見込みがある」

口中に呟き、具足の上から胸に手を当てた。もしかしたら、先の矢文が感付かれているのかも知れない。今の伝令は、こちらの様子を探るために斎藤辺りが寄越したのではなかろうか。

「されど」

もし疑われたのなら、有無を言わさず捕らえられ、首を刎ねられるだろう。今の己はそういう立場である。

信尹は背を丸めたまま首だけを上げた。

「ならば……徳川」

織田信長が横死してから一ヵ月以上が過ぎている。その間、徳川は駿河から甲斐に軍を進め、鎮定に掛かっていた。

信尹はひとり、くすくすと笑った。

「この身を賭けの形にせん」

今宵のうちに捕らえられることがなければ、徳川の線で間違いあるまい。思い定めて床机を立ち、後ろに設えられた板張りの狭い寝台で、具足を付けたまま横向きに寝転がった。

浅い眠りから覚めると、眼前には昨晩と同じ陣幕があった。身を起こして外に出れば、空の朝闇も払われようとしている。周囲の陣幕はどこも幟の数が減っていて、陣払いが嘘でないことが知れた。

「当たりだ」

信尹は自らの右手に目を落とし、先だって手に掛けた高坂昌元のことを思った。

景勝は高坂の首を北条の陣に送り付けた。伏兵まで整えておきながら、何ゆえに海津が磐石《ばんじゃく》だと示し、北条方の出足を止めたのか。徳川が近々甲斐を鎮め終わると知っていて、その動静を探る時間を稼いだと考えれば辻褄《つじつま》が合う。つまり景勝は、北条の牽制役を徳川に押し付けて後顧の憂いを断ち、早々に退いて本国・越後での叛乱に対処せんとしたのだ。

「然《しか》らば」

陣幕の裏手、朝日を受けた虚空蔵山を眺める。兄の遣いに会い、このことを報じねば。

信尹はその日、賦役の百姓衆——戦場での雑務番を五人ほど督して陣払いの支度を始めた。夕刻までに半分ほど荷物をまとめる。その後は百姓衆に酒を振る舞い、自らも輪に加わってちびちびと杯を舐《な》めた。他の陣幕も似たような様子であった。

すっかり夜の帳《とばり》が下りた頃、信尹は杯を干して座を立った。

「厠に参る」

百姓衆は、へらへらと笑いながら頷いていた。

野営陣の厠は極めて大雑把なものである。千曲川に近い先陣は川に用を足しているが、山裾にある本陣では森の中に穴を掘って済ませていた。簡素な酒宴が周囲に溶け込んでいたことも手伝って、信尹が山に入るのは特に怪しまれなかった。

とはいえ、手早く済ませねばならぬ。木立を漏れ入る乏しい月明かりを頼りに、信尹は山肌に歩を進めた。麓から一町半も入ると、二十間ほど先に小さな焚き火が見える。そこを目印に進む中、右手の向こうから唸り声が届いた。

誰かが、いる。信尹は咄嗟《とっさ》に身を屈めて腰の刀に手を掛けた。

「あの、誰ですけ。うらあ下原の新平って者です。木の実採りで山に入ったんじゃけんど、日のあるうちに下りそびれちまって」

間延びした声が渡ってきた。信尹は大きく息を吐いた。戸石にいた頃、兄に引き合わされていた百姓の声だ。

百姓というのは実に逞《たくま》しい。田畑で穫れた多くを年貢に差し出しても、草の根を噛み、山で木の実を採り、獣を捕らえて口を糊《のり》する。戦見物と称し、討ち死にした者から武具を剝ぎ取って売るようなこともする。戦の始まる前ならば、百姓が山に入ったとて怪しまれない。兄はそれを使ったか。

「まさか、おまえだとは」

その小声で通じたらしい。新平は声を潜めつつも嬉しそうに発した。

「あ、殿様の弟様ですけ。ちょっくらこっちへ」

「おまえが来い」

「いやその、糞《くそ》しちょりまして」

信尹は眉根を寄せて静々と歩を進めた。

「これを」

具足の胴から書状を取り出して渡す。新平は受け取って大事そうに胸に抱き、次いで落ち葉を何枚か拾っていた。尻を拭うのだろうが、顚末《てんまつ》を見届けずに踵《きびす》を返す。

「あ、あの。他には？」

「何が大事か分かっておるか」

背中で返すと、朗らかな小声が渡ってきた。

「そら、うらの命ずら。だけんども大丈夫ら。山ん中におった足軽の人らも、城に入っちまったから」

信尹は小さく鼻息を抜いて笑った。

「書状の他に、それも報せておけ」

言い残して山を下りた。足軽が虚空蔵山城に入ったという新平の証言が重い。

酒宴を離れていたのは半刻（十五分）ほどか。陣に戻って再び百姓衆の輪に入ろうとすると、そこに待ち構えている者があった。

「どこへ行っていた」

斎藤朝信であった。やはり手強い。信尹は常なるすまし顔のまま答えた。

「糞です。検分なされるか」

斎藤は忌々しそうな顔で、ぷいと立ち去った。

＊

新平から受け取った書状で信尹の無事を知り、昌幸は一応の安堵を得た。また、上杉が遠からず退くという報せで、北条軍は前途が開けた形となっている。

しかし——。

昌幸は大声を上げ、氏直を諫《いさ》めた。

「なりませぬ。何ゆえ今動くのです」

氏直は苛立った口ぶりで返した。

「徳川がそこまで来ておるのだろう。上杉が退くなら今や全軍で付き合う必要はない。佐久に政繁と二千を残し、他は軍を転じて甲斐に向かう」

「徳川が甲斐を鎮め終わったと言うのに、今から行って何になるのです」

昌幸に続き、同じ小県の地侍たちが口々に非難した。

「景勝が退けば北の四郡とて切り取りやすいはず」

「甲斐に向かうなら、なぜ睨み合いになった時すぐに動かれなんだ」

「徳川軍は強うござりますぞ」

しかし氏直は聞かなかった。声を荒らげて一喝する。

「黙れ。北条の大将は、このわしだ」

地侍たちは不満顔で口を噤んだ。昌幸も沈思する。

氏直は父・氏政《うじまさ》の人となりを色濃く受け継いでいる。道理を説かれて頭を冷やすだけの器量を持ち合わせつつも、極めて癇《かん》が強い。そして今、甲斐に転ずることに全く理がないとは言えないのだ。上杉と徳川による挟み撃ちを避けられるし、徳川軍を蹴散《けち》らすことができれば退路も確保される。だからこそ諫言が耳に入らない。

（されど、こやつは若い）

大将は俺だという先の物言いは下の者を遠ざける。このままでは、北条軍は四分五裂の有様となろう。しかし真田は上野を押さえるため、北条の力を利用したい。それまでの間は、手詰まりとなられては困る。昌幸は口を尖らせて「ふう」と長く息を吐いた。

「こちらが先に退かば、上杉も追い討ちをかけましょう」

大将に向かって左手の中ほどが昌幸の定席である。佐久郡に残される大道寺政繁が、二つ上座で頷いた。

「それが道理よな。殿軍《でんぐん》が要る」

今度は氏直も異論を挟まなかった。昌幸は「ええ」と応じた。

「必要なのは殿軍のみにあらず。佐久は大道寺様が睨みを利かせるにしても、小県はどうなされます」

氏直は、やや落ち着きを取り戻した声で応じた。

「誰かを残さねばなるまい」

すると皆の目がこちらに向いた。殿軍、或いは小勢で大軍に備えるというのは、やはり危険な役回りである。昌幸は当然とばかりに言った。

「それがしが言い出したことにござる。真田郷に残って上杉に備えましょう」

政繁が安堵の面持ちを見せる。小県の皆も「それなら」と納得したようだ。これで良し、末端に綻びが生まれることは阻止できた。氏直の本隊も簡単に潰れはしまい。

「話は決まった。我が軍はこれより陣を払い、明朝を以て甲斐へ向かう」

氏直の宣言に、皆が「はっ」と声を合わせた。

政繁がこちらに眼差しを向けた。互いに苦労するな、そう言っている。昌幸は苦笑で応じたが、腹の中では別の笑い顔が頭をもたげていた。

甲斐に向かう北条本隊の四万三千が、徳川の一万を蹴散らすことはできまい。徳川家康――無類の強さを誇った武田軍を、三河長篠で完膚《かんぷ》なきまでに叩き潰した男だ。若い氏直では、数の大差によって睨み合いに持ち込むのが精一杯ではあるまいか。

昌幸は評定の席を立ち、陣幕を後にした。

(だがそれで良い。二ヵ月も稼げれば十分だ)

北条のために働くと見せ、北条の力で真田を利する。その方針を推し進める時は近い。上杉への備えという危険な役回りも、成り上がるための対価なら安いものだ。腹の中の不敵な笑みが、ついに顔に浮かんだ。背後の氏直がそれを目にすることはない。

天正十年七月十九日、氏直率いる大軍は北信濃から甲斐に矛先《ほこさき》を向け直して進発した。殿軍は大道寺政繁の二千、松田憲秀《まつだのりひで》の千、そして昌幸の手勢二百である。これらは朝五つ(八時)に太郎山の麓に布陣した。

朝一番で北条の本隊が退いたことは、もう上杉方に知られているだろう。昼前には追撃の手が伸びる。それを待っていると、政繁が昌幸の元に馬を進めて来た。

「真田殿」

振り向くと、不安げな顔で言葉が継がれた。

「其許の言を容れて兵を配したが、本当にこれで大丈夫なのか」

「無論です。何ゆえに？」

政繁は「ううむ」と唸って前を見た。右手に聳える太郎山に至るまで、千曲川北岸は遮るもののない平野である。ここに展開した北条方の布陣は至極単純なものだった。政繁の隊が後詰、松田隊が先手、先手の右翼ごく一部を昌幸の兵が担うという格好である。全てが徒歩兵で、これと言った工夫もない。

「上杉は、どれほどの兵を寄越すだろうか」

唸ったきりだった政繁が、ようやく口を開いた。昌幸はこともなげに答える。

「全軍一万五千のうち、三分の一も寄越すでしょう」

「つまり我が方は数で劣る。分かっているとは思うが、我らは……いやさ、真田殿にとっては並の殿軍ではないのだぞ」

時に猛然と戦いながらじわじわと退き、敵の追撃が本隊に及ばぬようにするのが殿軍の役目である。だがこの殿軍に於いて、昌幸は一歩たりとて退くことが許されない。真田郷はこれから戦場にならんとしている小県にあるからだ。

それでも昌幸は大きく頷いて胸を張った。

「戦は数ではござらぬ。数に勝れりとて、それを活かせねば何にもならぬ……先日の評定でも申しましたかな。まず見ていてくだされ。恐らく大道寺様に戦をさせることにはならぬでしょう」

「ふむ……。お主はあの信玄公に『才気絶倫』と賛じられた男ぞ。信じよう」

面持ちに湛えた懸念《けねん》は露《つゆ》ほども消えていなかったが、政繁は自らの隊に戻って行った。昌幸はその背を見送りながら胸に思った。

(信玄様)

武田信玄は昌幸にとって敬愛する師である。己の才を認め、近習に取り立ててくれた。信玄の側近くに仕えることで、軍略、謀略、領内の統治、ひととおりを見て覚えることができた。最大の恩人の子を見限って生き残ったからには、何としても成り上がらねば申し訳が立たぬ。

「斯様なところで躓《つまず》くものか」

口を衝いて出た呟きと共に、目を西方――千曲川の下流へと戻した。

半時(一時間)の後、ようやく敵の馳せる音が迫ってきた。

駆け足の音は、向こう一里ほどの辺りに至ると急に速くなった。こちらの備えに工夫のないことが見えたのだろう。青く萌《も》えた晩夏の河原を一気に詰め寄っていた。

「槍衾《やりぶすま》、構えい」

左翼から響いた松田の声に応じ、百ほどの足軽が半町も前に出て片膝を突く。そして槍の石突きをしっかりと地に当て、斜め上に穂先を向けて揃えた。

足軽の槍は短い白木の芯をいくつも連ねて竹で覆い、麻紐で巻き固めたものである。柄の長さは二間半にも及び、これで敵兵を叩き据えるのが本来の使い方だ。槍衾の場合は違う。数をまとめて穂先を前に揃え、騎馬の突撃を食い止める。馬一頭に対して槍一本なら勢いにへし折られてしまうが、束になれば竹のしなりが物を言い、弾き返すことができる。

もっとも、今ここに迫っているのは馬蹄の音ではない。明らかに人の足だ。松田とて分かるだろうに、それでも槍衾を組んだのは、この布陣を信用していないからだろう。

（それでこそだ）

思いつつ、目を前に向け直した。

松田の弱気を見通したか、敵兵はなお勢いを増している。そして十間の至近まで駆け寄ると長槍を高々と掲げてなお詰め寄り、槍衾を目掛けて勢いと共に叩き下ろした。槍と槍のぶつかる音が、バン、バン、バンと響いて太郎山にこだました。

束になった槍のしなりは一撃を跳ね返し、敵兵の足を止めた。だが味方は穂先を激しく揺らす槍を操りあぐね、すぐに体勢を立て直せずにいる。

そこへ敵の後続がまた打ち掛かった。槍衾の足軽は三人、四人と叩き据えられ、肩を押さえて転げたり、槍を取り落としたりという有様になった。この隙に、一撃めを加えた敵兵が槍を掲げ直して三度めを叩き付けた。

松田の先手は呆気なく崩された。馬ならば、一度弾き返せば再び詰め寄るのに時を要する。対して足軽は騎馬よりも一度に動く数が多く、かつ小回りが利く。その違いがある以上、この顚末も当然か。思いながら昌幸は、わずか三十間の向こうで慌てふためく松田隊を淡々と眺めた。

そして、確信した。

（勝てる）

松田がさらに二百の足軽を前に出したが、先手を蹴散らされたせいか及び腰である。敵味方が入り乱れて叩き合うものの、瞬く間に押され始め、松田隊そのものがじわりと後退した。右翼の昌幸も、それに合わせて自らの手勢を下げる。

揉み合うこと一刻（三十分）ほどで味方全体が半町も押し込まれた。

だが――。

そこで太郎山に鬨の声が上がった。木々の間から兵がわらわらと湧き出し、上杉勢の横腹に襲い掛かる。正面と横合いに敵を迎え撃つ格好となった上杉方は瞬時に狼狽し、対して味方は息を吹き返した。潮目、戦の流れとでも言うべきものが明らかに変わった。

ここに至って昌幸は自らの二百に号令した。

「進め！　敵を囲み、散々に屠《ほふ》ってやれ」

足軽と徒歩武者が右翼から前に出て、松田隊と伏兵の相手だけで手一杯になっている敵に襲い掛かった。

そこかしこで苦しげな悲鳴が上がる。地に組み伏せられる者、他の兵を盾代わりにして自らの無事を図る者、同士討ちを始める者、平伏して降参する者――もはや上杉方は戦ができぬほどの混乱に陥っていた。乱戦の中、昌幸は遠目に敵の後方を見遣った。既に新手が駆け付けることはない。それを確認し、なお兵を鼓舞《こぶ》する。

殿軍の戦は一時（二時間）ほどで終わった。至るところで兵たちが勝鬨《かちどき》を上げる中、昌幸は戸石城から伏兵を率いて来た池田綱重の元に馬を進めた。

「大儀であった」

池田が満面の笑みで応じる。そこに右手から声がかかった。

「こういうことだったか」

大道寺政繁が馬上で面白くなさそうな顔をしていた。昌幸も馬上のまま頭を下げた。

「敵の油断を衝いたまで。楠流に言う『二の二の謀』です」

「ふむ。敵は氏直様の撤退を知り、無策と見える備えを目の当たりにして心が驕《おご》った。そこを伏兵で崩したのだな」

昌幸は「いいえ」と頭を振った。

「上杉はもっと早くから油断していたのです。虚空蔵山の伏兵が城に退いたと、手の者から知らされておりましてな。越後に引き上げるための支度でしょう。されど、これこそ付け入る隙にござった。もし虚空蔵山の敵兵が動かぬままであったら、それがしとて伏兵など置けませなんだ。太郎山とは峰続きゆえ、何かの拍子に鉢合《はちあ》わせにならぬとも限りますまい」
三、四日前まで自らが伏兵を置いていた場所――敵がいないと確認していたはずのところに伏兵があった。だからこそ上杉軍はあれほどに乱れたのだ。種を明かすと政繁は目を見開いて「何と」と絶句しかけ、すぐに「いいや」と厳しい顔を横に振った。
「見事と言いたいが、なぜ、わしらに教えておかなんだ」

「教えてしまえば驕りが生じましょう。敵を欺《あざむ》くには味方からです」

平然と返す。政繁が小さく身震いした。

「お主とは……末永く共に戦いたいものだな」

その言葉に、昌幸は微笑みで応じた。

五　信とは何か

北条の殿軍として戦ってから十日、七月二十九日となっていた。甲斐を制した徳川は、南信濃をも手中にするべく、諏訪郡の高島《たかしま》城に先手の兵を出している。小諸から甲斐へと転進した北条軍はまずここを指した。高島城主・諏訪頼忠《よりただ》を救援し、恩を売って味方に引き入れるためである。結果、徳川は城方と北条軍の挟み撃ちに遭うことを嫌って兵を退いた。

ここまでは北条も大軍の利を十全に生かした格好だが、その後はやはり徳川軍と睨み合いに陥っていた。甲斐府中にほど近い若神子《わかみこ》城に入ったものの、新府城――武田勝頼が火を放った焼け跡を整え直した――に拠る徳川家康本隊を攻略できずにいる。

昌幸は戸石城の自室で近隣の地図に目を落としていた。北条氏直の人となりから予見したとおり、上野を取るための猶予が生まれている。もっとも冬になれば北条とて撤退を視野に入れ、上野を固めに掛かるはずだ。もたもたしていては、真田の出る幕はなくなる。

「向こう二ヵ月だ」

発して、ごろりと大の字になった。沼田城を再び手中に収めねば、真田はこれ以上大きくなれない。吾妻は領こそ広いが山ばかりで、ろくな収量がないのだ。沼田以南の平野、米が多く穫れる地は何としても必要である。遅くとも九月の末までに当地の地侍を取りまとめる必要がある。

「申し上げます。沼田の金子《かねこ》殿より書状ですぞ」

池田綱重の声に、昌幸は飛び起きた。すぐに受け取って開き、目を走らせて頷く。

「また二人を説き伏せたらしい」

金子美濃《みの》は昨天正九年三月、沼田で起きた叛乱を鎮めるために調略した相手である。付き合いは浅い。池田はそれを懸念して問うた。

「どこまで信用して良いものか」

「金子は信用して良い。あやつは上野にしつこく兵を向ける北条を嫌っておる。おまけに我が叔父上とは馬が合うようでな」

北条であれ真田であれ、沼田衆にとって誰かの風下に付くことに変わりはない。だが北条の進軍に抵抗し続けた地侍にとって、武田の代官だった当時から上野を治めてきた真田は救い主に等しい。どちらを重んじるかは明らかである。

「高島城の諏訪頼忠が氏直殿に従ったのと同じだ。金子は、同じ従うなら真田であろうと脅して回っているらしい態度を決めかねる者には声の大きさこそが効く。」

池田が「そういうものか」と得心顔になる。そこへ昌幸の小姓が慌しく駆け付けた。

「信尹様、ご帰還なされました」

昌幸は池田と顔を見合わせた。弟が帰って来たとは、つまり上杉にいられなくなって逃げて来たということだ。

「すぐに通せ」

命じて立ち、居室の隣にある広間へと移った。

半刻（十五分）ほど待った後、信尹は新平を従えて歩を進めてきた。どちらが百姓か分からぬほどに汚れている。

「何があった」

問うと、弟は広間の中央で崩れるように尻を落とした。

「川中島衆・山田右近《やまだうこん》を語らい損ない申した」

要害・海津城を孤立させるため、地侍の調略を命じていた。失敗して逃げ帰るのも調略の常ゆえ、咎める気はない。だが腑に落ちぬところはあった。

「山田はかつて武田に従っていた者だが、筋金入りの猪武者ぞ。おまえが頭で負けるとはな」

「恐らく斎藤朝信。炙《あぶ》り出され申した」

昌幸は、ぶるりと身を震わせた。斎藤ほど老巧な者が裏で糸を引いていたのなら得心がいく。そして、それは上杉の敵意が如何ほどのものかを示していた。ぐっと腹に力が入る。

「越後の混乱が治まるのは来年か、再来年か。いずれ、また川中島に出て来よう」

池田が背を丸め、両目を被うように右手を当てた。

「信尹様のご無事は嬉しゅうございますが……上杉に本気になられては」

嘆いて、頭が痛いとばかりに左手で掻き毟る。昌幸はいささか呆れて発した。

「おまえ、その癖は直らんのか。本当に毛がなくなるぞ。いっそ剃ってしまえ」

池田は顔を上げ、何とも情けない顔で唸った。微笑しつつ目を逸らし、信尹の後ろで隠れるように座っている姿を見遣った。

「ところで、なぜ新平を伴っている」

新平はいつもの間抜け面である。信尹が短く口を開いた。

「山中で会《お》うたものにて」

信尹と新平、双方から話を聞く。信尹は調略を仕損じて山田右近の兵に襲われ、ひとり川中島北東部の山に入ったそうだ。日の差し具合から南を確かめて進み、峰続きの太郎山、この戸石城を指したという。

「今朝がた狩場に行ったら、弟様がおられたんです。いつも入ってる山じゃから道も分かるし、お城までお連れしたんですけんど」

良いことをしたとばかり、新平が満足そうな顔を見せる。そういう重要な場に行き当たる辺りに、この男の天分というものを見た気がした。

「良い働きだ。わしから頼んだことではないが、また米を一俵やろう」

すると新平は「とんでもない」と顔の前で手を振った。

「こりゃあ、たまたまずら。それに、いつも有難えって思っちょります。殿様から何かお言いつけのあるたんびに、新しい狩場まで見つけられるんじゃから」

「先にも思ったのだが、狩場とは？」

「この間の虚空蔵山やら、その前の上野やら、山ん中を通るたんびに木の実とか兎とか、独り占めできるところを見つけてんです。お役目、様々ずら」

いかにも新平らしい言い分だ。しかし全くの無欲ではない。こちらから役目を言い付けたものなら、嬉々として米一俵を持って行く。必ず何かしらの対価を以て動く辺りにこそ信が置けた。

昌幸は新平に褒美代わりの飯を食わせて帰し、信尹にはしばしの休息を命じた。

半月ほどが過ぎ、八月半ばとなった。沼田衆の切り崩しも半分ほど進んでいる。この分なら九月半ばには万全となるだろう。見通しが立ったことで昌幸もひと息つき、真田郷の村々を視察に出た。

池田綱重、横谷左近と共に馬を進める。こちらに気付いた百姓衆が深々と頭を下げた。それらは刈り入れの済んだ田圃の中で、稲木に稲束を掛けて干している。

馬を進めながら、池田が安堵したように言った。

「この春に浅間が火を噴いた時は、どうなることかと案じましたが」

真田郷も灰の害が皆無ではなく、いつもの年より収量は減っている。だが、ほとんど米が育たなかった甲斐や東上野よりは遥かにましであった。

ひととおりの視察を終えた帰路で、戸石城にほど近い下原村を通った。

「殿様あ」

遠くで稲を干しながら、新平がのんびりと発した。そして仕事を抜け、走って来る。昌幸もそちらに馬を向け、十間の向こうに呼ばわった。

「今日は家の手伝いか」

「へえ、本当は狩場に行こうと思うちょったんじゃけど、騒がしゅうて諦めたんです」

思わず目を見開いた。新平の狩場――山中まで騒がしくなるのは、いずれかの軍兵が動いている時に限られるのではないか。昌幸は「これへ」と忙しなく手招きして新平を呼び寄せた。

「騒がしいとは、どんな風に」

「いやその。わああって声がしまして。何じゃと思うて山から出て行ったら、壊れた荷車がいくつもあって」

「声……どれほどだ。多かったか」

「さあ。細かくは分からねえですけんど、二十人ぐれえら？」

「場所は」

「碓氷《うすい》峠を越えた辺りじゃったかのう」

昌幸は横谷と目を合わせた。

「関の声に壊れた荷車……碓氷峠なら北条の輜重《しちょう》だ。誰が襲ったのか、調べ上げよ」

真田に与《くみ》する上野国衆の仕業《しわざ》なら一大事だ。沼田を押さえる筋書きが北条に漏れることもあり得る。昌幸は新平に礼を言い、すぐに城へ戻った。

三日後、横谷の透破によって仔細が明らかになった。昌幸の居室では先日の三人が膝を詰めている。

「北条の輜重が襲われたのは間違いござらぬ。少なくとも既に二度」

横谷が明言する。池田が「納得がいかぬ」とばかりに大声を上げた。

「大ごとではないか。北条から我らには何の報せもなかったぞ。どういうことだ」

騒ぎ立てる声を少しうるさく思い、昌幸は宥めるように発した。

「新平から報じられたのだから良しとせよ。して左近、襲ったのは誰か」

重々しいひと言が返された。

「依田信蕃殿にござる」

友の名を久しぶりに聞いて、昌幸は唸った。

「あやつか。徳川に仕えたと聞いていたが」

依田は優れた将であると同時に、主家への忠節も篤い男だった。武田家への忠心の確かさは、信玄に心酔する昌幸でさえ範としていた。高天神城で苦しい籠城を続けられたのも、あの男ならではであろう。

もっとも、徳川に降ったと聞いた時には「致し方ない」と思うのみであった。武田はあの時、誰が見ても滅ぶを待つばかりだったのだ。最後まで主家と共にあり、戦って死ぬことは美しいかも知れぬ。だが昌幸はそうした潔さより、依田が生き延びてくれたことを喜んだ。

その男が、今こうして動いている。昌幸は努めて胸の昂ぶりを抑え、問うた。

「信蕃がどこから兵を動かしたか、調べは付いておるか」

横谷は大きく頷いた。

「徳川は先頃、高島城攻めに先手を出しましたろう。その中に依田殿も加わっていたらしく。今は三澤《みさわ》小屋に籠もっておる由にて」

信濃の武田遺臣を語らうため、また、佐久郡を守る大道寺政繁を牽制するために残されたのだろう。昌幸は腕組みをしてなお唸った。

「上野のこと……徳川が嚙んできたか。糧道を脅かされれば北条も長くは持たん。信蕃……」

池田がまた騒ぎ出した。

「これまた一大事。北条が長く持たぬなら、我らも急がねば」

昌幸は右の掌で「待て」と制した。その右手を膝に戻し、ぽん、ぽんと叩きながら考える。

「殿！」

焦れて詰め寄る池田に、昌幸は言葉を拾うようにぽつぽつと返した。

「急《せ》いてはことを仕損じる。沼田衆……固めたのは、まだ半分ぞ。北条の撤退か。氏直殿がどこまで決められるか。徳川は……。信蕃……」

膝を叩いていた右手を額に当て、思案を続けた。横谷が固唾を飲みながら、池田がそわそわしながら次の言葉を待っている。

昌幸は額から右手を離し、床板をバンと叩いた。

「信尹を呼べ」

小姓でも使えば良いのに、池田は自ら二之丸にある信尹の屋敷へと走った。

信尹は一刻（三十分）ほどで、池田に導かれて参じた。池田が呼んだのか、昌幸の嫡子・信幸も連れられていた。

正面に信尹、向かって右に信幸、その隣に池田が腰を下ろす。昌幸は言下に命じた。

「信尹。おまえは、これから徳川に仕えよ。汚れた着物を纏い、上杉から逃れたと称して潜り込め。何でも構わん、徳川の中で知り得たことを半月のうちに知らせるべし」

「はっ」

信尹は常なるすまし顔で返した。だが、その隣にいる信幸が「お待ちくだされ」と驚いた声を上げた。

「家のために働くが男の道とは存じますが、さすがに惨いのではありませぬか」

「まさに、若殿の仰せられるとおりかと」

池田が続く。昌幸は池田に「黙れ」と目で語り、然《しか》る後に我が子の顔をじっと見つめた。信幸も齢《よわい》十七を数え、面持ちには厳としたものが宿り始めている。

父の眼差しをどう受け取ったのか、信幸は軽く息を呑んだ。しかし、それでも言葉を継ぐ。

「叔父上はついこの間まで上杉の人質になっておられました。その上で調略を繰り返し、危うい目に遭い続けていたのでしょう。如何に父上の弟とはいえ、斯様なことばかりではお気の毒です」

「若殿。お慎みを」

昌幸の傍らにある横谷が制しようとする。しかし信幸は退かなかった。

「北条の力を利して上野を取るのが真田の道なのでしょう。なればこそ、北条の敵たる徳川は明日の味方ではございますまいか。徳川の内情をお知りになりたいのなら、密かに誼《よしみ》を通じれば良いかと存じます」

昌幸は、二度、三度と頷いた。

信幸は賢い。そして今の言葉に表れているように心根が優しく、生真面目である。こうしたところを嬉しく思いながら、一方では危うくも感じた。

「申しよう、良く分かった。されど斯様に正直では、やがて誰かに呑まれてしまうぞ。信尹は徳川に潜り込ませる」

信幸は苦しげな面持ちになった。

「またも人質のようなものではござりませぬか。父上とて」

言葉が止まった。武田の人質だったのでしょう、そう言おうとして飲み込んだか。

昌幸は「ふふ」と笑って応じた。

「人質と言うても、危ないことばかりではない。わしや信尹が武田に出された時もそうであったが、こちらの立場を思い遣ってくれる相手は必ずいるものだ」

信尹が無言で頷く。信幸がしかめ面を解き、何かに気付いたように目を見開いた。

「されど」

昌幸は子の目を見据え、厳しく言い放った。

「そうした相手を裏切ることになるやも知れぬ。これを厭《いと》うて生き残ることなどできぬと知れ」

北条、徳川、上杉――三万、四万の軍を整えられる大国の狭間にあるのが真田である。小県では相応に力を持っているが、一郡を握っているのではない。整えられる兵はわずか八百、楠流の「小能《よ》く大を制す」を実践したとて、まともに渡り合えるはずがないのだ。

俯いてしまった信幸を見て、信尹が肩にぽんと手を置いた。相変わらずの無言だが、すまし顔がいつもと違うように映った。

翌日、信尹は真田郷を発った。上杉から逃げて来たと偽るため、供は連れていない。しかし横谷の透破衆十人が山野に紛れ、遠巻きに付き従っていた。

＊

「面を上げよ」

やや甲高い声に従い、信尹は平伏を解いた。甲斐新府城の焼け跡、かつての本丸に仮普請された陣屋である。二間の向こうには四十路の男がゆったりと座っていた。背は低めと映るが恰幅《かっぷく》良く、きょろりとした眼と太い鼻筋が目立つ顔立ちである。傍には小姓が二人、他には誰もいない。

「家康じゃ。良う参った」

「真田信尹にござります」

短く応じると、徳川家康はこちらの姿をじっくりと眺めた。土や草の汁で汚し、木の枝を引っ掛けて袂をほつれさせた小袖という出で立ちである。

「取次ぎの者から聞いた。先に真田からの人質として上杉に入っていたが、疑われて害されそうになったところを逃げて来たそうだが」

そこまで言って、家康は首を傾げた。

「なぜ徳川に来た。真田に戻れば済む話であろう」

信尹はすまし顔のままで答えた。

「上杉に残ったは、兄を見限ったゆえ」

家康は何も返さなかった。その代わり、先よりもやや鋭さを増した眼差しでじっと見る。

正直なところ、信尹は驚いた。家康の眼差しには力がある。姿にも、人が好さそうな語り口にも、有無を言わさぬ何かが感じられた。上杉景勝に睨まれようと、兄から難しい役目を命じられようと、ついぞ感じたことのない圧迫である。

「まあ……良いか」

しばしの後にそう発し、家康は「ふふ」と含み笑いをした。

「して、其許が徳川に来られたは仕官のためか」

「はっ」

「今ひとつ聞くが、北条に仕官する気はなかったのか」

鷹揚《おうよう》な風はいささかも変わっていない。にも拘らず、最前からの圧迫は増していた。

「北条は兄の主家ゆえ」

「実の兄……それも双子と聞いておる。そこまで嫌うこともなかろうに」

「兄は人の道に外れております」

家康はこちらの言葉を聞いて頷き、笑みを絶やさずにいる。

だが、少しの後に思案顔になった。

「其許ら兄弟のかつての主君……武田信玄をな、わしは越えたいと思うておる。聞いたことぐらいはあろう。三方《みかた》ヶ原《はら》の戦いで、わしは完膚なきまでに叩かれた。あの後、信玄は病で死んだ。徳川にとっては天佑《てんゆう》だったが、わし自身には屈辱でしかない」

話の流れが読めない。この人は何を言わんとしているのか。思って、自らの顔が驚きを湛えていることに気が付いた。常よりも大きく目を見開いている。

家康はしばし黙って右手親指の爪を噛んでいた。悔しい——その思いがありありと滲み出ている。

「死にかけの大将に、わしは手も足も出なんだのだ。力の差を見せ付けるだけ見せ付けて、先に逝《い》ってしまうとはな」

荒々しい三河武士の気迫があった。信尹は何も返せなかった。信玄に対する家康の思いを知った気がする。兄が常々「友とは互いを高め合う間柄のことだ」と言っているが、それではないのか。

家康は幼少の頃に今川《いまがわ》家の人質に出されていたが、当主・義元《よしもと》の討ち死にを機に独立した。今の兄と同じである。領を拡げ、力を付けるには並々ならぬ苦労があったはずだ。だが、ようやく三河と遠江を押さえたら、そこには武田信玄という壁が立ちはだかっていた。遥《はる》か高みを見上げ、この壁を越えたいと思った時には、その壁が消えてなくなっている。好敵手を失うとは、友を失うに等しい。

とはいえ、どうしてそのことを今ここで話すのだろう。

「それが」

やっと吐き出した声は掠れていた。ごくりと唾を飲み込んで続ける。

「此方の仕官に、何か」

家康は先ほどの穏やかさなど綺麗に流し去り、険しい顔である。

「其許は自らの兄を、人の道に悖《もと》ると言う。まこと、そのとおりよな。信玄に『才気絶倫』と評されるほど見込まれておったのに、武田を見捨てて織田に従った。信長公が亡くなられたと知るや上杉に付き、北条の大軍を迎え撃てぬと見れば、その北条に寝返る」

家康が兄を評する言葉は、上杉景勝と同じであった。あろうことか信尹は、ふう、と息をついた。今まで感じていた途方もない圧力は、己の心に生じた揺れだったのかと。

だが――。

「まことに正しい」

家康のひと言で、半端な安堵は吹き飛ばされた。

「敵に回して恐ろしく、味方に付けてさらに恐ろしい。其許の兄者のような者は討ち果たすのが良いと、誰もが思うだろう」

こちらの様子を見ながら、くすくすと笑いを漏らす。そして静かに続けた。

「じゃが、左様に勿体《もったい》ないことなどできるものか。外道、大いに結構。大国に囲まれた小勢の苦しさは、誰あろうこの家康が良う知っておる。真田が未だに生き残っておることこそ、其許の兄者が傑物だという証よ」

家康は座を立ち、左手の廊下へと歩を進める。中途で歩を止めると、肩越しにこちらを見下ろして言った。

「真田信尹。徳川への仕官を許す」

「……有り難き幸せ」

信尹は平伏した。鷹揚そのものの口調で、頭上に言葉が投げ掛けられた。

「織田家の枠組みが壊れて、世はまた乱れよう。わしは天下に名乗りを上げるぞ。信長公や信玄ですら成し得なかったことを……な。信玄に勝ったと胸を張りたい。そのための力として、真田昌幸が欲しい。それで良かろう？」

平伏を解く。家康は既に背を向け、廊下へと進んでいた。

真田昌幸という人が何を考えているかを、家康は見抜いたのだ。

（つまり）

同時に信尹も確信を持った。

兄は、武田信玄になろうとしている。

今の真田は小県と西上野の一部を押さえるのみ、吹けば飛ぶような存在でしかない。しかし、そこから世に打って出ようという姿勢は信玄に似ている。甲斐という痩せた土地を富ませ、戦と策謀で近隣を従えて天下に名乗りを上げた、あの巨人に。

その気概を裏打ちするだけの策謀や用兵、そして迷いなき覚悟が、兄にはある。だからこそ己も真田家のために命を捨てて働こうと決心したのだ。

（だが……）

家康は、はっきり「信玄を越えたい」と言った。言葉だけで終わる人とは思えない。顔を合わせてみての実感である。

己が何のために徳川に参じたか、家康は確かに察している。見抜くだけなら、できる者は他にもいるだろう。問題はその後――全て受け入れて「好きに動け」と言っているところだ。これは恐るべき器である。

兄の成り上がる姿を見たくて、己は命懸けで働いてきた。だが同じくらいに家康の今後も見てみたい。己が胸には今、揺れが生じている。

生き残り、成り上がるため、兄はいずれ家康をも利用せんとするだろう。一方の家康は天下を取るために兄を利用せんとする。両者に交わるところがなければ衝突は避けられまい。

どちらが、勝つか。

どちらも、負けさせてはならぬ。

信尹は瞑目した。背反する両者を繋ぐのが、これからの己が役目であると。

＊

九月三日の昼下がり、昌幸は信幸を相手に加留多を楽しんでいた。

遊び方の決まりを変えるだけで別の遊戯に一変する。ひと組の加留多そのものが化け札のようで、昌幸はそれが気に入っていた。本来最も好む囲碁は一度の対局に長く時を要するため、多忙な今は息抜きにこの遊び札を使うことが多い。

そうした中、待ち望んだ信尹からの書状が届けられた。加留多の札を放り捨てて目を落とす。読み進めるほどに忌々しいものを覚え、眉根が寄っていった。それに併せて、正面の信幸が纏う空気も緊張が強くなる。

顔を上げ、ふう、と溜息をついた。庭木を見れば、秋を迎えて色付いた葉、早くも散り落ちた葉が目立つようになっていた。

と、廊下を進む足音が聞こえた。池田であった。居室の外の廊下に片膝を突き、声をかけようとして怪訝な顔を見せている。昌幸は「おや」と思って問うた。

「如何した」

「殿こそ如何なされました。何やらお怒りのようですが」

溜息で応じ、信尹の書状を放って渡す。池田は、さっと目を走らせた。

「本領安堵に加え信濃に一郡を与える。上野は切り取り勝手……この条件で徳川が当家を迎え入れたいと。悪い話ではないと存じますが」

「加えて徳川と上杉は、北条に相対するための盟約を結ぶ。上杉が真田を攻めぬように釘を刺すとも言うておる」

信幸が少し驚いたように口を挟んだ。

「それで、なぜお腹立ちに？　叔父上は、引き出せるだけ引き出してくださったようではございませぬか」

昌幸は憮然《ぶぜん》として返した。

「確かにな。だが考えてもみよ。信尹を徳川に潜り込ませたのは、たった半月前だ。内情だけ探れば良いと思うておったものが、もうここまで話が進んでおる。つまり家康は、全て見抜いた上で信尹を召し抱えたということよ」

真田が上野を取るためには、今のままなら、北条が甲斐を制して上野から目を逸らしてくれることが最も有難い。だが戦慣れしていない北条氏直では、そうなる見込みは小さかろう。

昌幸は顎で庭木を示して続けた。

「このまま北条に従えば、真田は葉を散らすかも知れぬ。わしとてそれを案じぬではないが、家康のやり様が癪《しゃく》に障ってな」

「然らば、受けぬと仰せですか」

今度は池田が驚いていた。くすくすと含み笑いを漏らし、昌幸は答えた。

「受けぬ馬鹿がおるか。されど家康に、真田がもっと手強いと知ってもらう必要はある」

池田の顔が難しいことを考えるものに変わった。頭を抱え、今にも倒れそうな風である。その思案を断つように訊ねた。

「慣れぬことをするでない。それより、おまえの用は何だ」

「あ……これは失礼を。実は殿に目通りを願う者が参じておるのです。依田信蕃殿の遺いで、依田十郎左衛門《じゅうろうざえもん》と名乗っておりますが」

「風体は」

「痩せて力なく、顔も体も汚れて酷く臭います。何ともまあ、胡乱《うろん》な者にござりました」

池田の言を聞き、信幸も眉をひそめた。

「お会いにならぬ方が良いかと。依田様は父上が友と認めるお方なれど、徳川にとって未だ真田は敵方にござります。それに対する使者なれば、威儀を正すのが筋でしょう。こちらを探るために寄越されたのやも知れず」

昌幸は先に放り捨てた加留多の札から、薄墨で描かれた幽霊の一枚——化け札を取って、信幸の頭をぺしりと叩いた。

「おまえも広間に来い」

そして池田に「すぐに使者を通せ」と命じ、座を立った。

しばしの後に参じた男は、背こそ低いが骨の太そうな体であった。半ばふらついている様は、さながら骸骨《がいこつ》が虚《うつ》ろに歩を進めているようにも見えた。

昌幸の右前には信幸が、左前には池田が腰を下ろしている。十郎左衛門なる男は三間を隔てた正面で、くずおれるように座った。目の下にできた隈は、土と垢で真っ黒に汚れた顔の中でも、はっきりそれと分かる。

「依田信蕃が使者、依田十郎左衛門にござります。このような姿の者を疑うことなくお目通りを賜《たまわ》りましたこと、深く御礼申し上げます」

昌幸は口の端を歪めた。

「疑うには値せん。信蕃……其許の主君だが、我が友ゆえ、信蕃と呼ばせてもらうぞ」

十郎左衛門が「はあ」と顔を上げた。昌幸は続ける。

「佐久の大道寺政繁殿から、信蕃の籠もる三澤小屋を囲んだと報じられておる。然らば兵糧に窮しておろう。ここに来るのも難儀なはずだ。其許が小奇麗な装いであったら逆に勘繰《かんぐ》って、目通りは許さなんだろう」

十郎左衛門は再び平伏し、床に額を擦り付けた。

「そこまでお見通しとは。いかにも、家康公から寄越された援兵の数が仇となって兵糧が底を突き申した。主君・信蕃は真田殿との旧交を頼み、北条から徳川に鞍替えして窮状を救って欲しいと申しております」

昌幸は腕を組み、ちらと信幸に目を遣った。案の定、清冽《せいれつ》な驚きを湛えた顔であった。目を前に戻す。さて、この頼みをどうしたものか。依田は、己がまことの友と認める相手である。すぐにでも救いの手を差し伸べてやりたいのが人情であった。

（されど……）

信尹からの報せで、徳川も真田の価値を認めていることが明らかになった。利用できる者が増えた今、第一に考えるべきは、誰の力をどう使うかだ。

昌幸は鋭く首を横に振った。

「友の頼みとはいえ、聞く訳には参らぬ。わしは北条に従う身ぞ」

十郎左衛門が顔を上げた。涙を落とさんばかりの情けない面持ちである。そこへ向けて平らかに続けた。

「帰って左様伝えられよ」

十郎左衛門はうな垂れるように頭を下げ、とぼとぼと帰って行った。

足音が聞こえなくなると、池田がいかにも不満そうに発した。

「あれで良いのですか。家康殿の耳に入らば、徳川からの申し出を断ったと取られるやも知れませぬ。そうなったら信濃一郡の恩賞も消えて……。ああ、頭が痛い」

またも頭を掻き毟る池田から目を逸らし、昌幸はぼんやりと庭に目を向けて小声を発した。

「信蕃は高天神城を守った男ぞ。武田から何の支援も受けられぬまま、城代の岡部元信を励まし、兵糧が尽きてから三ヵ月も粘り抜いた。此度とて、ただの一度で諦めるはずがないと信じておる。いずれ再びの使者が参ろう」

「いやさ、それならなおのこと。依田殿は、殿の朋友にござりましょう。あまりにも非情ではござりませぬか」

池田は謀などに於いて頭の回る男ではないが、情に厚い好漢である。胸の奥の痛いところを衝かれ、昌幸は苦しいものを滲ませながら返した。

「それでもだ」

徳川が秋波を送って来ているなら、これに乗るのが得策である。だが家康の誘い、依田の請願に二つ返事で応じれば足許を見られよう。

「先に仰せられた、真田がもっと手強いと知ってもらう、ということでしょうか」

右手から寄越された信幸の問いに「おや」と思って目を向けた。こちらの考えを少しばかり察するようになっている。昌幸はひと呼吸置いて頷いた。

「上野は岩櫃まで押さえたが、その先にある沼田まで手に入れねば足りぬ。今すぐ動けば北条の目が光るようになり、沼田衆への工作も水泡に帰する」

岩櫃までは満足な平地が極めて少ない。この先、大国に翻弄されぬだけの力を蓄えるには沼田まで、できればその南の厩橋《うまやばし》まで、米を多く産する平野が是非とも必要なのだ。

池田は未だ、苦虫を噛み潰したような顔をしている。昌幸はそちらを向いて、柔らかな声音で続けた。

「されど上野のことは急がせておる。徳川には布石を打とう。綱重、まずは大道寺への支援と称して兵糧を送るべし。その輜重に新平を伴い、三澤小屋への抜け道を探らせる」

池田の渋面がさらに渋くなった。

「あの者をですか。所詮は百姓ですぞ。何ができましょうや」

昌幸は、にやりと笑った。

「果たしてそうかな。三澤小屋は山の中だ。新平は山歩きに慣れておるし、我らとは違う目でものを見る。加えて、あやつは何が大事かを間違うことがない。度胸も据わっておる」

信幸が、何かに胸を打たれたような顔で問うた。

「信じておいでなのですな」

「うん？」

「先にも父上は仰せでした。依田様がただの一度で諦めるはずがない、そう信じていると」

昌幸の顔に、ごく自然な笑みが浮かんだ。

「そうだな。かく言うわしは、上杉、北条、或いは徳川からも信用ならぬと思われておるだろうが……。されど、信じるとは斯様にあやふやなものではない。相手がどれだけの力を持ち、何を重んじるかを知ることだ」

信幸は少し考え、「あっ」と何かに気付いたように顔を上気させた。

「そして、突き詰めて相手の立場に寄り添う。そうか……だから、相手が何をするかが見えてくる。ゆえに信じられる。然らば父上、それがしも新平を知ろうと存じます。輜重にあの者を伴って三澤への抜け道を探る役目、是非それがしに」

昌幸は大いに喜び、大道寺に送る輜重を信幸に命じた。

＊

「間に合った」

九月半ば、庭から吹き込む涼風の中で書状に目を走らせ、昌幸は呟いた。目を伏せて、右手の人差し指で眉間をトントンと叩く。然る後に声を張って呼ばわった。

「綱重、綱重やある。信幸もこれへ」

信幸と池田は、すぐに連れ立って居室へと参じた。二人の前に最前の書状を広げて置く。

「沼田衆の切り崩しを命じておった金子美濃から報せて参った。ようやく八分どおりをまとめたそうだ」

向かって左の池田が「おお」と喜色を漲らせる。

「北条が退き時を探る前、徳川が痺れを切らす前に仕上がりましたな」

右手にいる信幸の広い額に赤みが差した。

「さすれば父上、それがしは岩櫃に」

「明日にでも出立せよ。追って沼田に向かう叔父上を援けるべし」

草津の湯本三郎右衛門に岩櫃城を押さえさせたものの、北条に従うようになってからは兵を増派できずにいた。北条は上野を後回しにしただけで、自前で攻略することを諦めた訳ではないからだ。だが沼田衆をまとめ上げたからには、躊躇している暇はない。

昌幸は池田に命じた。

「甲斐の氏直殿に書状を。冬が目の前に迫った今、上杉が佐久・小県を窺う気配なし。然らば真田は、久しく依田信蕃に脅かされている糧道を保つため兵を出すと」

これまで北条に諾々《だくだく》と従ってきたのだ。沼田を取るまでの間なら、この言い分で欺くことはできよう。

池田は「はっ」と頭を下げ、勢い良く立った。昌幸はそこに声をかけた。

「もうひとつ。新平を呼び、大手門に待たせておけ。まずはわし自ら信蕃に会いに行く」

池田は驚いて勢い良く腰を下ろし、縋《すが》り付かんばかりに諫言《かんげん》を吐いた。

「三澤へ向かうことが大道寺殿に知れたら、何となさいます。人を……それこそ左近の透破でも遣れば済む話でしょう」

昌幸は厳しい面持ちで口を開きかけた。だが、池田を制したのは信幸であった。

「綱重、待て。父上のお考えが正しい」

「何と！　若殿は、殿の御身を案じぬと仰せですか」

声を大にする池田に向け、信幸は摑み掛かるように両手を構えた。

「騒ぐな。毛を毟るぞ」

身構えた池田を見て苦笑を浮かべ、ふう、と息をつく。

「依田様は既に三度も遣いを寄越されておる。当然、家康公もご存知であろう。今まで全てを聞き流していながら掌を返すとあらば、依田様はさて置き、徳川家中の信用は得られまい」

昌幸は軽く目を見張った。どうやら信幸はひと皮剝けたらしい。情と理、相克《そうこく》するはずのものを自らの内に同居させようと努めているのだ。それゆえに、情のみに寄り掛かった「信用」が如何に危ういかを看破している。

「信幸、良くぞ申した。そのとおり、わしが、動かねばならぬのだ」

そして池田の顔を見て「案ずるな」と笑った。

「左近を供に連れる。透破衆も陰から見守るであろう。二人は自らの役目に励むべし」

池田と信幸を促して下がらせる。これを見送ると、昌幸は横谷左近を連れて本丸館を出た。

戸石城は太郎山の東部を南北に走る尾根に築かれている。本丸のある「本城」の他、南に半町ほど離れた「戸石郭」と北に一町ほど離れた「枡形郭《ますがた》」から成っていた。戸石郭と枡形郭が周囲一町足らずの狭い真四角なのに対し、本城は南北に二町ほどの細長く雄大な構えである。その最南端には厩と馬場があった。

横谷と二人で厩に入って薄汚い野良着に換え、土で顔を汚す。それぞれ大ぶりな背負子《しょいこ》に米の大俵を二つずつ負った。同じ背負子はもうひとつあり、これは横谷が運んで馬場の東にある大手門に向かう。門衛は二人の姿を見て面食らったようだったが、かつて——武田が滅ぶ直前の評定に向かう際にも百姓に身を窶《やつ》していたのを思い出したか、すぐ背筋を伸ばして頭を垂れた。

門を出た先には新平が待っていた。もっとも柿の木に登り、熟れすぎた実を捥《も》いでずるずると啜るように食いながらだが。横谷がしかめ面で「おい」と怒鳴ると、新平は「すんません」と笑って猿のようにひょいひょいと下りて来た。

「こないだの抜け道ら？」

問うた新平に、横谷から背負子が渡された。

「当てにしておるぞ。三澤まで、どう行く」

「ええと。こないだは小諸から行ったんじゃけんど、そうすると、大……大……」

昌幸はくすくすと笑った。

「大道寺政繁殿だ」

「そうそう、その何とかちゅう人の陣ずら。ぐるっと西から回って蓼科《たてしな》の方なら獣道がありまして、ここなら誰も気に留めちょらんです」

ふむ、と頷いた。追って相応の兵糧を運び込むには心許ないかも知れぬが、まずは行ってみるに如かず。三人は頬かむりをして南を指した。

真田郷の下原村から上田原の東部を突っ切って進み、千曲川に至る。流れは速いが、散在する中州の周囲には川幅が十間足らずまで狭まった浅瀬がいくつもあり、そこを選んで川を越えた。

川を越えてしばらく進む。いくらかの平野があって田畑が広がっているものの、どこを向いても必ず山の姿が目に付く景色だった。こうしたところは狭く小さな真田郷と似ているが、どことなく落ち着かぬものを覚えもする。

（故郷……か）

恩師・武田信玄は、諸々の便が良い駿河を手中にしても、最後まで甲斐を本国と定めていた。その気持ちは分かる。もし真田郷でなければ、己もここまで必死にはならなかったかも知れぬ。

東南――左手の前方三里ほど先に、黄色く染まった木立に覆われた台地が見えた。台地の頂は平らだが、一部だけこんもりと盛り上がっている。芦田《あしだ》城だ。もう少し東にある望月《もちづき》城と共に、依田信蕃の三澤小屋を包囲する一翼を担う。

いよいよ佐久、北条方の只中に紛れ込むのだ。確かに池田の言うとおり、危ないことには違いない。だがこの包囲の中、きっと依田は、己が来てくれると信じて待っている。そう思うと、危難の時とは異なる胸の高鳴りを覚えた。

「ありゃ、新やんずら。何しちょるんけ」

右手前の畑から、のんびりとした声が渡って来た。新平も心得たものであった。

「うちの父やんが、知り合いに米持ってけ、ちゅうんじゃ。灰が降って、今年は駄目じゃったからって」

「ああ、そういうことけ」

やはり新平の顔が物を言った。その後の道中も百姓衆に声をかけられたが、全て新平の言い分で納得し、特段に怪しまれることはなかった。

行けども行けども田圃ばかりの畦道を、ひたすら南へ進む。刈り入れから二ヵ月が過ぎた田では百姓衆が稲の切り株を除き、冬場の霜で土が固まり過ぎぬように掘り返していた。昼過ぎの陽光は未だ暖かいが、それでも晩秋九月二十八日の吹き曝《さら》しである。川を渡る際に濡らした腹から下が冷え、脛から足先にかけてじんじんと痺れた。

畦道を踏み越えて蓼科の山裾に至ると、獣が草を踏み倒してできた道がある。人ひとりなら楽に通れる幅だった。この道に入ってしばし進んだ。

戸石を出てから実に三時（六時間）が過ぎ、辺りに夜の帳が下りようとしていた。森の木々に囲まれ、方角すら満足に分からない。

「殿様、左近様、大丈夫ですけ?」

先導する新平が問うた。裸足で歩き続けた足の裏はあちこちが切れていたが、戦働きや日頃の鍛錬で培《つちか》った体である。昌幸はさらりと返した。

「大事ない。だが、もう夜だ。人目を憚《はばか》るため松明は持たずに来たのだが」

「大丈夫だあ。ゆっくり行かにゃならんけんど、道はあとちょっとです」

横谷が「それなら」と前に出た。透破衆の長だけあって、三人の中で誰よりも夜目が利く。

そこからは横谷が周囲を見渡して新平に告げ、一歩ずつ足許を確かめながら進んだ。

さらに一時ほど進んだ頃、新平が「あれです」と声を上げた。黒い夜空の下、さらに黒い山肌が浮かび上がっている。その中腹に、ちらちらと火が揺らいでいた。篝火は、ごく小ぶりの砦らしき塊を薄ぼんやりと照らし出していた。

三人が近付くと、すぐに兵が駆け寄って槍を向けた。

「うぬら百姓か。何用あってここへ来た」

居丈高な口調だが、力がない。相当に飢えているのだろう。だが、それでも自らの役目を果たし、また、こちらの背負う米俵には手を出さない。依田の率いる兵なのだな、と嬉しく思った。

昌幸は、ふう、と息を吐き、頬かむりを外して胸を張る。

「此方、真田安房守昌幸と申す者。当地の将、依田信蕃殿に目通り願いたい」

この名乗りは末端の兵をたじろがせた。槍を向けたまま、ひとりの者が背後を向いて顎をしゃくる。すぐに別の者がよたよたと走り去った。

しばしの後、砦の中から黒塗りの桶側胴具足が転げるように駆け出して来た。使者として戸石城を三度訪れた依田十郎左衛門だった。

「真田様……良くぞ、良くぞお出でくだされました」

涙交じりのひと言で、こちらを向いていた槍がさっと引かれた。三人は十郎左衛門に導かれて砦に入った。

三澤小屋は周囲二町そこそこの小さな構えである。外に突き出したり内に引っ込んだりといういびつな形は、山の起伏を利して造られたためか。もっとも、その分守りは堅そうである。土塁の中には隙間のように通路があり、柵が設えられていた。

その柵がひと癖あるものだった。八の字形に幾重《いくえ》にも配され、しかも左右の柵が前後にずらしてある。通り抜けるには、右に行き、左に戻りを繰り返して縫うように進まねばならない。依田の考えたやり方だろう。

(千鳥掛けか)

疲れた体には迷惑な代物だが、数に勝る敵が進みにくい仕掛けであった。退く時にはさらに手間取るだろう。さすがは信蕃と、昌幸は心中で深く頷いた。

道を抜けた先には、雨風を凌げれば十分という伏屋《ふしや》があった。板張りの壁は隙間だらけで、そこから灯りが漏れている。十郎左衛門が進んで入り口の筵《むしろ》を捲り上げると、昌幸は新平と横谷に自らの背負子を預け、ひとり中に入った。

「昌幸。久しいな」

依田の言葉に笑みを返し、支度されていた床机に座って向かい合う。乏しい灯明《とうみょう》が互いを照らした。依田の顔は元来が卵のように端麗な形をしているが、兵糧に窮しているからか、ずいぶんと頬がこけていた。それでも穏やかな眉目《びもく》は変わっていない。

頬の無精髯に埋もれそうな口元の髭を歪め、依田は笑った。

「来てくれるとは思っていたが、いささか遅い」

「北条の目を晦《くら》ますのも楽ではなくてな。詫びの印に、六俵だけだが先んじて米を持って来た。追ってそれなりの量を入れる」

依田は深々と頭を下げた。

「恩に着る。家康公からの約束は信濃一郡、および上野の切り取り勝手と聞いておる。兵糧の礼に、信濃一郡は諏訪をやろう。小県と地続きの方が良かろうからな」

「おまえが決めて良いのか」

「諏訪は俺が拝領することになっている。おまえがどこを与えられようと、取り替えれば済む」

「豪気な奴だ」

昌幸は「はは」と笑い声を漏らし、そのまま黙った。

肝が据わった男であることは、とうに承知している。そうでなければ高天神で、兵糧が尽きたまま三ヵ月もの籠城はできなかったろう。だがそれを思うと、ひとつだけ問うてみたいことが胸の内に湧き上がった。

「なあ信蕃。おまえは、どうして徳川に降ったのだ」

武田が滅ぶ直前、依田は駿河の田中城にあった。戦わずに降ったのは、総力を挙げた徳川と戦を構える愚を察したからだろうし、それは正しいと思う。しかし高天神ではあれほど頑強に抵抗して主家への忠節を貫いた男が、よくそこまで割り切れたものだという驚きはあった。口に出してみて初めて、己の中にこれが燻《くすぶ》っていたのだと知った。

依田は穏やかな顔で、俯き加減に発した。

「武田が滅びるなら俺も死んでも構わぬと思うたものだ。が……何と言うのかな。徳川家康という人は、信玄公を越えられるかも知れぬと思った。そこに賭ける気になったのだ」

予想だにしていない答だった。昌幸の胸には、静かな怒りが湧き上がった。信玄を越えられる者など、そうそういて堪るものか。

こちらの顔から思いを悟ったか、依田は小さく頭を振って続けた。

「信玄公のご恩は生涯に亘って忘れはせぬ。そういうことではないのだ。家康公には、それでも俺に『生きてこの先の世を見たい』と思わせるだけのものがあった……ということかも知れぬ。そうなると、自らの領や家臣のことが気に掛かってな。この人に仕えようと決めた」

依田が言い直したことで、一面で得心するところがあった。己とて、武田を見限ったのは家臣領民のため、そして心中に秘した信玄への思いゆえなのだ。自力で生き残る道を選んだか、主家を頼って生き残る道を選んだか、己と依田の違いはそこだけなのかも知れぬ。

じわりと頬が緩み、二度、三度とゆっくり頷く。すると依田は、少し照れ臭そうに言った。

「今日の米六俵に加え、追ってそれなりの量をと言うてくれたのは、俺と共に徳川に仕えると思うて良いのだな。おまえと再び競い合えるなら、俺も嬉しいのだが」

昌幸は、また「はは」と笑った。最前に漏らした笑い声とは違い、胸の内に淀むものはなくなっていた。

「相分かった。この真田昌幸、今日を以て徳川に付く。表向きは北条方のままだがな」

依田は「ほう」と嬉しそうな顔を見せた。

「つまり、策があるということだ」

「ここぞで牙《きば》を剝き、北条を痛打する。兵を退かざるを得ぬようにしてやるのだ。その時はおまえも手を貸せ。三澤小屋にあっては諸々も探りにくかろうし、頃合はこちらから報せる」

「分かった。楽しみにしておるぞ」

昌幸は夜のうちに立ち去り、翌日の昼前に戸石城に戻った。そして二日後の夜、手勢四十を出して五石の兵糧を送った。三澤小屋を固める千二百が三日食い繋ぐだけ、ほんのひと握りでしかない。北条方の目を盗みながら獣道を取ってとなると、これが精一杯だった。

だが、これで依田勢は息を吹き返した。

十月八日、大道寺政繁から戸石城に援兵が要請された。三澤小屋の抵抗が急に強くなり、手を焼いているという。少ない兵糧を、依田は巧く遣り繰りしているらしい。

「どうにか、お願い申す」

寄越されたのは政繁の子・大道寺直繁であった。憔悴《しょうすい》しきった厳しい面持ちから、依田の奮戦が如何ばかりのものか知れる。昌幸は渋面を作って応じた。

「どうにも……。依田の手勢が上野で輜重を襲っていることはご存知でしょう」

直繁はその先を察したらしく、嫌そうな顔をした。

「それを防ぐため、真田殿はご嫡子を遣わしておられるとか」

「然らばお分かりのはず。それがしは氏直様から小県の守りも仰せつかっておりますれば、これ以上の兵を割くことはできませぬ。心苦しいことですが、ない袖は振れぬのです」

直繁はその後もしばらく粘ったが、昌幸は心中で舌を出しながら断り続けた。

一時半（三時間）にも及ぶ押し問答を終えて直繁が帰ると、昌幸は広間から廊下に出て三澤小屋のある南の空を見遣った。

「あの大道寺政繁が音を上げ始めたか。さすがは信蕃よ」

高天神城で兵糧攻めに遭い、卒倒せんばかりの餓死者を出して、なお耐え抜いた男なのだ。その胆力、底力は未だ健在である。昌幸は自らの友を誇らしく思った。

六　不実な結末

戸石城は慌しい日々を迎えていた。

大道寺勢からの援兵要請を断った翌日の十月九日、昌幸は叔父・矢沢綱頼と三百の兵を上野に遣った。まずは嫡子・信幸を入れた岩櫃城に向かわせ、頃合を見て沼田城を手に入れるためである。だが表向きは岩櫃を強化するためと称し、その旨を書状にしたためて甲斐若神子城の北条氏直に送っていた。

二日後、書状を届け終えた横谷左近が戻った。昌幸はすぐに自室に呼んで仔細を問うた。

「氏直は何と言っていた」

「面白くなさそうでした。大道寺の頼みを断りながら、なお上野に兵を割く余裕があるのかと」

さもあろうと昌幸は頷く。横谷は背筋を伸ばして続けた。

「糧道を保つためという話で、結局は氏直も頷きましたが、我らの動きに不信を抱いたことは間違いありません」

「構わん。北条が今すぐ沼田に手を回すことはできぬ」

北条は信濃で上杉に備え、甲斐と相模で徳川と争い、一方では下野にも手を拡げている。その上に上野で北條高広《きたじょうたかひろ》の厩橋城をも取り囲み、陥落させていた。沼田の動きに関わろうとするなら武蔵の守りに残した兵を動かすか、或いは下野に出した兵を退くしかない。

「北条はどう動きましょう」

横谷の問いに、昌幸は「ふふん」と鼻で笑って答えた。

「氏直は若い。戦や調略の駆け引きを知らん。わしに北条の力を見せ付け、押さえ込もうとするだろう。が……それこそ手切れの口実となる」

昌幸はぎらりと目を光らせた。

「左近。上野と甲斐で北条の動きを探れ」

「はっ」

横谷は一礼して足早に立ち去った。

ところがこの日の夕刻にはもう動きがあった。佐久・小県両郡の北条方に、人質を命じる使者が寄越されたのである。あまりに性急だった。昌幸が見通したとおり、氏直は疑心暗鬼に陥っている。そして、やはり若いのだろう。横谷を動かすまでもなかったか。

戸石城への使者は北条一門の年寄《としより》、上総入道道感《かずさにゅうどうどうかん》――かつて北条五色備えの黄備えを率い、地黄八幡《じきはちまん》の猛将と恐れられた北条綱成《つなしげ》である。

「真田殿は小県の守りを任せられた身ゆえ、人質を出してくれれば他の皆も従おう。是非ともお聞き入れ願いたい」

口上を聞き、昌幸は当然とばかりに返した。

「承知したとお伝えくだされ。出仕させる者を決め、向こう十日で若神子城に遣りましょう」

道感は眉尻をぴくりと動かした。

「十日か。いかにも遅いのう」

「されど支度もござれば」

「支度よりも主家への忠節を見せることが、小県の旗頭として大事ではござらぬか。五日で何とかされよ」

昌幸は苦りきった顔を作った。

「支度も整わぬまま参上させれば、当家が北条家を侮ったことになりましょうぞ。小県の旗頭なればこそ、他の手前、威儀を正すが務めと存じます」

正論で返す。自らの言を逆手に取られた道感は、面持ちに嫌気を堪えて食い下がった。

「然らば七日だ。それ以上は待てぬ」

「……承知仕った。急ぎましょう」

人質は出す、忠節を示す、その上で急げという要求にも従うと言っているのだ。さすがの道感もそれ以上を求めることはできずに引き下がった。

去り行く背に、胸の内がじわりと滲み出ているように思えた。無念、忸怩《じくじ》たる思いとでもいう気配である。その背の向こうで、道感がぼそりと呟いた。

「支度に七日か」

自らに言い聞かせるような声音だった。

(何だろう。年寄の繰り言か。いや……)

判然としない。昌幸がその意図を、或いはそもそも意図あっての言葉かどうかを測りかねている間に、老入道は広間を辞して行った。いずれにしても、捥ぎ取った七日の間に動く頃合を探らねばならなかった。

二日後の十三日、夕刻になって横谷が戻った。池田綱重、矢沢綱頼の子・頼康を交えて居室に迎える。各々が思い思いの場所に腰を下ろす中、横谷から意外なことが報じられた。

「佐久と小県に人質を命じる旨は、既にお耳に入っているかと。他にはこれと言って目立った動きはござらぬ。ただ、昨日まで何の先触れもなかったものが、今朝になって急に次の輜重が決められ申した。十八日とのことです」

池田が「何と」と語気を荒らげ、慌てた口調で捲し立てた。

「急とはいえ今朝の話であろう。五日しかないのに、夕刻に至ってなお我らに知らされぬとは」

次いで頼康が溜息を漏らす。

「氏直の不信は根深いようですな。人質には応じると言っておるのに、糧道を保つという我らの言い分すら聞き流されたらしく。たった五日後のことを知らせておかねば、たとえ本当に守る気があっても、何の支度も――」

「待て」

昌幸は頼康の言葉を遮った。

「支度……そういうことか」

皆が「どうした」という顔を向ける中、勢い良く立つ。

「手切れの日は決まった。輜重が動く日、十八日だ。まず頼康。岩櫃に走り、十八日の朝一番で沼田に進軍するよう叔父上に伝えるべし。綱重、向こう二日で兵二百を整えよ。左近は透破を出して引き続き甲斐の動きを探り、併せて自らは三澤小屋に遣い致せ。何人でも良い、信蕃に兵を出すよう伝えるのだ」

矢継ぎ早に命じる。池田が当惑顔を返した。

「二日で二百を整えるぐらい楽なものですが、初めに仰せられた『そういうことか』とは？　それがしにはもう何が何やら」

昌幸は「ふう」と長く息を吐いて応じた。

「北条道感がな、一昨日の去り際に言うておった。支度に七日か、と。人質の期日を引き延ばしたことへの恨み言かと、その時は思うた。だが違う。輜重の日取りは道感が寄越された日から七日後ぞ。糞入道め……わしが人質を出さぬと踏んで、その場合のことを考えておったのだ」

頼康が面持ちを厳しく引き締めた。

「つまりこの輜重は、あの地黄八幡が真田を攻めるための兵糧であると」

「内密に輜重を動かして我らの不意を衝く肚だ。されど道感は墓穴を掘った。いつものように輜重の日取りを教えておけば、逆に、何を勘繰られることもなかったろうにな」

昌幸は頼康、池田、横谷をざっと見回した。

「北条の糧道は東山道から碓氷峠を越え、佐久に入る一路のみ。我らは先手を打つ」

皆が「はっ」と返事をして駆け出して行った。

十月十五日、戸石城の本城と戸石郭に二百の兵が入り、下知があり次第動けるように待機の態勢となった。同日、三澤小屋に遣った横谷左近と、同じく甲斐に放った透破が戻った。昌幸は本丸館の広間で頼康や池田らの家臣と共にこれを迎え、報告を聞いた。

まずは横谷が口を開く。

「三澤小屋からは、依田十郎左衛門殿と兵五十を出すとのこと」

昌幸は「よし」と頷いた。

「此度の一戦が功を奏すれば信蕃も動きやすくなる。まずはその数で十分だ。然らば、わしと頼康、依田十郎左衛門で兵を率いる。綱重は戸石の留守居《るすい》を頼むぞ」

次いで庭に片膝を突く透破が発した。

「若神子城からは、北条道感が五千を率いて佐久に向かいました。大道寺勢が拠る小諸城に入る模様です」

「五千もか。どうやって防げば良いのか……。殿、お指図を」

うろたえる池田に、昌幸は大笑して返した。

「防ぐことなど考えずとも良い。この戦、勝ったぞ。五千の兵、戸石をひと呑みにできる数こそ付け入る隙だ。我が軍は信蕃の手勢を迎え入れ次第、出陣とする」

池田は、なおも困り果てた顔である。それを見て頼康が「ふふ」とおかしそうに笑った。

「池田殿、何という顔をしておられる。まあ、わしにも今ひとつ分からぬが、殿が斯様に仰せの時は信じた者勝ちぞ。存分に働くのみ」

すると皆も頷き、拳を突き上げて「おう」と声を合わせた。

＊

十月十七日の未明、草木も眠る丑《うし》三つ時（二時三十分頃）に依田十郎左衛門と五十の兵が戸石城に入った。昌幸はそれらの兵に一時（二時間）ほどの休息を与えた。

戸石城を池田に任せ、暁《あかつき》七つ半（五時）を以て軍を進発させる。真田勢二百、依田勢五十、馬に乗るのは将たる昌幸と頼康、および十郎左衛門のみ、鉄砲が十挺《ちょう》ある以外は全てが徒歩兵であった。

太郎山の麓を北へ進み、上野北西の鳥居峠を越えた頃には空が白み始めた。薄黒く、くっきりと見える浅間山の頂からは煙が南にたなびいている。

「浅間の東へ向かう」

そこは、かつて味方に引き込んだ鎌原宮内の領内であった。朝日差す冬の枯れ野が橙色に染まり、遠目に鎌原館が見える辺りまで来た。その方向から馬を馳せて来る者がある。

「昌幸殿お」

六文銭の幟は真田の分家筋、鎌原宮内であった。鎌原は荒々しく馬を追い立て、昌幸の前まで来ると力任せに手綱を引く。嘶《いなな》きを上げて棹立《さおだ》ちになった馬の首を、これもまた力任せに押し戻して四つの足で立たせた。

「左近殿から話は聞き申した。我らもご助力申し上げるべく、兵三十を支度してお待ちしておったところです」

織田信長が横死した直後、上野でいち早く真田に与した男である。岩櫃城を取ることができたのも、鎌原あってのことだ。昌幸は申し出を喜び、これらを加えて先を急いだ。

節所だらけの西上野で、その地を熟知する者がいるのは強みである。後の行軍は捗り、十七日の夕刻には碓氷峠を南に見下ろす一ノ字山に入った。予定より半日ほど早い。それは兵が十分な休息を得られるということであった。

翌十八日早暁、頼康と鎌原に百三十の兵を任せ、峠の南に聳《そび》える中尾山《なかお》に向かわせた。一時ほどすると、山の中を「ぴぃ」と細長い音が渡って来た。古めかしい鏑矢《かぶらや》は、兵を伏せ終えたことを報せるものである。初冬の遅い朝日が音の出どころを照らしていた。

寒風吹き抜ける山中には枯れ枝や葉が多く落ちており、薪《まき》に苦労しない。兵はそれぞれ腰に着けた竹筒から兜や陣笠に水を注ぎ、焚き火にくべて湯を沸かすと、腰兵糧の干《ほ》し飯《いい》を潰して朝餉《あさげ》としていた。昌幸と依田十郎左衛門は馬廻りの者が支度をするが、食う物は同じである。

腹ごしらえを済ませた頃、横谷の透破が昌幸の元に至った。枯れ木の林に置いた床机の前に跪いて諸々を報せる。

「北条の輜重は明け六つ（六時）に厩橋を出たとのこと。岩櫃城の矢沢綱頼様にも、別の者が報せに向かっております」

「ふむ。叔父上が動くのは輜重より一時（二時間）ほど後と考えて良かろう」

岩櫃城から沼田城に向かうには、山の尾根伝いに真っすぐ行くのと、いったん東南の榛名《はるな》山に向かって、その北麓を進む道がある。昌幸が指示したのは後者であった。

透破は「はっ」と頭を下げた。

「今は朝の五つ半（九時）ゆえ、もう一時ほどで榛名山に至るかと」

昌幸は「よし」とほくそ笑んだ。

輜重の足は遅い。北条道感が率いる五千を賄《まかな》うほどの兵糧となれば、一層時がかかるだろう。綱頼の徒歩兵三百が榛名山の北西に至る頃、ようやく東山道の安中《あんなか》辺りのはずだ。

榛名北西の麓と安中は十五里余、馬なら一刻（三十分）とかからぬほどに近い。つまり綱頼の行軍は、間違いなく北条の輜重隊に察知される。それこそが狙いであった。

「沼田城は？」

昌幸の問いに、透破は胸を張って答えた。

「金子美濃様が睨みを利かせておられます」

「万全だ。下がって良い」

命じると、透破は風のように走り去った。

昌幸は床机に腰を下ろしたまま腕組みで瞑目した。傍らでは十郎左衛門が時折立ち上がり、うん、と背伸びをしてまた座っている。焦れているのが手に取るように分かった。

「必ず、わしの言うたとおりになる」

昌幸の静かなひと言に、十郎左衛門は恥じたように「はい」と返した。

輜重はいつ碓氷峠に至るだろう。それを待つ以上、昼餉を取っている暇はない。峠を挟む両の山に潜んだ兵は、息を殺してじっと動かずにいた。そして――。

日の傾きからして昼八つ（十四時）頃だろうか、ついにその報せが来た。

「輜重、見えました」

駆け寄った伝令の兵に頷くと、昌幸は床机を立った。

「全隊、ひと固まりになって前へ。峠を見下ろせる辺りまで進み、次の下知を待て」

昌幸と十郎左衛門の手勢、合わせて百五十が走って隊伍を組む。落ち葉を踏むざくざくという音、ぱきりと枯れ枝の割れる音は十も数えぬうちに止んだ。武田の家臣だった頃から「戦場で無駄口を利くな」と繰り返していたが、此度は伏兵とあって常よりも静かである。依田勢の五十もそれに倣っていた。

「進め」

昌幸の小声で、兵は忍び足に前へ出た。山中から二町ほど下ると峠の様子が良く見えた。荷車は三十もあり、それぞれ堆く米俵が積まれている。然るに兵の数が実に少ない。見たところ五十ほどか。その兵たちから笑い声が聞こえた。重い荷車を百姓の賦役衆に運ばせて自らは笑っているのだから、いい気なものだ。

十郎左衛門が「これは」とだけ発して絶句した。昌幸は、にんまりと笑みを浮かべた。

「我が叔父が動いたことを知り、輜重の兵は思ったはずだ。真田には今日のことを報せておらぬのに兵を出した。襲ってくるのでは、と。されど輜重には目もくれず沼田へ転じた」

「ゆえに、あの兵たちは」

「やはり真田は今日の輜重を知らぬ。そう思い込んだ。氏直に疑われて汲々とし、何とか沼田を押さえようとしているのみだと。輜重の兵がこうまで少ないのは、ほとんどが叔父の軍を追ったからだ。既に沼田衆が真田に付いているとも知らずにな」

十郎左衛門の顔が紅潮した。

「まこと、全て仰せのとおりになり申した」

「存分に働け」

言うと、昌幸は右手を上げた。後ろから十人が火縄の煙と共に進んで来た。片膝を突いてしゃがみ込み、目を凝らして狙いを付ける。

「撃てぃ！」

山に潜んでから初めての大声に応じ、鉄砲が火を噴いた。峠道に、ひとり、二人と撃たれた兵が転がる。荷車の上ではいくつかの俵に穴が開き、米が流れ出していた。

「敵か」

輜重の周囲から狼狽した声が上がった。同時に、向かいの中尾山から鬨《とき》の声が上がった。

「いざ進め。えい、えい、えい」

「おう」

頼康の号令——えい、つまり用意は「良いか」と発する声に「応」と答える。

「えい」

「おう」

えい、おう、の呼応を数回繰り返した後、声は止んだ。そして山中から物言わぬ百三十の兵が湧き出し、算を乱した五十に襲い掛かった。

荷車を押す賦役衆は、蜘蛛《くも》の子を散らしたように逃げ去った。残された輜重番の兵に頼康と鎌原の兵が襲い掛かり、狭い峠道で乱戦となる。足軽の長槍が振り下ろされ、叩かれた北条の兵が絶叫して転げ回った。

敵兵の全てが中尾山ばかりを気にしていた。鉄砲の弾がどちらから来たか、それすら忘れている。手傷を負って戦えなくなった者、討ち死にした者、逃げ出した者、既に二十ほどが減っていた。残された三十も、もう戦える様子ではない。それでも自らの身を守るためだけに抗い、目茶苦茶に槍を振り回している。

「いざ、我らも進め」

昌幸と十郎左衛門が山を駆け下りた。鬨の声を上げるだけで、北条の兵は全てを諦めて逃げ走った。十郎左衛門は手勢五十で追い討ちに掛かったが、半刻（十五分）もせぬ間に戻って来た。

「こうまで鮮やかに仕留めるとは。才気絶倫と謳《うた》われた戦、子々孫々まで語り伝えましょう」

息を弾ませる十郎左衛門に、昌幸は「はは」と笑った。

「それほどでもない。この数では兵糧を奪うぐらいしかできぬしな」

「それは……。申し訳ござりませぬ。三澤から、もっと兵を回せれば、峠も押さえられたのに」

「いやいや、今の有様を思えば致し方なきことよ。峠はいずれ押さえれば良い。それより、真田が徳川に付いたと知れたら、佐久と小県の北条方はうろたえよう。加えて道感の兵には兵糧が届かぬ。大軍ゆえ、すぐに窮するぞ」

十郎左衛門は「はあ」と思案顔を見せた。

「北条道感はその昔、河越《かわごえ》城で兵糧攻めを堪え抜いた人でしょう。我が主君・信蕃と同じく、食えぬぐらいで音を上げるとは思えませぬ」

昌幸は、ゆっくりと頭を振った。

「されど三澤にこの兵糧を入れてやれば気勢が上がろう。戸石と三澤、腹背から小諸城を睨んでやれば、如何な道感でも動くに動けまい。その隙に、我らはさらに各地を平らげて行くのだ」

「そこまで見据えておられたとは……感服仕りました」

十郎左衛門は深々と頭を下げた。

翌十月十九日、昌幸は北条に手切れを通告した。

北条は上野一国を自ら制することを目論《もくろ》んでいると聞く。しかし岩櫃や沼田は、この真田昌幸が武田勝頼から引き継いだ地である。北条の背後を安んじるために、わざわざ織田から取り返してやったにも拘らず、それを奪おうという者など主君として戴《いただ》くことはできぬ。それが手切れ状の主旨であった。

武田を見限って北条に擦り寄り、織田軍が兵を向けたと知るやそちらに靡《なび》いた。織田信長が横死すると上杉に付き、上杉の苦境を知って北条に帰順する。

そして真田は今、徳川に鞍替えした。実に五度目の寝返りである。まさに、如何なる札にも成り代わる化け札であった。

＊

昌幸は碓氷峠から手勢を転じ、手切れ状を発した十九日のうちに小県の北条方を攻めた。

まずは禰津昌綱《ねづまさつな》である。信濃国分寺から東に八里、真田郷と小諸城の中間に聳える大室山《おおむろ》は千曲川に向けて緩やかに尾根を下らせて来るが、平地に至る手前二里ほどのところが天に突き出して「城山《しろやま》」と呼ばれている。ここに築かれた禰津下《した》ノ城が禰津氏の本城であった。

城山は仰ぎ見れば高さ一町ほど、難所と言うほどではない。だが大室山の側は峻険で、攻めるとなれば上田原の側から登るしかなかった。

山道を進み、城まであと半里ほどで兵を森に紛れさせる。しんと静まりつつ、異様な気配に包まれていた。初冬の寒風も手伝って頬にぴりぴりと痛い。

「木立に身を隠して進め」

敵が既に襲撃を知っているからには、足音を忍ばせる必要はなかった。

城まで三町足らず、鉄砲の射程に入った途端、山の上から乾いた破裂音が聞こえた。大半の葉を落とした木立の中に良く響く。二十挺ほどだろうか。ぱらぱらと乱れた音によって、揃って撃ったのではないと知れた。

「さらに一町半進め」

城まで一町半の辺りまで近付く。こちらは相変わらず木立に隠れたままだと言うのに、またも鉄砲の音がこだました。それを聞き終えると、昌幸は大声で号令した。

「弓、構えい」

遠矢が届くぎりぎりの距離で、兵が木の陰から身を晒し、弓を引き絞った。

「放て」

ひゅっと鋭い音が風を切っていくつも飛んだ。放っては新しい矢を番《つが》え、引き絞っては次を放つ。三度繰り返した後、昌幸はまた命じた。

「身を隠せ」

兵が木々に紛れる。五つ、六つと息をする中、また鉄砲の音が渡った。

爾津下ノ城は本郭と二つの帯郭を土塁で囲っただけの簡素な構えだが、攻め口が一方に限られているとあって、兵を集めて抵抗していた。もっとも手切れ状を発した当日とあって、爾津は未だ真田の離反を知らない。急襲にうろたえていることは、無駄弾を撃ち続ける様からもはっきりと分かった。

(遠からず打って出る)

思いながら鉄砲の音を聞き、弾込めの隙を衝いて遠巻きに矢を射掛け続ける。

案の定、やがて城方は痺れを切らした。ぎしりと音を立てて門扉が開かれ、それと同時に爾津の兵が姿を現した。槍を掲げ、喚き散らしながら山を駆け下りて来る。数は五十にも満たない。

「迎え撃て」

手勢が木立から身を晒し、弓の弦《つる》を弾いた。二百を超える矢が敵に降り注ぎ、十人、十五人と倒れる。そのうち何人かは駆け下りていた勢いのまま山肌を転げ落ちた。

落ち着きのある軍兵なら、これで引き返すところである。だが浮き足立っている爾津勢は、それでも詰め寄って来た。

「退けい」

昌幸の号令で手勢は山を下った。爾津勢がそれを見て目を血走らせ、なお勢いを増して追いかける。城から四町ほど離れた辺りで再び命じた。

「弓、構えい。放て!」

総勢が足を止め、振り向き様に矢を射る。先ほどと違って狙いを絞ったものでないだけに、当たった数は少ない。それだけの理由にも拘らず、敵兵は暗闇の中で一条の光を見たような顔になって猛然と突っ掛けて来た。

味方の兵が弓を捨てて腰の刀を抜く。そこへ城から鉄砲が射掛けられた。戦況は如何にも不利なはずだった。

しかし――。

鉄砲が放たれたことで、逆に敵の顔に絶望が満ちた。とうに鉄砲の射程から外れていることに思い至ったのだ。

「掛かれ」

昌幸がひと声を上げる。向こうは槍、こちらは刀、分があるのは長柄の方だ。しかし完全に乱れ惑った敵兵には、逃げ帰ることしかできなかった。

その後はさすがに、誘いをかけても打って出ることがなくなった。昌幸は日のあるうちに兵を退き、山を下った。

禰津昌綱を下すことはできなかったが、この一戦は北条に与する信濃国衆を激震させた。今後は徳川方も動きやすくなり、ひいては昨日奪った兵糧を三澤に運びやすくなるだろう。当面はそれで十分だった。

真田が徳川に寝返ったことは、十月二十日には北条全軍に報じられた。

案の定、信濃衆は狼狽した。徳川方に通じる者も出始めたのか、二十一日には北条方の要害・望月城があっさり陥落したと聞こえてきた。佐久郡に於ける北条の本拠・小諸城は、北西の戸石城、南西の三澤小屋とその北の望月城、三方から睨まれる格好になった。

＊

大道寺政繁が三澤小屋を囲むに当たっては三つの拠点があった。まずは二十一日に落城した望月城、そのすぐ西にある芦田城、そして三澤東方の伴野《ともの》館である。

望月城を落としたのは、かつて武田に仕えていた信濃衆の横田《よこた》尹松《ただとし》である。これがすぐさま芦田城を窺うことは自明であり、それによって三澤小屋から目が逸れた。近辺の通行は当然ながら容易になり、昌幸と十郎左衛門が碓氷峠で奪った兵糧も楽に三澤まで運べるようになった。

昌幸は小諸城近くを避け、望月城近辺に兵を進めた。

千曲川に向けて北西へと流れる支流・鹿曲《かくま》川の土手から、左に望月山を見上げる。山頂は木々もまばらで、土塁と急峻な断崖が覗いていた。城の主郭だ。ここから東南に伸びる山稜は起伏が少ない台地を形作っており、そこには支城まで備えている。

目を前に戻して「ふふ」と笑うと、背後で頼康と轡を並べる十郎左衛門が問うた。

「如何なされました」

「何とも、素晴らしい構えの城だと思うてな」

望月山西側の断崖に対して、城の虎口《こぐち》がある東側は丘陵が続いている。自らが禰津下ノ城を攻めた時と同じく、攻め口はそちらしかない。そうした状況下でこれほどの城を保てぬとは、北条の動揺も相当なものだ。十郎左衛門はそこまで考えておらぬのか、或いは三澤小屋が救われたことが嬉しいのか、にこやかに応じた。

「この城が徳川方にあらば、佐久は制したも同然でしょう」

この言葉と同時に、南の方から何か聞こえた。人の声だ。遠目に見れば、川上の土手を挟む山の間から具足の群れが湧き出していた。

すわ、敵か。思って誰もが身構えた。だが先に聞こえた声が次第に近付くと、緊張は歓喜に変わった。

「昌幸、俺だ」

先頭の馬上で呼ばわるのは、依田信蕃であった。ざっと五百ほどの徒歩兵を従えている。

「信蕃!」

昌幸は右手を高く上げて大きく振り、馬を小走りに進ませた。ほどなく両者は向かい合わせに馬を寄せ、清々《すがすが》しい笑みを交わした。

依田は馬上で満面の笑みを見せ、深々と頭を垂れた。

「まずは礼を言う。山ほどの米が届いて、三澤小屋は万全となった」

昌幸はちらと左後ろに目を遣って応じた。

「望月城も落ちた。芦田城は横田殿に任せて、わしは次の手を打つ」

「伴野を何とかするのだろう。こちらも抜かりはない」

依田は三澤小屋の千二百から五百ずつ二隊を割き、自ら一方を率いて真田勢力に合流した。もう一方は西側から進軍させ、追って始まる芦田城攻めに加えさせるという。

手の内を語る依田の顔は何とも嬉しそうで、軽く赤みが差している。戦が自軍有利に動き始めているから、だけではないだろう。もっと別の悦びが垣間見えた。

昌幸も思いは同じである。武田に仕えた頃から互いを範としていたのだ。一方に至らぬところがあれば、他方が常に高みに立って「ここへ来い」と示し合ってきた。その男と共に戦えると思うと、胸が躍るのを止めようがなかった。

「然《しか》らば」

二人は八百近くに膨れ上がった軍兵をまとめ、望月山を東へ越えた。

伴野館は望月城の十五里ほど南東にある。南から北へ流れる千曲川の西岸で、上野、武蔵、甲斐の各地から佐久へと至る街道が集まる要衝であった。館と言いつつ、実際は本丸、二之丸、三之丸、出丸まで備えた平城である。禰津下ノ城よりもしっかりした構えだが、今ならば楽に攻め落とせるだろう。

だが、ここを落とすことが狙いではない。昌幸が兵を進めたのは伴野館と小諸城の間、大井美作守《おおいみまさかのかみ》の籠もる大井城であった。

小諸城が身動きできぬ今、北条は甲斐若神子城に在陣する軍兵の一部を援軍に寄越すかも知れない。また本国の相模《さがみ》から、上野や武蔵を通って伴野に入ることも考えられる。三方に気を配らねばならぬ伴野より、街道の延びる南方にのみ注意していれば良い大井の方が好都合だった。

大井城は東側が断崖だが、残る三方はほとんど起伏がなく、平城と大差ない。城の西から行軍する中ほどに轡を並べ、昌幸は依田に釘を刺した。

「小城とはいえ、油断はならぬぞ。一気に仕留めるには、二人が動きを計り合うのが肝要だ」

依田は、にやりと笑って返した。

「誰にものを言っている。おまえの用兵は信玄公に学んだものだ。俺に分からぬはずがない。おまえこそ、俺に遅れを取って、がっかりさせるなよ」

「言うておれ」

昌幸は清々しく一笑し、手勢を率いて馬首を南に向けた。

いよいよ、始まる。互いの手の内を知った者同士、二人の繋がりを以て城方に鮮やかな戦を見せてくれん。

昌幸は城の南に布陣し、敵の動きを窺う。城方は静かにその時を待っていた。

「注進！　依田様、布陣を終えられました」

「よし」

昌幸は陣幕を出ると、隊列を整えたまま待機していた兵の前に立って「参るぞ」と号令した。足軽を先陣に、そのすぐ後ろに鉄砲方が続く。城までは二町、鉄砲が届き、矢が届かぬ距離まで迫った。こちらの動きに合わせ、依田も西側から兵を動かしているだろう。その期待を胸に、高らかに命じた。

「放て」

ひと言と共に、鉄砲十挺が正射される。土塁の上で大井の兵が身を伏せて遣り過ごし、こちらの弾込めの隙を衝かんとして遠矢を射掛けてきた。

しかし、そこで西から依田の鉄砲が放たれた。数は真田の四倍もある。たった今立ち上がった大井の兵が何人も狙い撃たれて悲鳴を上げ、土塁から真っ逆さまに落ちた。

やはり依田は期待を裏切らない。誰かと共に戦うとは、こうありたいものだ。昌幸はいつもより大きな声で「進め」と命じた。

真田勢は槍を構えて猛然と前に出た。敵は新手を土塁に上がらせ、石や丸太を雨と降らせて抗った。だが重い物を投げ付ける動きは何とも緩慢で、依田勢の鉄砲にとって格好の的でしかなかった。

「さ、下がれ！　内から矢を放て」

城将らしき声が慌てふためいて命じると、それきり土塁の上に出る者はいなくなった。これを好機と見て依田勢も城に詰め寄った。半分が土塁を登り、他は弓矢と鉄砲で援護する。土塁は兵の背丈の三倍に満たず、概ね二間ほどの高さだろうか。すぐに登りきる者が出てきて、援護の弓矢に敵の居所を教え始めた。

「右じゃ。俺の一間ばかり右を狙え」

土塁の内に「わあ」と慄いた声が上がる。

「そのまま、八間も奥まで届くように放て」

敵兵の喚き声は、やがて遠くなった。城の奥に引っ込んだのだろう。真田・依田の兵は、抵抗のなくなった土塁を易々と越え、西の虎口を内側から開いた。

「殿、あれを」

二十間も前で兵を督していた頼康が、大声を上げて城の北西を指し示した。七、八騎が一目散に逃げ出している。萌黄《もえぎ》色の陣羽織に背負った松皮菱《まつかわびし》の紋は、城主・大井美作守だろう。

「追い討ちは無用ぞ。城を押さえ、降る者あらば容れよ」

昌幸のひと声で城攻めは終わった。少しの後、依田が数人を従えて馬を馳せて来た。

「さすがだな、昌幸」

「おまえこそ」

二人は腹の底から笑い、勝鬨を上げた。

その日の晩、昌幸は「王城」と称される大井城本丸の館に入り、広間で依田と酒を酌み交わした。戸石城の広間より手狭な板間の中、杯を干した依田が「ふう」と息を吐く。昌幸は「ふふ」と笑った。

「三澤に閉じ込められておって、酒も久しぶりだろう。過ごすなよ」

「一杯や二杯で潰れる俺ではない」

互いに笑い合っていると、伝令の兵が館の庭に駆け込んだ。

「申し上げます。横田尹松様、芦田城を落とした由にござります」

昌幸は「よし」と右膝を叩き、弓手《ゆんで》の杯をぐいと干した。依田が大きく頷いて言う。

「伴野と小諸の間を断ち、芦田も落ちた。小諸は四面楚歌《しめんそか》となったな」

これで当面の目的は達せられたろう、という満足そうな口ぶりだった。しかし昌幸はにやりと笑って首を横に振った。

「もうひとつ、やることがある」

杯を突き出して酌を受け、銚子を受け取って自らも依田に注ぎながら言葉を継ぐ。

「碓氷峠を押さえねばならん。北条の糧道を断つ」

「先には俺の出した兵が少なく、押さえきれなんだ。すまぬ」

昌幸は左の掌を上に向けて、ちょいちょいと動かした。詫びの代わりに飲めと示され、依田はまたぐいと呷《あお》って「ふう」と熱い息を吐いた。

「五百を連れて来た今なら峠にも兵を回せるだろう。存分に使ってくれ」

「その前に」

昌幸はくすくすと含み笑いをした。

「内山《うちやま》城を攻める。……とは言っても、口だけだがな」

その意味を依田は悟ったらしい。目を丸くしたのも束の間、すぐに苦笑を浮かべた。

「おまえには敵わんな。やはり頭では俺より二枚も三枚も上手だ」

二人は大笑し、また杯を交わした。戦が終わってからというもの、笑ってばかりであった。

翌日、昌幸は四日後に内山城を攻めると宣言した。頼康以下の手勢には、口だけ、つまり流言であることを明かしていない。依田勢を合わせた八百は次の戦支度で意気盛んとなった。

戦に透破は付き物である。北条の放った者は、この動きを摑んで注進に及ぶだろう。甲斐にいる北条氏直は、果たしてどう出るか――。

昌幸とて各地に透破を放っている。内山攻めを公言してから二日後の晩、横谷左近が大井城を訪れた。依田と共に迎えると、横谷は単刀直入に報じた。

「北条の動きを。厩橋を押さえた猪俣邦憲《いのまたくにのり》を動かし、内山に入れると決しました」

昌幸は依田と顔を見合わせ、にんまりと口元を歪めた。

「掛かりおった」

内山城の在所は要衝・伴野に至る一方の道、武蔵国鉢形《はちがた》から続く街道沿いである。それが鍵であった。この内山口を封じられたら、北条は信濃に於いて徳川に手も足も出なくなる。そればかりか甲斐に在陣している氏直の退路すら危うい。これを防ぐため、最も近くにいる猪俣を動かしたのだ。全て読みどおりであった。

昌幸は横谷に向き直った。

「猪俣は、いつ内山に入る」

「明日中には」

傍らにある依田が「よし」と頷いて呼ばわった。

「十郎左衛門やある。これへ」

大声に従い、十郎左衛門が駆け付けた。依田は言下に命じた。

「手勢のうち三百五十に、碓氷峠へ出陣すると申し伝えい。百五十はこのまま残って大井城を固めるべし」

夜半の急な触れだったが、かねて気勢を上げていた真田・依田勢はすぐに陣払いして大井城の虎口前に列を成した。

「進め」

昌幸の号令で進発した軍は一路北を指した。そのまま三里余、東山道は目と鼻の先である。ここを西に向かえば小諸城、東に向かえば碓氷峠であった。もっとも小諸城は、真田の戸石城、徳川方の望月城、芦田城、三澤小屋、大井城に囲まれて動けない。夜間とはいえ遮る者のない行軍は捗り、翌日の早暁には総勢五百五十が峠に至った。

朝日の差す峠道で口から湯気を立てながら、昌幸は命じた。

「これより碓氷峠は我らが押さえる。真田勢は百五十を置き、矢沢頼康が督する。依田勢は二百五十を残し、依田十郎左衛門の下知に従うべし」

内山攻めを流言して北条に陽動を仕掛け、その隙に真田・依田勢は碓氷峠を占領した。北の一ノ字山、南の中尾山、峠を挟む双方に兵たちが簡素な陣屋を設えるのを眺めながら、依田は日の光が眩しそうに目を瞬いた。

「これほど楽に峠を押さえられるとはな。この上は、北条も」

依田の言葉が、そこまでで止まった。顔つきは、どこか奇妙なものを見るようなものになっている。だがそれは寸時のこと、次第に眼差しが炯々と輝き出し、口が半開きになってゆく。

昌幸は、ほくそ笑んで発した。

「分かったか」

「まさか、おまえ……北条を囲むつもりか」

「内山攻めの流言を考えた時に思うた。北条は手を広げすぎておる」

甲斐には北条氏直の本隊があるが、その他にも信濃の各地、上野、下野に兵を分散させた上に本国の相模や武蔵を守る必要もある。これを示して、昌幸は「ふう」と長く息を抜いた。

「猪俣の手勢が厩橋から内山に動いてくれなんだら、峠を押さえることも叶わなかったろう。だが、巧くいって良かった。大井城と碓氷峠を押さえた上は、小諸の大道寺勢と北条道感、内山の猪俣、若神子の氏直、全てを寸断できる」

依田の顔が痛快な笑みに変わった。

「それればかりではない。糧道と退路も断った上は、北条の全軍が窮することになろう。おまえはいつも『戦は数ではない』と言っていたが、それを裏付けた格好だ」

昌幸の策によって、北条は大軍の利を完全に殺された。まさしく、戦は数ではない。数をどう生かし、どう殺すかなのだ。寡兵の徳川が大軍の北条を包囲するという、異常な事態が作り出されていた。

歓喜を押さえきれぬとばかり、依田は昌幸の左腕を手荒く叩いた。

「まこと、神算鬼謀《しんさんきぼう》とはおまえのためにあるような言葉だ」

昌幸は苦笑して依田の手首を取り、摑んだ右手に力を込めつつ面持ちを引き締めた。

「小勢の真田にできるのはここまでだ。北条をこの先どうあしらうかは、徳川に考えてもらわねばならん。おまえも気張れよ」

「分かっておる。共に、自らの為すべきことを為さん」

手を取り合い、互いに固く握りながら、昌幸は思った。この数日は、本当にあっという間に過ぎてしまった。それほどに濃密で満たされた時だったのだ。依田信蕃——この男と共に戦ったからであろう。戦という命のやりとりが楽しいと思ったのは、初めてのことだった。

小県・佐久両郡での形勢が完全に逆転するのを見届け、昌幸は五十の護衛兵と共に戸石城へ引き上げた。

冬の日差しを浴びながら、昌幸は何度も碓氷峠を振り返った。これから依田は佐久を平らげてゆくのだろう。奴ならできる。一方で真田は小県を束ねていかねばならぬが、背後──佐久に残る北条勢への懸念は微塵もなかった。

＊

内山攻めの流言と碓氷峠の占領は、徳川のためだけにやったことではない。厩橋の猪俣邦憲が上野からいなくなったことで、真田は西上野を押さえやすくなっていた。

北条に手切れを言い渡した十月十九日から月末にかけて矢沢綱頼が沼田城を奪い、地侍たちを束ねた。堅城・沼田で守りを固めれば、この先北条と相対しても容易に落ちることはない。昌幸は併せて、嫡子・信幸と共に岩櫃城を固めていた湯本三郎右衛門に羽根尾《はねお》城を取らせた。これで戸石から羽根尾、岩櫃、沼田へと続く道を確保したことになる。

一方、北条軍は窮地に陥っていた。佐久では小諸城以外が総崩れになり、甲斐では戦況が完全に膠着《こうちゃく》し、進むも退くもできずにいる。

今こそ上野の支配を強めるべし。十一月初旬、昌幸は上野の各地にある地侍との交渉を進める毎日を送っていた。

そんな折、徳川に出仕している弟・信尹から書状が届いた。さては寝返りの際に約定した所領の話かと、持参した池田綱重を前に広げる。

だが、目を走らせるほどに自らの顔が険しくなるのが分かった。

「殿？」

怪訝そうな池田に、弟からの書状を手渡す。内容に目を通した池田の身が、わなわなと震え出した。

「これは……何たることか」

がばと顔を上げ、書状を床に置いて続ける。

「殿！　これをお認めになって良いのですか。こともあろうに和議などと、家康公は何をお考えになっておられるのやら。北条は進退窮まり、あとひと押しで自滅するのですぞ」

数日前、十月二十九日のこと、徳川と北条は和議を結んでいた。信尹の書状はそれを知らせるためのものであった。

昌幸は仏頂面で応じた。

「仕方あるまい。羽柴《はしば》が援軍を寄越さぬと言うのだ」

羽柴秀吉《ひでよし》――織田信長を討った明智光秀に弔《とむら》い合戦を仕掛け、見事に打ち破った男である。信長と嫡子・信忠を失った織田家は信長の嫡孫・三法師《さんぼうし》が継ぎ、秀吉および信長の次男・信雄《のぶかつ》が後見を務めることに決まっていた。

「今や織田は羽柴の為すがまま……家康公も気を使わぬ訳にはいかん」

徳川家康が甲斐から信濃に兵を出したのは、織田領を保つという建前である。秀吉とてこれを頭から信じた訳ではないだろうが、少なくとも表立って敵対しない徳川ゆえ、北条との争いに援軍を約束していた。それを反故《ほご》にされたと書状には綴《つづ》られている。

昌幸は大きく溜息をついた。

「それにな、如何にしても北条の兵は徳川の四倍ぞ。援軍がなければ容易に打ち破れぬということだ」

池田が薄い頭を掻き毟りながら問う。

「いったい、何ゆえに援軍を取りやめなどと！　勝てる戦なのに」

しかしこちらが口を開く前に、愕然とした顔になって手を震わせた。

「勝てる戦ゆえ、勝たせぬために？　もしや徳川と北条の共倒れを狙っておるのでは」

策に疎《うと》い男にしては冴《さ》えている。だが一歩浅い。昌幸は荒っぽく鼻で笑った。

「羽柴秀吉は、織田筆頭家老の柴田勝家《しばたかついえ》と不仲だと聞く。当面はその争いゆえよ。もっとも羽柴は食えぬ男のようだがな。柴田のことは真実でもあり、口実でもあろう。兵を出せぬゆえ和睦せよ……これに従わねば、おまえの言うとおりになる。羽柴にはその方が有難いはずだが、家康公はそこまで馬鹿ではなかったということだ」

北条は藁にもすがる思いで秀吉の調停を受け入れたのだろうが、徳川にとっては痛し痒しというところである。それには得心しつつ、池田はなお気持ちが治まらぬようであった。

「百歩譲って和議は良しとしましょう。されど、これ、この条件は！」

先に床に置いた書状を、指先でドンドンと叩いて示す。甲斐と信濃は徳川が、上野は北条が切り取り次第、相互に干渉しない旨が取り決められていると記されていた。

「やっとの思いで取り返した沼田や岩櫃はどうなるのです。これを受け入れると仰せですか。それがしは我慢がなりませぬ」

頭から湯気でも出そうなほどに怒り、騒ぎ立てている。

もっとも、昌幸もこの取り決めは腹に据えかねていた。奥歯を固く噛み締め、荒い息を何度も鼻から抜く。そして右の拳で自らの太腿を殴り付けた。

「到底、認められん。家康公が何を言って来ようと北条になど明け渡さん。だが綱重、少し落ち着いて考えてみよ」

「何をです」

昌幸は、しかめ面の目元にだけ不敵な笑みを浮かべ、ゆっくりと応じた。

「信濃と上野のような片田舎の戦が、天下を動かす織田の跡目争いに絡んでいるのだ。ならば真田は、天下を左右する札になれるやも知れぬではないか」

「天下を」

それきり池田は絶句した。昌幸は含み笑いを返した。

織田信長が武田を滅ぼし、その信長も横死したことで始まった騒乱――天正壬午の乱は、徳川と北条の和睦を以て一応の終結を見た。大国にはそれで良かったのだろう。だが信濃・上野の両国に領地が跨る真田家には、わだかまりの残る結末だった。

「我らは生き残ったのだ。これが第一歩、次は成り上がりの道ぞ。此度のことは、先々を読むために敢《あ》えて見過ごす。いずれ……徳川も化かしてやる」

第二部　上田合戦

一　新たな居城

武田滅亡後の騒乱は北条と徳川の和議によってひと区切り付いたものの、完全に収まった訳でもない。信濃は徳川、上野は北条の切り取り次第と定めたことで、信濃の北条方には不服として抵抗する者も多かった。

約定があるからには、そうした者には北条が代地を与えるなどして説き伏せ、信濃から退かせるのが筋である。だが北条は甲斐からの撤退を何よりも優先せねばならず、これらへの差配も、盟約で認められた上野の切り取り――真田領の明け渡しを含む――も後回しになっていた。

そこが、真田の付け入る隙である。北条の目が上野から逸れ、徳川の威も使える今こそ信濃の地盤を固める絶好期だった。昌幸にとって徳川に従うとは、大国の思惑に対抗する力を蓄え、天下の動静を探るための隠れ蓑に過ぎない。

徳川・北条の和議から一ヵ月後の天正十年（一五八二年）十二月、昌幸は禰津下《ねづした》ノ城を攻め落とした。去る十月、北条に手切れを通告すると同時にひと当たりした際には猛然と抵抗した禰津勢も、北条の支援を受けられぬことであっさりと屈し、真田の下に付いて徳川方となった。

年明けの天正十一年一月、家康は再度甲斐に出陣した。諏訪《すわ》郡高島城で抵抗を続ける諏訪頼忠を傘下に従えるためだが、昌幸はこの動きも巧みに使った。

「然《しか》らば、如何にしても我らに従う気はないと申すか」

信濃国分寺の南方十里にある丸子《まりこ》城で、城主の丸子三左衛門《さんざえもん》と相対する。昌幸の居丈高《いたけだか》な物言いに、丸子は目を剝いて怒鳴り散らした。

「お主が如き表裏者に従うなど武士の名折れぞ。断じて屈しはせぬ。早々に立ち去れい」

昌幸は深く溜息をついた。そして座を立ち、この上ない憐《あわ》れみを湛えた目で見下ろす。すると丸子は瞬時、言葉に詰まった。それが気に入らぬとばかりに、無理に口を開く。

「な……何じゃ、その、その目は」

怒り、諦め、敵意、丸子はこちらがそういう顔をすると想像していたはずだ。ところが向けられたのは憐憫《れんびん》であった。だからこそ、かえって不安を覚えている。

「まこと、それで良いのか」

何とも無感情に呟いてやると、丸子は自らを無理に励ますように声を張った。

「この城が欲しくば潔《いさぎよ》く一戦に訴え――」

「それで先祖に顔向けできるのかと聞いておる」

言葉を遮り、再び腰を下ろす。

「これは徳川への逆心と見做されよう」

「たわけたことを。逆心も何も、わしは北条に従う身ぞ」

「その北条が徳川の切り取り勝手を認めたのだ。にも拘らず、お主らへの代地も出さぬ。いつまでも義理立てしていて何になろうか。周りを見るが良い、徳川が本気になればこの城ぐらいひと呑みぞ」

千曲川の南岸は既に望月城、芦田城、三澤小屋、大井城が徳川方となっている。北岸も、かつて北条の将・大道寺政繁《だいどうじまさしげ》が入っていた小諸城《こもろ》が明け渡され、依田信蕃《よだのぶしげ》が拠点としていた。丸子城はそれら全てに囲まれている。加えて昌幸の居城たる戸石城、先に真田に付いた禰津下ノ城などにも睨まれ、八方塞がりの体であった。

丸子は俯いて、ぼそぼそと発した。

「されど武士たる者、節操のないことでは……」

「頭が固い」

ぴしゃりと言い放ち、昌幸は身を乗り出した。切々と訴えるように問う。

「重ねて聞こう。丸子家は八色《やくさ》の姓《かばね》・大伴連《おおとものむらじ》の後裔《こうえい》であろうに、その血を絶やして良いのか」

向こうは俯いたまま口を噤む。そこに捲し立て、畳み掛けた。

「小県《ちいさがた》、佐久のみではない。甲斐を見よ。家康公が直々にお出ましである。如何にしても徳川に従わぬとあらば、わしは援軍を得てお主を攻め滅ぼさねばならぬ。いやさ、既に北条が退いたと言うのに今日の今日まで抗い続けたとあらば、たとえ軍門に降ったとて許されまい。一族郎党ことごとく首のみの姿となるに相違ないのだ」

「……ならば北条方であり続けても良かろう。何も変わらぬのだ」

「違う」

一喝してなお続ける。

「この昌幸が取り成せば話は変わる。お主の申すとおり、わしは小県でいち早く徳川に従い、北条を追い詰めた。北条から見れば表裏者だろうが、徳川から見ればこの上ない功績ぞ。家康公はそれに報い、信濃に一郡、西上野から箕輪《みのわ》まで一円の領、さらに甲斐府中に二千貫の知行を下されるとお約束なされた。わしが一部を返上し、引き換えにお主の命、丸子家を残して欲しいと願い出ても良い」

丸子は、がばと顔を上げて目を見開いた。

「そこまでして、お主に何の得がある」

「まず考えよ。お主がただ降るだけなら、たとえ生き永らえたとてこの地を追われ、所領を失うのみぞ」

「それは、そうだが」

「だから」

にやりと笑みを浮かべた。

「お主は真田の臣となれば良い。わしが調略を以てこの城を取ったのなら、家康公とて召し上げることはあるまい。丸子家は真田の下で生き残る。真田は何らかの恩賞を手放す代わりに丸子家の領を従えるのだから、少なくとも損はせぬ」

丸子の目付きが明らかに変わった。

相手の不安を煽《あお》り、強弁して黙らせ、然る後にあたかも世の理《ことわり》の如く自説を説く。詐術の常道であった。しかし丸子が置かれた立場を考えれば、全くの嘘偽りでもない。これを以て丸子三左衛門は真田に従うことを受け入れた。

丸子城を出ると、供を務めた横谷左近と馬を並べて戸石城へと戻る。道中の昌幸は言葉少なであった。

新春とはいえ、まだ日は短い。昼八つ半（十五時）にして、日はもう大きく傾いていた。陽光が照らす北東の空は、やや黄色く濁って見えた。この空の向こうには小諸城がある。そこを拠点に佐久を平らげて回っている朋友・依田信蕃に思いを馳せた。

佐久で未だ徳川に抗うのは、今では岩尾《いわお》城主・大井行吉《ゆきよし》ぐらいのものである。依田の実力なら攻め落とせよう。そうなれば家康の信任篤《あつ》い依田は、信濃でも指折りの大将として扱われる。己が小県を従えれば、かつて武田家中で競い合った日のようになるのだろうか。

（それはそれで楽しきことだ。されど……）

やはり気になるのは上野のことであった。北条が明け渡しを要求すれば、家康はそれを退けることはできない。

（信濃の争いは羽柴と柴田の争いにも大きく絡んでいる。わしが家康なら信濃を従えた後は、北条に背を守らせて天下取りの一角に食い込むべく動きたいところだ。真田の上野領に固執し、機を逸するのは愚策である。

（わしと家康はやはり相容《あいい》れぬ。信蕃……お主の敵となって戦わねばならぬのか）

と、左手から大声が飛んできた。

「殿、殿！　そちらではござりませぬぞ」

先まで轡を並べていた横谷が、八間も離れた辺りから呼ばわっていた。依田のことを考えていたら、馬首が小諸に向いていたらしい。昌幸は「すまぬ」と苦笑いして馬を戻した。

丸子城を籠絡《ろうらく》したことを皮切りに、昌幸は小県の河南――千曲川南岸に割拠する国衆を次々と従えていった。徳川への逆意という恫喝《どうかつ》は、誰の援助も受けられぬ面々を搦め取るには格好の道具である。表向きは徳川のために動きつつ、国衆の胸中には徳川への危惧が残るように仕向けながらの調略であった。

＊

小県の粗方《あらかた》を従えて二月に入った頃、徳川に仕官させていた弟・信尹《のぶただ》が戸石城を訪れた。昌幸が居室に招くと、無言で頭を下げて入る。変わらぬなと思い、自ら口を開いた。

「久しいな。ここしばらく、書状のひとつもなかったが」

「兄上自ら動いておられましたゆえ」

この返答で、口がへの字になった。

「おまえは必要がなければ口を開かぬ男だが、文まで同じにすることはあるまい」

「読む暇は？」

確かに、たわいもない話で書状を寄越されても困る。やれやれと鼻息を抜きつつ問うた。

「して、此度は何用あって来た」

「上杉への遣いです」

「は？」

あんぐりと口が開いた。

「和親の使者にござる」

平然と繰り返され、眉根を寄せた。

「おまえは上杉で目を付けられて逃げた身であろう」

信尹は声を上げずにくすくすと笑った。

「実のところ、屋代秀正《やしろひでまさ》の調略に」

かつて武田に仕えていた者の名であった。今では海津城代・山浦景国《やまうらかげくに》の寄騎となっている。昌幸は腕組みをして目を細め、考えながら応じた。

「調略か。応じる目があればこその話だろうが……」

昌幸が北条から離反するに当たって「徳川は上杉と盟約を結んで北条に備えること、並びに上杉が真田を攻めぬことを約束させる」という条件があった。だが、当の徳川が北条と和議を結んだために雲散霧消となっている。上杉にしてみれば徳川の不義理であろう。もっとも本国・越後に新発田重家の謀叛という火種を抱えるだけに、徳川と戦を構える姿勢は見せていない。

「上杉の弱みに付け込み……領地を切り取るか。抜け目のない」

昌幸は呟きを止め、腕組みを解いた。信尹を正面から見据えて言う。

「されど腑に落ちぬ。おまえは調略の場数を踏んでいるが、そもそも表向きの用、和親の使者として信用されるはずがない。家康公は何をお考えになっておられるのか」

「自ら願い出た次第にて」

「何と。斬られるやも知れぬのだぞ」

驚いて強張らせた顔に、信尹は「ふふ」と不敵に笑って返した。

「徳川の覚悟を示す最上の駒では？」

言われて、はっとした。確かにそのとおりだ。

徳川は、上杉が信尹を憎んでいると知っていて使者に出す。気に入らねば斬っても良いと示すためだ。だが信尹を害すれば、和親の申し出を蹴ったことになる。

本国に火種がある以上、上杉は川中島に不安を抱えることを避けたいはずだ。どうしてもこの使者を受け入れざるを得まい。つまりこれは怨みを逆手に取った脅しなのだ。結果として信尹は何日か海津城に滞在することになろう。調略を仕掛ける間は十分にある。

昌幸は自室の天井を仰ぎ、ほう、と長く息を吐いた。

「参った。おまえも家康公も、恐るべきことを考えおる」

信尹は面持ちを引き締め、短く応じた。

「お耳に入れた上は」

これを巧く使え、さもなくば真田は家康に飲み込まれる。信尹が言わんとしていることは分かるが、一面で微妙な違和を覚えた。昌幸が無言で頷くと、信尹も何も返さずに戸石城を去った。

数日の後、昌幸の元に信尹の書状が届いた。屋代秀正の調略が成ったと記されていた。屋代はしばらくの間、今のまま埋伏されるという。いざという時の手札として動かすためだろう。

「お耳に入れた上は……か」

書状に目を落としつつ、信尹の言葉をぽつりと呟いた。危険極まりない役目を無事に終えたことは喜ばしい。だが信尹は言っていた。この役目は自ら買って出たのだと。昌幸は、そこに不思議な思い——ある種の寂しさを覚えた。

＊

二月十八日、昌幸は家康に召し出され、甲斐を訪れることになった。昨年に鞍替えした直後は小県・佐久両郡や上野を転戦していたため、正式に臣礼を取っていなかった。

道中、依田信蕃の守る小諸城に立ち寄る。話には聞いていたが、明後日から出陣ということで多くの武士や足軽が城下を忙しなく行き来していた。

大手門で案内を請うて進む。二之丸と本丸の黒門を渡す算盤《そろばん》橋は架け外しが自在だが、ここしばらく動かしていないらしい。堀の石垣と橋桁《はしげた》が接する辺りを夕暮れの日が照らせば、うっすらと生《む》した苔《こけ》が赤く染まっていた。

「しばらくだな」

本丸館の広間に至ると、ほぼ同時に依田が入って声をかけた。昌幸は板間の中央に腰を下ろしながら右手を差し出して「まあ座れ」と、どちらが城主か分からぬ挨拶をする。依田は城主の座ではなく昌幸の正面三尺の辺りに膝詰めで座った。

昌幸は広間の左手、南向きの庭に目を遣った。依田の愛用する具足が干されている。また、その向こうにはいくつもの矢が突き立った巻き藁があった。

「いよいよ岩尾攻めか。これが終われば佐久も徳川一色になる」

依田は「ああ」と頷きつつ、笑みの目元だけを厳しくした。

「中々に攻め辛い城だ」

小諸城に入ってから三ヵ月近く、南方十余里の至近にある岩尾城を依田が攻めずにいたのは、一にも二にも守りが堅いゆえだった。

千曲川はその名のとおりに細かい蛇行の多い流れだが、佐久郡の中には大きな蛇行がいくつかある。そのうちのひとつ、東南から北西を指す流れが小諸へと北に向きを変える辺りに岩尾城はあった。ここは支流の湯川が東から合流する地でもあり、両川に削り出された台地である。三方を囲む川を天然の堀と為し、その内側に聳える岩肌はまさに断崖、とてもではないがここを登って攻めることはできない。

依田は背を丸めるように顔を突き出した。

「昌幸。おまえなら、どう攻める」

「どうも何も、東の虎口から攻める外あるまい。調略は？」

「無論だ。されど乗って来ぬ。よほど徳川……いやさ、俺たちを嫌っているようだ」

岩尾城主・大井行吉はかつて武田に仕えていた。若き日には昌幸の父・幸隆の下で上野箕輪城を守ったこともあり、また当時徳川の城だった遠江《とおとうみ》高天神城の攻略にも関わっている。真田家や依田家と無縁ではない。大井は、その両家が今や徳川方として信濃を席巻していることが気に入らないのだろう。武田滅亡の契機——長篠の戦いで斬り結んだ相手に屈するとは何ごとかと。

昌幸はがくりと首を落として目を瞑った。

「さすれば……できるだけ鉄砲を揃えて撃ち合い、少しずつ敵の数を削るか」

「やはりな」

寄手の進路が一方に限られる以上、城方はそこに兵を集中して防戦できる。先に降した禰津下ノ城と同じだが、禰津と違って城方が腹を括っているだけに厄介だ。

「言うまでもないが、焦るなよ」

釘を刺す昌幸に「ああ」と応じ、依田は「ところで」と話の向きを変えた。

「おまえは、いよいよ家康公にお目通りか」

嬉しそうな声音を聞いて、昌幸は微笑を浮かべた。だが——。

「お会いして驚くなよ」

続けられた言葉で、いささか失望した。己が同じ主家に仕えることを、依田は喜んでいる。そう捉えていたのだが。

ふと、三澤小屋でのことを思い出した。

家康は信玄を超えられるかも知れぬ。そこに賭けて生き残りを図った。依田はそういう意味のことを言っていた。あの時は家臣領民のためを思い、生き残るために徳川を頼んだのだとばかり思っていたが、違うのだろうか。

「昌幸、どうした」

怪訝な問いを投げ掛けられ、昌幸は取り繕うように咳払いをした。

「何でもない。その……おまえが言うには、家康公は相当な大器だそうだが」

「だから、お会いして驚くなと言っている。まあお目通りすれば分かるだろう」

果たして分かるのだろうか。どうやら依田は信玄への思いとは別に、家康に対しても特段の思いを抱いているらしい。大器だというのも、この男の見立てなら間違いはなかろう。だが「信玄を超えられるかも知れぬ」というひと言にだけは、金輪際頷くことはできない。

「まずは検分せぬとな」

昌幸が発すると、依田は呆れ顔を見せた。

「失敬な奴だな」

「家康公を、ではない。おまえの目が曇っていないかを検分してやるのだ」

発して笑う。もっともそれは家康を検分するのと全く同じことだ。言葉のあや、友との軽口という煙幕を張ったに過ぎなかった。

ひと晩を小諸城で明かし、翌十九日の早暁に発つ。依田は大手門まで見送りに出た。昌幸は門外で馬に跨ると「それではな」と頭を下げた。

「帰りにまた寄る。その頃までに城攻めが終わっていれば良いがな」

それだけ残して甲斐を指した。


十九日の晩は、長らく北条氏直が陣を敷いていた若神子城に入った。すると新府城の家康から使者があり、諏訪攻めの諸々で多忙ゆえ目通りを二十三日に遅らせると言い送られた。

致し方なく数日を過ごし、改めて約束された日の朝一番に出立する。韮崎の新府城は目と鼻の先ゆえ、朝五つ半（九時）には到着した。

「真田安房守、家康公のお召しに従い参上仕った」

門衛に名乗ると、すぐに通されて大手門をくぐった。

新府城は武田が滅ぶ直前に火をかけて焼き払ったが、それで石垣や土塁、掘割までがなくなる訳ではない。土は黒く煤けていたが、大手門前の三日月堀、門を過ぎてすぐ左手の東西三之丸、その向こうに見上げる腰郭などは往時のままであった。

もっとも建物は未だ仮普請の域を出ない。東三之丸の背後から腰郭へ続くなだらかな坂を二町ほど西向きに上ると、東西三之丸の内が見下ろせる。昨年に陣を構えた時のままなのだろうか、ぽつぽつと見える侍詰所の屋根は板張りのままであった。

坂を上りきって二之丸に入り、東へと折り返せば本丸に至る。本丸館も戦陣の用を足すだけのものを先んじて作った風だが、家康が入る場だけに、屋根には瓦が敷き詰められていた。黒土を焼いた新しい瓦は鉄《くろがね》色の光沢を帯びて何とも硬そうである。

玄関から広間に向かうと、左手――北には庭が広がっていた。とはいえ草木の一本も植えられているではない。かつての池が干上がってできた虚ろな穴があるだけの、殺風景なものだった。

畳敷きの中央に腰を下ろし、思った。

北条との戦が終わって三ヵ月半、未だ城はこの荒れようである。改めて武田が滅んだことを思い知らされると同時に、別の思いも湧き上がってきた。

(家康という男……実に手強い)

甲斐は浅間山の噴火で灰の害が広がり、去年は飢饉《ききん》寸前の様相を呈した。その上で七月から十一月までは戦場となっていた。戦が終わってからなら給金や米を弾んで城普請を命じることもできたはずだが、次の米で頭が一杯の百姓衆にとって、人手を取られる賦役は迷惑なのだ。つまり、敢えて普請を先送りにして下々を安んじている。一方で信濃に打つ手は実に厳しい。先には信尹を遣って上杉に脅しをかけていたが、その一事を見ただけでも、他の各所で同じようなことをしているのは明白であった。

(国を守るは城のみにあらず。信玄公と似た考え方だ)

と、広間の奥から足音が近付く。昌幸は胡坐の両脇に拳を突き、肘を張って頭を垂れた。静かな足音が進んで主の座に落ち着き、甲高い声がかけられた。どうやら、連れているのは小姓だけらしい。

「家康じゃ。面を上げよ」

上背こそなさそうだが恰幅は良い。四十路《よそじ》の福々しい丸顔、中央にはどっしりと鎮座した鼻、きょろきょろとした二重の目、信尹から聞いたとおりの風貌であった。

「真田昌幸、参上仕りました。昨年はお味方に参じながら、転戦の中ついにお目通りの機を得られず遺憾《いかん》に思っており申した」

改めて頭を下げる。家康は嬉しそうに返した。

「先んじて弟御を寄越してくれた上、其方まで味方に付いてくれたのだ。まことに喜ばしきことである。以後久しく、存分に働けよ」

「はっ」

頭を下げた姿勢からさらに深く伏し、正式に臣礼を取った。

家康の声音が、やや緊張を増す。昌幸は平伏を解いて居住まいを正し、ごくりと唾を呑んだ。

「時に、其方の弟御を上杉に遣わしたことは聞いておろうな」

やはり、手強い。信尹はあの日「お耳に入れた上は」と言った。つまり戸石を訪れたのは、家康の指示ではない。だが家康は信尹の動きを見通していたようだ。

「……海津へ向かう道中、戸石に立ち寄りました」

返すと、面倒ごとを抱えてうんざりした、という顔が向けられた。

「上杉にも困ったものでな。わしが和親を望んでおると申すに、川中島を攻める気ではないかと疑っておる」

恫喝まがいの使者を出しながら、よく言うものだ。しかし上杉が動いたという話は聞いていない。

「それがしは三日ほど若神子におりましたが、その間のことにござりましょうや」

「そうだ。昨日から虚空蔵山《こくぞうさん》城を固めに掛かっておるらしい」

がん、と頭に響いた。虚空蔵山は戸石城のある太郎山と峰続きである。自らのいない間に何かあったらと思うと、とても落ち着いてはいられない。

「然《しか》らば真田にとっては一大事、早々に戻らねば」

家康は両の掌を向けて「待て待て」と示した。

「其方が徳川に従うと決めてくれたからには、決して見殺しにはせぬ。ほれ、佐久の信蕃は其方の友であろう。あやつの束ねる兵は三千もあるゆえ援軍にはこと欠くまい」

「はっ。有難きお言葉にござる」

軽く頭を下げつつ、心中で舌を打った。己は今、家康に踊らされている。何とかこの流れを変えられぬものだろうか。

ふと、ばたばたと足音が聞こえた。どうやらこれも家康の小姓らしい。歳の頃十五、六の美少年が血相を変えて参じ、広間の外廊下に片膝を突いた。

「も、申し上げます。岩尾城攻めにて、依田信蕃様、討ち死になされました」

言葉を失った。己と家康、双方である。

依田が死んだ。共に武田の家臣だった頃から「この男こそ」と認め合い、負けぬようにと互いに研鑽《けんさん》を続けた友が。呆然として、小姓の早口がまともに聞き取れない。城方の抵抗。削れぬ。焦れた。前へ。弾を受け。頭に入る細切れの言葉が渦を巻く。

だが少しすると、依田の身に起きたことが理解できた。

(焦るなと言っただろうが)

少しずつ数を削って音を上げさせるしかないと分かっていたはずなのに、どうして前に出た。城方はそこまで、おまえほどの男が戦の勘所を見誤るほどに頑強だったというのか。

俯いて固く目を瞑り、奥歯を噛み締める。叫び出したい気持ちを押さえ込んだ。

真田を守り、成り上がるため、いずれ家康をも化かしてやろうと思っていた。だが依田と敵になることは避けられぬという、相反する気持ちに胸を痛めてもいたのだ。それほどに、あの男と共に戦った昨年の一ヵ月は楽しかった。

（信蕃……されど）

下を向いたまま、かっと目を見開く。

依田が死んだ今、己のくびきになるものは何もない。存分に家康をたぶらかし、踏み台にしてやる。それで良いのだ。いずれ真田の上野領を北条にくれてやれと命じるはずの主君である。

「家康様」

昌幸は顔を上げた。声に応じてこちらを向いた顔は、先ほどまでの落ち着きなど微塵もない。信任篤い依田の死に蒼白になっていた。

（今こそ、流れを我が手に）

右手に拳を握り、自らの腹をこれでもかと殴り付けて総身を引き締める。そして大きく息を吸い込み、朗々と発した。

「信蕃は最後まで徳川のために働いて死んだのです。友として誇らしく思う次第。だからこそ、これを無駄にするべからずと存じます」

家康はようやく正気を取り戻したようで、眼差しにじわりと熱を戻した。

「そのために……何をする。あの武田信玄に讃《たた》えられた才覚、わしに示してみよ」

昌幸は左手を伸ばし、庭の方を指差した。

「すぐに陣触れを。佐久を束ねるため、徳川本隊が動きを見せる時にござります」

「待て。それはできぬ相談ぞ。わしは諏訪にも目を光らせねばならぬ」

「信蕃の弔い合戦と称し、家康様の怒りを知らしめるだけで良いのです。徳川の大軍が本腰を入れたと思わせれば、小勢の大井行吉は必ず怯《ひる》みます。信蕃を討ったことを区切りに降るか、或いは城を捨てて逃げるか、道は二つにひとつしかござらぬ」

家康は目を血走らせ、眦《まなじり》を吊り上げた。

「降など容れるものか！」

「そうです。何が何でも討ち滅ぼし、三族に至るまで全て首を刎ねると大声で叫ばれませい。与したる者は、たとえ寺社でも容赦せず焼き払うと。然らば大井めは逃げるしかござらぬ」

瞬時、家康は身震いした。苛烈に過ぎる沙汰を下せと言われ、或いはあの織田信長を思い出したのかも知れない。そして二呼吸の後に発した。

「……相分かった。信蕃の奮戦に報いるため、我が怒りで佐久を鎮めようぞ」

決意の言葉は、いくらか掠れていた。

流れを摑んだ――昌幸は胸を張って見せた。

「加えて、この機に上杉も信濃から追い払うべし。そも我が弟・信尹を使者に立てたは、そのためにござりましょう。上杉が虚空蔵山を固めに掛かったのなら、もっけの幸い。和親の使者を受け入れながら戦支度を始めるは信義に悖《もと》る行ないにて、大義は我らにあり申します」

気迫を込めて相手の目を見据える。信蕃が死んだ上は、信濃に於いてこの昌幸をこそ信じよと言い聞かせるように。

家康は固唾を吞んだ。

「上杉には釘を刺すのみで良かった。戦支度を咎めて、佐久と小県、諏訪に手を出すなと。じゃが其方は今、川中島を取れと申しておる。その策もあると思って良いのだろうな」

昌幸は、にやりと笑った。

「無論のこと。我が策は四つ、順にお話しいたしましょう。お人払いを」

家康が小姓に「これ」と発する。頭を下げて少年が去ると、昌幸は声を潜めた。

＊

新府城に詰める五千は元来、諏訪攻めのための兵である。だが依田信蕃が討ち死にすると、家康はこれを転じて大井行吉を攻めると喧伝《けんでん》した。しばらくの後、大井が岩尾城を捨てて逃げたと報じられる。徳川は依田の死と引き換えに佐久の平定を終える形となった。

それで目的は達せられたはずである。にも拘らず家康は、三月十日になると本当に佐久へと軍を進めた。諏訪攻めの前に真田の兵を加えるのだという。

信尹はこの軍に帯同して小諸城に入った。だが、おかしい。真田に兵を出させるなら、戸石城から真っすぐ諏訪に入れと命じれば済む話だ。

訝しく思っていたところ、小諸に着いた翌日の十二日、単身で戸石城に移ることになった。家康の指示である。

慣れ親しんだ真田の居城では五百ほどの兵を整えていた。それらが戸石郭や本城の腰郭にひしめき合うのを眺めつつ、信尹はまず二之丸にある自らの屋敷に入った。

（おや）

様子がおかしい。門が開いている。

徳川に仕官した際、それまで召し使っていた下人にはひととおり暇を出した。二月の初めに立ち寄った時にはこの屋敷で一夜を明かし、埃だらけの寝屋にうんざりしたのを覚えている。あの後、海津城へ向かう際にきちんと門を閉めたはずだが。

首を傾げながら足を踏み入れると、予期せぬ顔が掃除をしていた。

「あ、こりゃあ……ええと、殿様ですけ。それとも弟様け？」

下原村の新平であった。

「おまえか」

言葉少なに返したことで、兄弟のどちらであるか分かったらしい。へらへら笑いながら、聞きもしないことを喋りだした。

「いやあ。何ちゅうか酷く汚れてたずら。うらあ百姓だで、もっと汚え家に住んでますけんど、元々が綺麗なところじゃと、埃やら何やらも目に付くっちゅうもんです。こりゃあいけんて思うて、少しばっかり」

信尹は鬱陶しく思って右手を伸ばし、新平の口を塞いだ。

「なぜ、ここにいる」

その問いに背後から返答があった。

「わしが呼んだ」

振り向けば兄が庭へと歩を進めていた。信尹は新平の口から手を退けた。

「家康公のお下知……兄上の策にござったか」

兄は、にんまりと笑った。

「なるほど。おまえにも詳しくを話しておらぬとは、上できだ」

「佐久に軍を進めた訳は？」

「諏訪を攻めるために相違ない。が、同時に上杉も叩く。わしから家康公に四つの策を示しておってな。既にひとつは動いておる」

「それがしへの指示は残り三つのためですか」

「まずは第二の策だ。わしが囮《おとり》となって、おまえが進める。詳しく聞かせるゆえ本丸へ来い」

兄は踵を返して門へ向かった。

「ほんなら、うら掃除の続きを」

屋敷の中に戻ろうとした新平の耳を摘んで引っ張り、信尹は本丸へ向かった。

三人で館の広間に至る。横谷左近と池田綱重が左右に並んで座っていた。

「おお左近、戻っておったか」

待っていたとばかり、兄は二人の前に腰を下ろした。信尹は池田の隣に座り、新平は重臣三人が並んだ後ろに落ち着く。

「殿のお見立てどおり、上杉は警戒しております。佐久の徳川軍が川中島に向くことを恐れ、海津城から虚空蔵山城へ回る兵が増え申した」

横谷の「してやったり」という口ぶりに、兄は満足そうであった。

「如何に徳川を信用しておらぬかだ」

信尹は心中に「なるほど」と頷いた。己が二月に上杉への使者に立ったことを、兄は真田の益に転じようとしている。

「……用心こそが隙となる」

ぼそりと呟く。兄の目が不敵な笑みを湛えた。

「分かったようだな。明日にでも海津に向かってくれ」

口を噤んだまま頷いて立つ。背後では新平が「さっぱり分からぬ」という顔を見せているが、知ったことではない。首根を摑んで自らの屋敷へと引っ張って行った。

三月十三日、信尹は戸石城を発って海津城へと向かった。新平は連れていない。あの百姓が働くのはもう少し後になる。

戸石城と海津城の間は千曲川沿いに進めば大回りとなり、五十里余の道のりである。馬に乗っているとはいえ丸一日を要した。

到着してすぐ、大手門を守る門衛たちに使者の旨を告げた。だが、やはり強く疑われているのだろう、まずは屋代秀正――先般調略した男の屋敷に留め置かれ、目通りを許されたのは十五日になってからであった。

城代・山浦景国は広間の奥で背を丸め、胡散臭いものを見る眼差しを向けて来る。

「徳川の使者だそうだが、何用か」

「虚空蔵山の兵が増え申した」

それだけで主旨を察したらしい。返す言葉が何とも苛立った響きを湛えていた。

「家康殿が直々に兵を率いて佐久まで出て来られたのだ。用心するは当然ではないか」

「徳川と誼《よしみ》を通じたはずですが」

「うぬが如き者を何度も遣いに立てるのが非礼だと申しておる」

色を作《な》す山浦に、信尹は平然と返した。

「異なことを」

「何がだ」

「それは話のすり替えです。上杉の兵は使者のそれがしより早く動いている」

山浦は言葉に詰まり、唸り声を上げるのみとなった。ここが勝負どころか。

「そも和親を受け入れながら兵を動かすこそ、徳川を微塵も信用せぬ非礼な行ないではござらぬか。家康公におかれては自らの不徳の致すところと心を痛められ、陳弁の使者を立てたのみ。それがしを遣わしたは、飽くまで海津への道を知り、貴殿らと面識あるを重んじてのこと。上杉を侮るものにあらず。さて、家康公が兵を動かしたは諏訪攻めのためにござる。上杉の領を侵す肚など毛ほどもない。徳川の申しよう、お認めあるや否や」

無口から一転して朗々と言葉を連ねたことで、山浦以下の上杉家臣が明らかに呑まれた。日頃の寡黙は無駄に口を開きたくないだけのことだが、偶《たま》の雄弁をより際立たせる力をも持つ。

「返答、如何に」

改めて静かに問う。山浦は咳払いをして返した。

「我らとて徳川を信じぬではない。されど本国に火種のある今、この海津は景勝公を確かに支えねばならぬ。分かるであろう、全てに用心せざるを得ぬのだ」

「それは信義に反します」

「徳川が川中島を侵さぬと申すなら、その証があって然るべきではないか」

怒りを湛えた返答である。だが、この言葉をこそ引き出したかった。信尹は胸を張った。

「それがしが人質に」

山浦は怒りの上に不愉快を重ねた。

「うぬが徳川の人質になるものか」

「川中島、虚空蔵山が目当てなら、先鋒は誰になるでしょうな」

鼻で笑って答え、じろりと睨み付ける。眼差しで「考えよ」と促した。

「真田であると」

また息を呑んだ山浦に、ゆっくりと頷いて見せた。

「それがしが人質なら兄は手を出せませぬ。されど」

そこまでで止めた。これ以上続ける気もない。さあ考えよ。己を人質に取ったらどうなるか。

無言の時が続く。重苦しい空気が広間を支配する。十、二十と静かに呼吸を繰り返す。

「……分かった。されば約束せよ。家康殿が佐久に引き連れた兵、真田が戸石に集めておる兵、皆が間違いなく諏訪に向かうのだと」

山浦は、負けた。人質を取って真田の先鋒を挫くことより、それによって徳川との亀裂が深まることを恐れたのだ。兄が施した第二の策はこれにて成った。

「そちらもお約束くだされ。互いに起請文を」

目だけに笑みを湛える。山浦は吐き捨てるように返した。

「分かっておる。徳川の兵が諏訪に向いたら、虚空蔵山から海津に兵を戻す」

交渉はまとまり、起請文を交わした。信尹は人質になることなく海津城を後にした。

三月十九日、兄は兵五百を引き連れて佐久郡へ向かった。家康と合流次第、諏訪に向かうそうだ。しかしこの諏訪攻めは上杉への陽動でもあった。

翌二十日、戸石城二之丸にある信尹の屋敷を横谷が訪れた。

「上杉が虚空蔵山城から兵を戻すように触れを発したそうです。明日には動きましょう」

信尹は口の左端を歪めた。

「綱重の五十、透破《すっぱ》衆、それから新平を」

「承知仕った」

横谷はすぐに屋敷を出て走り去った。

その晩、信尹は池田綱重と兵五十、五人の透破と新平を従えて戸石城を出た。峰続きの虚空蔵山に向かうまでは山中を進む。夜間、真っ暗な森を進むに当たっては透破が道案内となった。

虚空蔵山城が近くなると案内役が交代する。萌え出た新緑の間から差し込む月明かりに目を凝らし、新平が二十間も向こうを指差した。

「ええと……。あの辺りです」

「相違ないか」

念を押す池田に、新平は大きく頷いた。

「間違いねえ。うら、この辺りまで狩場にしちょるんで。ほれ、倒れた木が隣のに寄りかかっちょるずら。この山の兵、あそこにある道ばっかり使うんです」

上杉・北条両軍が上田原で睨み合った昨年七月、上杉に潜り込んでいた己は虚空蔵山の麓《ふもと》に在陣していた。そこへ、北条方だった兄からの密書を運んだのが新平である。近隣に知れ渡った変わり者の百姓——最も目立つ自らの立場を盾に、新平は堂々と山中に居座り、見事に遣いの役目を果たした。加えて、わずか一昼夜で上杉の伏兵と顔見知りになり、それらの動きをも摑んでいた。

その男が間違いないと言う。信尹は小さく頷いて今ひとつを問うた。

「退く時もだな」

「どんな時でも、必ずあそこらを通ります」

往時と此度は兵も将も別の者かも知れぬ。だが兵が動く上で踏襲する要領というものが容易く変わることはない。

信尹は「よし」と頷き、池田と五十の兵、五人の透破を木々の間に伏せる。新平にも足軽槍を持たせた。百姓には戦場での賦役こそあれ、実際に戦うことはまずない。とはいえ伏兵での奇襲ゆえ乱戦は必至、その中で面倒を見ない訳にもいかぬからだ。

いつ動くのかと皆が息を殺し、身じろぎひとつせぬまま朝を迎えた。

顔を出した朝日が未だ山中には差し込まぬぐらいの頃、ようやく城の虎口が開かれた。

「これより海津城へ戻る。進め」

将らしき者が馬上に呼ばわり、行軍が始まった。兵は五百ほどか、実にのんびりとしたものである。隊列はすぐに乱れ、方々から話し声や笑い声が聞こえた。

（弛《ゆる》んでおる）

油断には自ら発するものと、作り出されたものがある。緊張や警戒、上杉軍を包んでいたはずの空気は、徳川軍が約定どおりに諏訪へ向かったことで取り払われた。心持ちの差が大きければ大きいほど、弛緩も大きくなる。今ここに伝わって来る緩慢なものは、兄の策によって用心が油断に作り替えられたという証なのだ。

行軍は目の前を通り過ぎて行く。やがて信尹の目にも、右手遠くに最後尾が見えるようになってきた。

ここだ、と右手を向く。伏せていた透破が頷き、立ち上がって何かを遠くへ投げた。ひとつ、二つと数えた頃、行軍の中ほどで何かが破裂して煙が上がった。

「な、何じゃこりゃあ」

「敵？　敵か」

油断しきっていた上杉の兵が、うろたえた声を上げる。信尹が立ち上がると池田も続いた。

「掛かれ」

号令ひとつ、五十の兵が槍を低く構えたまま、行軍の左後ろから斜めに襲い掛かった。槍衾の突撃が五人、十人の脚を貫く。先んじて乱れていた敵兵は急襲によってさらに乱れ、自らの得物すら手に付かぬほどの狼狽を見せた。

味方の兵は槍を引き戻し、次の敵を穿つべく何度も突いた。そこかしこで脚を押さえて敵兵が叫びを上げる。

「この、こんの野郎が！」

驚いたことに、新平も乱戦に身を投じ、足軽槍を振り下ろしては逃げ惑う敵を盛んに叩いていた。

「突き抜けよ」

池田が声を上げる。兵たちはこれに従い、敵の行軍を分断して山肌を駆け登った。

信尹は「うむ」と唸った。池田は策には疎いものの、いざ戦場に臨めば実に頼りになる。特に奇襲での呼吸は良く心得ていて、真田家中でも一番であった。

「何ごとか」

先頭にあった敵将が大声と共に馬を返して来る。狂乱した兵がこちらを指差しながら、言葉にならぬ叫びを上げた。

「鎮まれい。気の萎《な》えておらぬ者は俺に続け！」

怒鳴り声に応じ、行軍の中段から百に満たぬ兵が山を駆け上がって来た。しかし如何に将が肚を据えていても、末端まで同じにできるものではない。喚き声を上げながら駆ける兵の顔は、どれも恐怖に引き攣っていた。

「槍、置けい。矢を番《つが》えよ」

信尹の下知に従い、兵たちは得物を地に置き、背負った弓と矢を取った。

「放て」

正射された矢の多くが具足や陣笠に弾かれて落ちる。射抜いたのは五、六人に過ぎない。それでも敵兵は怖気付いて足を止めた。

「弓、捨てい。槍持て」

池田が腹の底からの大声で命じた。再び、低い槍衾が作られる。

「進め」

端から腰の退けていた敵兵は、再びの突撃に腰を抜かした。それでなくとも山での戦いは高所にある方が有利である。下りの勢いに任せた突撃に、敵将の乗り馬が怯んで棹立ちになった。

「やっ！」

信尹はそこを目掛けて槍を振るった。後ろ脚を叩き折られた馬が、どう、と激しい音を立てて横向きに倒れる。すぐに池田が駆け込んで槍を伸ばし、馬上から放り出された将の右脚を深々と穿った。

「糞ったれ……」

怨みの言葉と共に、敵将は身を捻って槍の穂先を抜く。そして坂を転げ落ち、行軍の辺りまで戻ると這うようにして逃げた。

ただひとり己を保っていた男が退いたことで、上杉の五百は烏合の衆と化した。信尹の五十はこれを散々に追い散らした。

だが、やはりこの数で勝ちきることはできない。喧騒が届いたのだろう、虚空蔵山城から兵が出て来た。五十ほどだろうか。常より詰めている城番に違いない。だが狭い虎口に押し合いへし合い殺到し、外に出るのも手間取っているらしい。

「十分だ。退け」

槍で東を指し示し、信尹は兵と共に走った。殿軍は池田と十ほどの兵、そして五人の透破が務めている。透破は最初にしたのと同じように煙玉を投げ、敵の目を晦まして撤退を援けた。

信尹と池田が率いた五十は二十人以上の敵を討ち、その三倍もの数に手傷を負わせた上、大半の兵を逃げ散らせた。海津城の兵は二千そこそこ、ここから五百を殺ぎ落としたのだから上々の戦果である。対して味方はひとりの討ち死にも出さず、数人が手傷を負ったぐらいだった。

戸石城まで戻ると、皆はようやく勝鬨を上げた。

案内に使った新平にも、なし崩しに戦をさせてしまった。もっとも当の本人は戦勝の熱に昂ぶっていた。

「勝ち戦じゃあ！　戦、勝ったぞ。うら、凄《すげ》えずら！」

上気した間抜け面を見ていると、兄が常々「新平は大事なことを間違わぬし、度胸もある」と言っていることが思い出された。この騙し討ちを成らしめた兄が見込んだ男なのだ。信尹は新平を遠目に眺め、小さく頷いた。

＊

天正十一年も四月となった。

上田原の西を見れば上杉の陣、東には徳川の陣が構えられている。その間で昌幸は城の縄張りをしていた。何とも奇妙な光景であった。

真田郷から駆り出した百姓の賦役衆は村ごとの組に分けている。それぞれに頭役があるが、下原村は新平が普請の指示をしていた。

「もっと向こう、東だ。あと百歩！　あっちの兵は殿様の味方じゃて、ゆうちょるずら」

昌幸は目を細めた。かつて村衆の前で、自らの話し相手をせよと命じた。あの頃は皆が驚愕の目で見ていたものだ。しかし村の皆はそれから、己と新平が親しく話す姿を見続けてきた。また先月には弟・信尹に従って戦までしていると知り、今や誰も新平を「変わり者の鼻摘み」とは思っていない。

（頼もしくなった。が……）

元々が名を知られた男である。村衆の見る目が変わったからには、もう今までと同じように使うことはできまい。

ふう、と溜息をつく。向こうから新平が大声を寄越した。

「殿様あ。これ、門はもっと東の方がいいんじゃねえですけ。大手の門から水の手までが近すぎるずら」

昌幸は苦笑を浮かべた。これで仕官が嫌だと言うのだから困ったものだ。

「ああ、そうしてくれ。二十間向こうだ」

「へえい」

自らの縄張りをいとも容易く覆すのには訳がある。

先月の騙し討ちによって上杉と徳川は完全に敵となった。海津城は警戒を強めつつ南信濃を睨んでいる。応じて、こちらも川中島と海津城を睨むべし。第三の策は、徳川の資金で築く城であった。水の手の備えを厚くするためなら、縄張りを変えることなど何でもない。構えが少しばかり大きくなったとて真田の懐は痛まぬのだ。

昌幸は作業の続きを新平に任せ、城の南端へと向かう。千曲川の分流、海士淵《あまがふち》の切り立った断崖の上に土嚢《どのう》を積んでいる最中だった。積み終えた後、土嚢の外をさらに土で叩き固めて土塁となる。

視察に来た途端、積み上がった土嚢の上で賦役の者がよろけ、たたらを踏んだ。

「おい、気を付けろ。落ちたら死ぬぞ」

川面からの高さは土塁まで入れて十間以上ある。平地が続く上田原の中でこうした高低の差は珍しい。平城ながら天然の要害、かつ虚空蔵山城とは指呼の間という地であった。

「殿、殿!」

呼ばわりながら池田が駆けて来た。薄い頭まで真っ赤に染めている。それだけで、何が起きたか分かった。

「来たか」

「はっ。越中《えっちゅう》の佐々成政《さっさなりまさ》殿、越後西の国境を越えたとのこと」

「よし……第一の策も成った。今こそ第四の策を談じねばならん」

ぶるりと武者震いして続ける。

「これより家康公の元に参る。縄張りの指揮は任せるぞ」

池田を残し、大股に、せかせかと歩を進める。大手門の普請をしている辺りまで来ると、村衆にあれこれ指示を出す新平が目の端に入った。

「信用を勝ち取るためには」

新平に供を命じようかとも思ったが、今は避けた方が良いと思い止まった。飽くまで直感ではあるが、家康にはこの男の存在を知られぬ方が良いように思えた。

海士淵の縄張りから東に四里、日に日に丈を伸ばす夏草の中に馬を馳せる。諏訪攻めを終え、諏訪頼忠を臣従させた家康は残る火種――上杉を退けるべく信濃国分寺と海士淵の中間に陣を張っていた。造りの良い百姓家を借り上げ、周囲に板塀を巡らして陣屋としている。

こちらの顔を見知った門衛たちが揃って頭を下げた。

「真田様がお見えになられたら、すぐに通すよう仰せつかっております」

門衛の長らしい武士が案内に立つ。もっとも、百姓家を借り上げただけの陣屋は狭い。玄関の土間を通って二つ奥の間が家康の居所であった。傍らには酒井忠次《さかいただつぐ》らの重臣がいたが、昌幸が部屋の外まで来ると、家康は「これ」と発して人を払った。

「よう参った」

余人がいなくなると、家康は手にしていた扇子を閉じ、右の拳で額を拭って居住まいを正した。昌幸は一礼して部屋に入り、腰を下ろして言った。

「佐々殿のこと、お耳に入っておられますな」

「無論だ。彼奴を動かしたは我が書状だが、何もかも其方の言うとおりになっておる。第三の策たる築城も恙《つつが》なく進んでおるようだ。大した働きぞ」

「有り難きお言葉。して、小笠原《おがさわら》殿は」

「抜かりない。第四の策、いつから動かす」

小笠原貞慶《さだよし》――三十三年前、武田信玄によって滅ぼされた前信濃守護・小笠原長時《ながとき》の三男である。その後は父と共に織田に身を寄せていたが、昨年三月に武田が滅んだことで筑摩《つかま》郡に所領を与えられ、信濃に舞い戻っていた。信長が横死すると深志《ふかし》城に拠って旧領を回復し、以後は徳川に従っている。

　昌幸は半分ほど目を閉じ、膝元に眼差しを泳がせながら沈思した。

「まず……海士淵の西に、もっと兵が集まるのを待ちませぬと」

「むしろ減ると思うが。あの兵共は海津から出されたものであろう。佐々が動いた今、上杉の本国・越後は新発田《しばた》重家《しげいえ》の謀叛と挟み撃ちぞ。海津は越後の後詰をせねばなるまい」

　家康はそう言って、右手親指の爪を噛んだ。少し焦れているらしい。

「何かご懸念でも？」

　返答はない。どうにも、長く時をかけたくないようである。ぴんと来るものがあった。

　城の縄張りを進める一方、横谷左近が報じていたことだ。織田家の差配を巡っての争いが、昨今いよいよ抜き差しならぬ様相を呈している。家老筆頭・柴田勝家と信長の三男・織田信孝が手を組み、羽柴方の領を荒らし回っているそうだ。

「羽柴ですか」

　図星を衝かれたか、家康はついに怒鳴り声を上げた。

「そこは、其方の考えるところではない」

　昌幸は眉をひそめ、鼻から大きく溜息を抜いた。

「今こちらを窺っておるのは、確かに海津の兵でしょう。佐々の動きに応じ、越後に回される者が出て来ます。されど海士淵の城は海津の喉元に刃を突き付けるものなれば、五月の声を聞く頃には北信濃の各地から兵が掻き集められ、再び増えるに違いありませぬ。そうなれば小笠原殿は空き家の各郡を労せずして平らげられるというものです」

　家康とてそれは分かっているはずだ。しかし、睨む目をぎょろりと向けてくる。

「たとえ空き家にならずとも平らげるのが、小笠原の役目ではないか」

日頃の鷹揚な風からは思いも寄らぬが、この人は存外気が短いようだ。今ここで天下の行く末に関与できねば、羽柴か柴田、勝者の風下に付くことは必至である。それゆえの苛立ちか。

「本当は一ヵ月も後にしたいところですが、せめてあと十日お待ちを」

「……相分かった。だが十日後には小笠原を動かすぞ」

家康はすくと立ち、ぷいと部屋を出て行ってしまった。

数日すると、海士淵を睨んでいた兵はやはり半減した。敵前での築城という離れ業ゆえ、この機に大きく進めねばならぬ。昌幸は賦役衆に支払う——とは言っても自分の金ではないが——賃金を弾み、夜を日に継いで普請を急がせた。

築城が早く進めば、それだけ北信濃衆の集結も早まる。そうすれば小笠原貞慶は難なく北四郡を制するだろう。海津城は手詰まりとなり、信濃一国は徳川が手中に収める。

だが昌幸にとって、それは不可欠なことではない。

徳川を利するために動いているのは、飽くまで自らの力を蓄えるためである。いずれ破る傘だとしても、雨避けは大きい方が良いのだ。

十日後がぎりぎりの線というのは正直なところだが、もし小笠原が仕損じれば、信濃から上杉を弾き出すことは覚束なくなろう。それでも構わなかった。

家康の焦りによって策が破綻したのなら、以後の徳川家中で昌幸の言葉や判断はより重きを増すことになり、どちらにしても力を蓄えるという目的は達せられる。この両天秤《てんびん》こそ一連の策の核心であった。

そして四月の末——。

海士淵の築城は七割方が成った。城を囲う石垣や土塁、それぞれの郭は未だ堅固に整えねばならぬものの、人が入れるほどには整っている。

本丸館での昌幸の居室は、やはり評定の広間の裏手にあった。徳川の金を使ったとあって贅沢にも十二畳の畳敷きにしている。その居室、新しい木と藺草《いぐさ》の薫りが漂う中に地図を拡げていた。

第一の策は越中の佐々成政に上杉の背後を衝かせること、第二の策は海津城と虚空蔵山城を騙まし討ちにすること、第三の策はこの新城である。それぞれに加留多の札と、兵の数に応じた碁石を置いていた。

「第四の策……どうかな」

地図の上には、小笠原貞慶の深志城にも札が置かれていた。

小笠原は昨日には北信に兵を進めたはずだ。果たして上杉勢を痛打できるだろうか。真田の次の動きは、この戦況次第である。あらゆる事態を胸に思い描き、碁石をあれこれと動かす。

「申し上げます。小笠原貞慶殿、北信濃での戦に敗れて深志城へ戻ったとのこと」

横谷左近が静かに廊下へと進み、片膝を突いた。

昌幸は顔を上げて「そうか」と応じた。再び地図に目を落とすと、にやりと笑みを浮かべて、積み上がった加留多から一枚を手に取る。薄墨で描かれた幽霊――化け札であった。それを信濃の西隣、美濃に向けて叩き付けるように置いた。

「左近、供をせい。家康公に会いに行く」

「はっ」

そのまま二人で馬を馳せ、城の東にある陣屋へと向かった。

半月ぶりに会う家康はこの上なく不機嫌であった。

「またも其方の言うとおりになった」

「さりとて、それを誇る気にはなれませぬ。如何にしても殿をお諫めできなんだことを恥じるのみ。まことに申し訳次第もございませぬ」

誰が策を破綻《はたん》させたのかを重々承知しているからだろう。こちらから詫びると、家康の目から少しばかり毒気が抜けた。

「二兎を追う者は一兎も得ず、か」

「はて、それは」

家康は深く溜息をつき、身を震わせるように小声を絞り出した。

「柴田勝家が滅んだ。昨日のことだ」

さすがにこれは初耳であった。北陸一円を支配する大身がこうまで早々と潰されたことに思わぬ衝撃を受け、胸の鼓動が速まった。

徳川は織田家の盟友とはいえ、実際は家臣に等しい扱いであった。その織田を一手に握る男が現れたことに、家康は臍《ほぞ》を噛んだ。

「羽柴の風下とはな。其方の献言を聞き、信濃一国を手にしておれば少しは違ったろうに」

苛立ち、不機嫌が転じて明らかな愚痴となった。昌幸はこれで我に返った。

ここだ、と言葉に力を込める。

「羽柴が織田を完全にまとめるには、未だ時がかかりましょう。これからではございませぬか」

「信長公の遺領を従えた男ぞ。信濃に火種を抱えたまま渡り合えるほど甘くはないわい」

野心ゆえの繰り言であろう。それでこそだ、と昌幸は心中でほくそ笑んだ。

「信濃のことはこの昌幸にお任せを。普請の成った城を頂戴できれば必ずや上杉を圧し、火元を断ってご覧に入れましょう」

家康の目が丸くなった。その顔に、じわりと喜悦が滲む。

「そうか……。良策を献じた其方ならば任せられようて。そもそも小県にあるのだしな。良かろう、真田に遣わす」

これを以て真田は新たな本拠、上田《うえだ》城を得た。だが昌幸が得た最大の益は城ではない。この先も化け札として立ち回るために必須の、家康の歓心こそ肝要である。第四の策が成らずとも、その裏にはこの第五の策が控えていた。

二　主従駆け引き

囲碁は陣取り合戦を模した遊戯《ゆうぎ》であり、采配を振るう将には嗜《たしな》む者も多い。昌幸もこれを好んだが、武田滅亡の前後からは東奔西走の毎日で、しばらく打っていなかった。五月半ば、昌幸は上田城の居室で久しぶりに池田綱重と碁盤を挟んでいた。

白い碁石をぱちりと打つ。池田が慌てて声を上げた。

「あ！　待った」

「待たぬ。戦場で敵に一歩退いてくれと言うつもりか」

にやにやと顔を緩めながら応じる。と、そこへ小姓がやって来て廊下に侍した。

「申し上げます。徳川家康様からの書状が届いてござります」

桐《きり》の文箱を受け取り、書状を出して目を通す。

「家康公からは何と？」

池田は握っていた碁石を盤上に捨てて投了し、身を乗り出す。昌幸はその上に書状をぽんと放り、眼差しで「読んでみろ」と促した。従って書状を手にした池田の面持ちが、見る見るうちに困惑を湛えていった。

「上野を、とは……」

昨年の北条との和議に従って上野領を明け渡すように、と命じる書状であった。池田は狼狽を隠しもせずに詰め寄った。

「あまりに早すぎませぬか。未だ信濃も定まらず、諏訪一郡の約束すら果たされておらぬのに」

「うろたえるでない。来るべきものが来たに過ぎぬ」

昌幸は面持ちひとつ変えずに発して立ち上がり、縁側まで出て東を眺めた。他の郭より高く築かれている本丸からは、三之丸や大手門が良く見える。

上田城では未だ普請が続いている。引き続き、思うさま徳川の財を使ってのことだ。胡麻粒《ごまつぶ》のように見える賦役衆が忙しなく動き、石垣や土塁をより堅固に整えている。その向こうでは、戸石の民を移すべく、城下の町割りも進んでいた。山城の戸石と違い、上田は町が近く、大きく見える。戸石城のある太郎山を仰ぎ見れば、その頂が思ったより高いのだと分かった。これは戦のしかたも変わるだろう。

背後に、池田が歩を進める。未だ動揺を湛えたままの足音だった。

「家康公というお方は、何とご無体な……。代地がなければ、真田はどうしたら良いと言うのです」

取り乱した声音である。いつもの癖で頭を掻き毟っていることは、見なくても分かる。さもあろう、大国・上杉と睨み合いながら自らの力を削れと言われているのだ。

昌幸は振り向きもせずに発した。

「諏訪を与えると約したのは、わしに対してのみではない。当分は……或いはずっと、空手形のままだろう。もっとも、徳川家のためにそうせざるを得ぬというのは全く正しい。家康公はな、この城を与えたことで、わしが引き下がると踏んだのだ」

先に施した策の第四、小笠原貞慶の北信攻めが破綻した場合のことも想定していた。それだけに、家康からのこうした下知があっても胸が掻き乱されることはない。とはいえ、上田城を得てから未だ半月ほどである。これほど性急な話になるとは、さすがに予測していなかった。

（我らの取る道は……。信蕃、おまえならどうする）

主家の支援なく、主家の思惑に振り回される。今の真田の立場は、先に落命した友・依田信蕃に似ていた。武田にあっては高天神、徳川では三澤小屋と、これ以上ない苦境を二度も耐え抜いている。今さらながら、あの男は偉大だった。

居室に戻り、再び腰を下ろす。腕組みをして背を丸めた。

「応じれば信を得て色々やりやすい。だが……力を失い、やりにくい。一歩退くか、それとも」

ぼそぼそと言葉を漏らすのは、深く考える時の癖である。長い付き合いゆえ承知しているだろうに、池田は判断を待ち兼ねてそわそわし、再び正面に腰を下ろした。

「いかがなさるおつもりです」

切迫した言葉が何ともうるさく感じた。

「焦るな」

ひと言咎め、ふう、と息をついて俯きかけた――刹那、昌幸は目を見開いた。

「焦る、だと？」

頭の中のあれこれが、がらがらと音を立てて崩れ去る思いであった。散らばった諸々が再び組み合わさり、違う形を作っていく。

「殿？」

何も返さず、組んでいた腕を解いて右の膝を強く叩く。

「そうか」

先般、家康は小笠原貞慶による北信濃攻めを焦った。それによって策を破綻させ、真田の力を胸に刻んだはずだ。信濃のこと、上杉への対処という大役を任せた直後に上野の明け渡しを命じるのは、家康が未だ焦っていることの証左ではないか。

では何を焦っている。先と同じ、羽柴秀吉の動きに相違あるまい。

「……付け入る隙ぞ。やはり、この片田舎は天下に通じておる」

如何に柴田を滅ぼしたとはいえ、羽柴が織田の全てをまとめ上げるには未だ時を要する。家康はその間を与えたくないのだ。真田とてこの混沌の中で力を付けようとしているからには、気持ちは手に取るように分かる。

昌幸は背筋を伸ばし、大声で呼ばわった。

「左近、左近やある」

十かそこらを数えたほどで、横谷左近が廊下に片膝を突いた。

「お呼びにござりますか」

「今すぐ、手の者を全て使って羽柴秀吉を探れ。如何なることでも良い、織田家の中で何がどう動いておるかを報せよ。十日だ」

「然らば、それがしも動きましょう」

「頼む。確かな報が欲しい」

横谷が一礼して庭に下り、走り去った。半ば呆然とした顔の池田に、昌幸は不敵な笑みを向ける。

「当面、徳川への返答は引き延ばす。真田は、天下を動かすやも知れぬぞ」

池田は何も返さなかったが、何度も頷いていた。こちらの考えは何ひとつ分からぬものの、それでも信じて従うと示したい風であった。

それから八日の間に、家康から返答を求める使者が二度寄越された。昌幸は「まず上野の沼田城や岩櫃城から現状を報告させねばならぬ」と口実を付け、明確な回答を避けた。

九日めの夜、待ち望んだ横谷が戻った。池田と矢沢頼康の二人も併せて召し出し、居室で諸々を聞く。羽柴は先日までに岐阜《ぎふ》城を攻め、柴田と手を組んでいた信長の三男・織田信孝を滅ぼしたそうだ。

「実に、動きが速い」

織田の新しい当主――三法師秀信《ひでのぶ》は未だ四歳を数えたに過ぎぬ幼年で、全ては後見人たる羽柴の胸ひとつで動いている。だとしても信孝は羽柴にとって主家筋なのだ。これを成敗するに於いて躊躇することがない辺りに、昌幸は舌を巻いた。

頼康も同じ気持ちらしく、顔を強張らせて言った。

「然らば織田は、もう羽柴の思うがままということに」

横谷は首を傾げて返した。

「如何でしょうな。目の前にある魚、それも天下という大魚が持って行かれるのを、皆が黙って見過ごすとは思えませぬ。織田家中然り、家康公然りです」

昌幸は眉尻をぴくりと動かした。

「織田信雄か」

横谷は「はい」と鋭く頷いた。

羽柴は明智光秀を討ち破り、信長の仇を討った。そして重臣を集めた清洲《きよす》会議で織田家の行く末を定め、今また柴田を討って着実に重きを増している。そのたびに、共に当主後見を務める信雄が軽んじられているという。

「手の者の報せでは、信雄殿は不遇を託《かこ》っておられる由にて」

「ふむ……」

昌幸は思う。己が信雄ならどうするだろう。

あまりにも偉大な父・信長と、その嫡男の信忠が横死した。次男の自らこそ当主になるものと思っていたはずだ。だが織田を継いだのは三法師であった。仇討ちを成し遂げた羽柴の言が重いのは当然ゆえ、この決定は致し方ない。ゆえに羽柴に与して何とか家中の主流に踏み止まったものの、今や大きく後れを取っている。どうにか対抗する力を付けんと欲しているのは明らかだ。

考えて、横谷を向いた。

「信雄は暗愚《あんぐ》だと聞き及んでおるが」

「家中、領民も左様に思っておるようです。陰口も多く聞こえました」

証言を得て瞑目し、額に手を当てて考える。

しばしの後、昌幸は目を開いて「クク」と不敵に笑った。

「使えるぞ。餌を与え、踊らせてやる」

池田が、頼康がこちらを向いた。横谷も固唾を呑んで次の言葉を待っている。それらを見回しておもむろに口を開いた。

「家康が焦り、信雄が焦っている。北条が焦れば三者の害を同じにできよう。真田の益は、そこにこそ生まれる」

そして池田を向き、声音鋭く命じた。

「綱重、徳川への返書を手配せよ。真田は上野の明け渡しを断固拒否する」

「え？　いや殿、されど！　家康公も黙ってはおられますまい」

「真田領は大半が西上野ぞ。これを失えば立ち行かぬ。信濃に於いて上杉への押さえが利かなくなるのは明白にて、手放す訳にはいかぬと返すのだ」

池田が頭を抱えてしまったのに引き摺《ひず》られたか、頼康も不安げな顔を見せた。

「家康公は手早く済ませんとして、兵を向けるのでは？」

しかし昌幸は力強く頭を振った。

「それは、ない。こちらの言い分は口実だが、一方で動かし難い事実、道理でもある。すぐに兵を向ければ他の信濃衆に不信を抱かせよう。それに羽柴との対峙が目の前に迫った今、兵を出す余裕もあるまい。何とか下知に従わせんとして、重ねて使者を寄越すのみであろう」

足許を見る――それで家康を御することはできる。だが頼康はなお危ぶんで言葉を継いだ。

「然らば、北条が兵を寄越して切り取らんとするに相違なく」

ついに横谷まで面持ちを曇らせた。だが昌幸は、にんまりと笑った。

「それこそが狙いぞ。徳川と北条は互いの利害のため、形ばかりの和議を結んだに過ぎぬ。未だ燻っているものがあるのは明白、そこを煽ればどうなるか」

皆に手招きをして、四人で膝を詰める。昌幸は声を潜めて自らの策を語った。初めは険しかった皆の顔は次第に驚きを湛え、やがて肚を据えたものに変わった。

頼康が大きく頷く。

「危ない橋にござるが、渡る値打ちはあると存じます。然らばそれがし、沼田城に走り申す。滞りなく進められるよう、父と談合せねば」

「頼むぞ。綱重は書状の手配を終えたら羽根尾に向かえ。城代・湯本三郎右衛門と手分けして動くべし」

そして横谷を向く。

「おまえは最後のひとつだ。この策が成るかどうかを握っておる」

「はっ」

三人はそれぞれ頭を下げ、昌幸の居室を後にした。

翌日、上田城から家康宛ての書状が発せられた。上野領明け渡しの拒否を言い送ったものである。これに対して徳川からは何度も使者を寄越して下知に従うようにと繰り返した。使者が来るごとにその態度は高飛車なものになっていったが、全て断って帰した。それでも昌幸が予見したとおり、家康が兵を向けて来ることはなかった。

五月末から七月頭までのおよそ一ヵ月半、矢沢綱頼・頼康父子、池田綱重と湯本三郎右衛門、横谷左近、それぞれが昌幸の策を静かに進めていた。

そして案の定、である。北条は徳川から色好い返答が得られぬことに痺れを切らした。

まずは七月、昨年の一連の戦で降していた上野国衆・北條高広に真田攻めを命じる。だが北條はこれを拒んだ。古くは武田家と誼を通じていた経緯《いきさつ》があり、西上野を長く差配していた真田の実力を良く承知していたためであった。結果、北條の厩橋城はまたも北条軍に包囲されることとなった。

＊

上田築城の後、徳川軍は甲斐・信濃から軍を退いた。信尹もこれに伴い、徳川の本国・遠江に戻っている。知行は実に二千五百貫、兄に突き付けられた厳しい要求に比べれば破格も破格、侍大将の待遇であった。

「九月か」

浜松《はままつ》城本丸館、中之間へと続く廊下から庭を眺めて、信尹は呟いた。色付き始めた庭木に差す陽光は未だ眩しい。信濃なら、もう初冬と言って差し支えない頃だろうか。海の近い地では季節もゆっくりと過ぎているようだ。

中之間に至り、縁側に跪《ひざまず》く。

「参上仕りました」

ところがどうしたことか、既に待っていた家康はそっぽを向いて「入れ」と応じた。おかしな応対だが危ういものは感じられない。

二人いる小姓のうち、手前にいる方が苦りきった顔で頷く。それに促されて信尹は部屋に入り、家康から二間を隔てて深々と一礼した。

「面を上げい」

声に従って平伏を解く。しかし家康は、未だあらぬ方を向いたままだった。

「何か?」

問うてみると、家康はやっとこちらに目を向けた。

「あまり見たい顔ではない」

うんざり、という風だ。事情が知れて、信尹は「ああ」と頷いた。

「兄ですか」

上野領明け渡しの一件については、正論を以て拒否されたと聞く。その上でこの態度は、どうにも徳川の対処云々ではなく、ただ北条に対する面目を潰されたことを怒っているらしい。この人にして斯様に子供じみたところがあったのかと思うと、どこか温かみを覚えた。

少しの間こちらの顔を嫌そうに眺め、家康は口元を歪めて鼻で笑った。

「二日前、十八日だ。厩橋が落ちた。北條高広は上杉を頼って落ち延びたらしい」

そして溜息をつき、続ける。

「これで上野は北条が有利になった。真田は……まずは其方の叔父御が守る沼田城だろうが、五千の大軍を一手に引き受けねばならん」

じっとりと粘り付くような眼差しを向けられ、意図を探るように応じた。

「兄を説き伏せよと？」

「上杉の押さえに任じながら北条と戦い、両面に敵を抱えるのでは手に余ろう。わしも困る」

無言で考えつつ、家康の目をじっと見た。確かに困るだろう。真田が潰れたら上杉の押さえは筑摩郡の小笠原貞慶のみとなる。これでは心許ないが、それだけの理由でこう言っているのではあるまい。

真田と同じ弱みを今の徳川は抱えている。真田と北条の争いは、徳川が北条と争うに等しい。真田が徳川に従っている以上、少なくとも北条はそう捉える。羽柴に目を向けねばならぬというのに、北条の機嫌を損ねて背後を寒くする余裕はないのだ。

「信尹、考えてみい。其方がわしに仕えたは、一にも二にも真田が生き残るためであろう。秀吉に後れを取ることなくば、徳川はまだ大きくなる。いずれ昌幸にも十分な所領を与えられよう」

切々と語る。どう応じたら良いのだろうか。

家康には壮大な器を感じている。己が徳川に参じた理由を知りつつ召し抱え、あまつさえ破格の知行を与えるなど、よほど肚を括っていないとできることではない。

「それがしは、徳川に仕えていると言って良いのでしょうか」

問うてみると、家康は半ば呆れて「当たり前だ」と返し、少し疲れたように溜息をついた。

「其方は……昌幸を手に入れるための駒として召し抱えたが、今やそれだけでもない。何と言うかな、昌幸は信玄になりかけている。其方は、そうはなるまいよ」

兄と己は共に武田の人質に出され、高坂弾正に教えを請い、武田信玄を見て育った。力量には大差なかろうと言われている。だが一方で、兄と己の器の違いを示す言葉でもあった。

「だからな、信尹。何とか兄者を説き伏せてくれぬか。其方の厚遇を知らば、昌幸とて心を動かすであろう」

家康は懇願の体になっていながら、抗い難い威儀を失ってはいなかった。

そう感じて、はっきりと分かった。やはり己は、兄には敵うまいと。信尹は俯き、黙りこくって考えた。

武田が滅んだ後、真田家は周囲のいずれかに攻め込まれたら一瞬で消し飛ぶ運命であった。これを乗り越えて生き残り、今こうして家康を困らせている。あの状況での自立など、己には考えも付かなかったろう。兄が友と認めた男——依田信蕃と同じく、誰かの庇護の下に生きる道を探ったに違いない。昔から兄に対しては、今ひとつ分からぬ人だと感じていた。何のことはない、それは兄が傑物だったからなのだ。

誰かの下で生きるのが己の分限である以上、主は家康であっても構わぬのかも知れない。だが血縁というものの、何と厄介なことか。兄から離れることにどうしても踏ん切りが付かぬ。やはり己は徳川と真田、双方を潰さぬようにしたいのだ。

再び顔を上げ、信尹は静かに発した。

「上杉とは今、睨み合うております。いずれ加増するから上野を手放せというのでは、真田は立ち行きませせぬ」

「それでは徳川が困ると言うておるのだ！」

ついに怒鳴り声が上がった。三河武士の荒い気性を剝き出しに、ぎろりと睨み付けてくる。

「わしが兵を出して真田を平らげても良いのだぞ」

信尹は会釈する程度に頭を下げた。

「羽柴に後れを取ってでも……と？」

家康は頭を掻き毟った。

「……どう動いたら良いと申す。其方と昌幸にたぶらかされた思いじゃ」

まさしく、たぶらかされたのだろう。小県に根を張る真田に上杉の押さえを任せたのは、実に理に適っている。家康でなくともそうしたはずだ。しかし兄はそれをこそ逆手に取った。

変幻自在の化け札として動くのは、全て真田が成り上がるためである。ならば兄が家康を困らせる真意とは何か。信尹は居住まいを正し、伏し目がちに考えた。

（困りごとか）

徳川の困りごとは二つある。天下の動きに乗り遅れぬため、信濃に於いて真田を頼らねばならぬこと。しかし、真田を頼るがゆえに北条との関係が悪くなり、羽柴に後れを取ろうとしていること。

北条はどうか。昔から一貫して関東に重きを置いており、今とて真田が上野領を明け渡さぬことに業を煮やしているに過ぎぬ。徳川と利害が交わることは、金輪際《こんりんざい》ないだろう。

（このままでは）

いずれ徳川と真田は対決せざるを得ない。もっとも、あの兄である。こうまで家康を追い詰めたからには、いずれ決戦をも見据えているはずだ。が、今すぐ戦を構えて勝てるなどと甘いことを考える人ではない。

「おい信尹。何とか言え」

焦れた声に応じて右の掌を向け、無言で「今少し」と示す。すると、こちらの顔に向けられていた家康の目が手へと逸れた。

瞬時、稲妻に打ち抜かれたような衝撃が走った。

「そうか」

「何だ。何がどうした」

信尹は、にやりと笑みを浮かべた。

「今の真田は、徳川と北条の害ですな」

「分かりきっておる」

「されどその害は同じではござらぬ」

家康が怪訝な顔を見せる。だが寸時の後に、何かに気付いたように「なるほど」と低い声を発した。

「徳川と北条の害は、確かに異なる。それが同じにならば」

「両家の道は交わりましょう。目を逸らす……兄はまずそれを思うておるのかと」

家康は「目を逸らす……」と発し、左手でこめかみを押さえて考えた。

「然らば下野国衆か。上杉に背を守られておる奴輩《やつばら》が牙を剝かば、北条の目は上杉へと逸れざるを得ぬ……。いやはや、其方の兄者はとんでもないことを考えおる」

さもあろう、敵として睨み合っている上杉の力を利用せんというのだ。信尹も頷いて応じた。

「下野に火種あらば、常陸《ひたち》も」

常陸の鬼と二つ名を取る佐竹義重《さたけよししげ》は、長年に亘って北条と敵対している。しかも下野国衆との繋がりが深く、反北条の火の手が上がれば絶好機と判じて動くに違いない。北条はそれによって真田の上野領に関わっている暇がなくなる。背後が寒くなり、徳川と利害が一致する。

「さすれば北条とも話し合いに持ち込めましょう」

家康はしばし唸っていたが、やがてさも残念そうに小声を発した。

「北条が沼田を囲むのに時はかかるまい。それを見たら下野の衆は動かぬ」

大きく首を横に振って返す。

「四月のことをお忘れなきよう」

上杉を信濃から放逐《ほうちく》する寸前まで追い詰めた男が、杜撰《ずさん》な策を講じるはずがない。あの時の策を破綻させたのが誰であるかを言外に示すと、家康は言葉に詰まった。

信尹は静かに言い添えた。

「まずは兄を泳がせなされ」

「わしは、策では昌幸に及ばぬのか」

口惜しそうに言葉を濁《にご》らせる。しかし、ひと呼吸の後に家康は笑みを浮かべていた。

「昌幸はまことに恐ろしい男よな。だからこそ、まことの臣下として従えたい。ここはひとつ、あやつの策を信じてやろう。だがな……」

不敵な面持ちから「ふふ」と漏らす。そして言葉を継いだ。

「いつも踊らされておっては、主君としての面目が立たぬわい」

荒々しく笑う様子を見て、信尹は改めて感服した。兄への怒りや引け目を感じつつ、家康はそれを認めてなお才を愛でている。

（それに）

手掛かりを得るや、瞬時に理解して策を上乗せしようとしているらしい。この人も兄と同じ、古今《ここん》に稀《まれ》なる大才なのだ。

＊

十月、上田城の普請は未だ続いていた。続いていたと言うよりも、指示せぬことに精を出し、いつまでも賦役を続けている者がある。新平であった。

報を受けた昌幸は大手門の普請場へと向かった。

門の内、三十間ほどのところに湧き水がある。思えばこの水の手と門を離すように縄張りを変えたのも、新平の言を容れてのことであった。

敵が攻め寄せるなら、海士淵の断崖を避けて東の大手門に殺到するのが常道である。門を越えてすぐのところに水の手があるのは確かに心許ない。先に虚空蔵山で戦をさせたことで、一介の百姓は将としての目を持つに至ったと思ったものだ。

だが、これはどうしたことか。

大手門の内側十二間、北西に広がる更地にぽっかりと大穴が空いている。穴は横に広く、一度に四人ほど入れそうだ。追って家臣の屋敷を構えるはずの敷地に、いったい何をしている。

「おい」

昌幸は穴の近くで土を運んでいる者を捉《つか》まえ、頭役の新平を呼ぶように命じた。賦役の若衆は縦に掘られた穴の中に顔を突っ込み、大声で呼ばわった。

「おうい、新やん。ちょっくら表に出ろし」

中から「はいよう」と返事が聞こえた。真下からではない。どうやら穴は途中で門の方へと向きを変え、既に七、八間も掘り進められているようだ。

「何かあったんけ」

穴の中から、薄汚れた新平の間抜け面がぴょこりと出た。

「あ、こりゃ殿様じゃねえですけ」

「ねえですけ、ではない。何だこれは」

「穴ですが」

「阿呆。それは見れば分かる。何のためかと聞いておるのだ」

新平は穴から這い出し、首を突き出すように「へえ」と頭を下げた。

「抜け道です」

昌幸は眉をひそめた。

「左様なものを掘れと命じた覚えはない」

新平はこともなげに返した。

「お許しをいただこうと思って本丸に行ったんじゃけんど、殿様はお忙しいからって、門番のお人が通してくれんかったずら」

戸石城にあった頃から、新平は何度も本丸館に迎えられている。だが、それは全てこちらから召し出したものだ。門衛にしてみれば、如何に新平が賦役衆の頭役だとはいえ、急に訪ねて来たものを簡単に通す訳にはいかなかったのだろう。

「それにしても、こう勝手なことを――」

されては困る。そう言いかけて止まった。

常なる賦役衆なら、許しも得ずに勝手なことなどするはずがない。だが新平である。たとえ誹りを受けようと、必要なことはやり遂げるという男なのだ。

「……なぜ、掘った」

咎める口調ではなくなった。新平は少しばかり緩んだ笑みで応じた。

「ここんとこ、上田のお城はおかしいら。池田様、横谷様、矢沢様、偉い人らがずっと出払って て、三ヵ月もお帰りになんねえ」

もしや、と昌幸は目を鋭くして顎をしゃくり、続きを促した。

「兵を連れてったんでもねえ、他のお城に入ったとも聞かねえ。ほんなら殿様が何かお命じになったんじゃと思うて」

新平は背を丸めるように頭を下げ、やや引き締めた顔だけをこちらに向ける。

「この城、戦になるんら？」

途端、昌幸の顔に喜色が滲み始めた。止めようがない。笑いが漏れた。初めはくすくすと、次第に肩を揺するようになっていく。

「やはり、おまえは面白い」

そして大笑した。

「抜け道か。そうか。どこまで掘る」

「あ、まだ決めてねえんです」

「ならば城下の町割りに、おまえの家をやる。そこまで掘れ」

「ええ？」

新平は目を見開いて仰《の》け反った。

「うら、給金はもらってますけんど」

「虚空蔵山で戦をさせた時も、いつもの米一俵しか受け取らなんだ。されど、それでは賞罰の筋道が立たん。わしからの下命と思って受け取れ。いいな」

新平は当惑した風に「へえ」と頭を下げた。

と、そこへ東の大手門から駆け込む者があった。

「も、申し上げます！　一大事、一大事にござります」

目の前に片膝を突いた伝令は肩で息をしていた。

どういう報せであるか、昌幸には分かっていた。だからこそ百姓衆がいる場所で報告を受けてはならない。

「詰所で聞こう」

踵を返して西へと向かったが、思い立って取って返し、新平に声をかけた。

「見たところこの穴、一度に四人ほどしか通れん。あと二、三人が通れるように拡げておけ。年を越す前に仕上げろ」

「へえ！」

新平は満面に笑みを湛え、力強く頷いた。

＊

二之丸の侍詰所に入り、昌幸は玄関を入ってすぐの上がり框《かまち》に腰を下ろす。伝令の者が土間に片膝を突くと、報告よりも先に口を開いた。

「沼田城が上杉に降ったのであろう」

「え？」

なぜ知っているのかという顔に、にんまりと頬を歪めて見せた。

「わしから叔父上に、そうするよう申し送った」

啞然《あぜん》、愕然。伝令は口を半開きにしたまま、わなわなと震えている。

昌幸はひとつを問うた。

「おまえは上野の者だな」

「は……はい。若殿が入られた岩櫃の者ですが」

嫡子・信幸にも策の全容を伝えているが、末端にまでは明かしていないようだ。それでこそと頷き、なお問う。

「然らば、厩橋が落ちた経緯も知っておろう」

伝令は怪訝な顔で頷いた。

「上杉の助力が得られなんだためにござります」

上杉は本国の越後に新発田重家の謀叛を抱え、また西の国境は佐々成政に侵され、援軍を送るどころではない。そう仕向けたのは誰あろう、この己である。

「だからこそ、降るように申し送った」

七月から九月まで、北條高広が北条軍を相手に二ヵ月も粘った理由——そこにこそ、この策の土台がある。

上杉が援軍など寄越すはずがない。北条もそれは承知している。だが上杉という大国の名が見え隠れしたことで、心には確かな枷が塡《は》められていた。

越後にある二つの火種のうち一方でも消えたらどうなるか。そうした圧迫は思いの外強い。ゆえに軍兵の一部には常に守りを命じていた。大軍を擁しながら落城まで長くかかったのも当然である。

「されど上杉は……。沼田は危ういのではござりませぬか。岩櫃とて」

伝令は、墓穴を掘ったのではないかという懸念を隠しもしない。昌幸は悠然と頭を振った。

「大事ない」

沼田は真田領の東端、北条領との境目にある。また北を見れば、上杉に従う下野国衆の領に対しても境目であった。境目の者は向背勝手——進退窮まった時の去就を独自に決められるというのが戦乱の世に於ける習いである。

その沼田城が上杉に降った。厩橋のように援軍を請うたのではない。これを攻めるということは、即ち北条が上杉に戦を仕掛けるに等しいのだ。どうしても真田でなく、上杉へと目が逸れることになる。

伝令はそれを理解できないのだろう。分かる必要はない。

「聞くが、おまえは真田家を、このわしを信じておるか」

「それは、その、無論にござります」

「ならば最後まで信じ続けよ。ご苦労だが新たに伝令を命じる。まずは綱重と三郎右衛門に遣い致せ。それぞれ上野国衆・由良国繁《ゆらくにしげ》、下野国衆・長尾顕長《ながおあきなが》の元にある。わしからの遣いと言うだけで分かるはずだ。……流れを変えるぞ」

「は、はっ！」

伝令は勢い良く頭を下げて走って行った。

上野と下野は長らく北条の侵攻を受け、抵抗し続けた地である。両所の北条方には、本能寺の変で織田の支配が崩れたため致し方なく従っている者も多い。池田と湯本が調略した由良と長尾は、そうした面従腹背の徒であった。昌幸からの使者が届くと、この両名は相次いで北条に叛旗を翻した。

沼田城が上杉に降ってから半月後の十月半ば、北条軍はようやく沼田城を囲んだ。明らかに動きが遅く、また、激しく攻め立てるでもない。上杉の幻影によって内心に恐れを抱いているのは明白であった。加えて由良・長尾の謀叛である。今や上野と下野に続々と反北条の烽火が上がっていた。昌幸は上田城にいながらにして、戦を支配し始めた。

沼田の状況を知らせた伝令に向け、次の下知を飛ばす。

「今ぞ。左近を動かし、佐竹を焚き付けよ」

十月の末、大国・佐竹もついに腰を上げた。繋がりの深い下野国衆の蜂起と、長く常陸に留まった横谷の交渉ゆえである。

ここに至って北条は真田、上杉、上野・下野国衆、佐竹に囲まれる格好となった。

＊

十一月半ば、北条はついに沼田城から兵を退いた。織田家後見のひとり、織田信雄が「徳川と北条は再び和議を結び、真田の上野領については引き続き話し合いで解決すべし」と仲裁したのに応じたものである。策の上で上杉に帰属した沼田城も、上杉が援軍を出さなかったことを口実に離反して真田に戻っていた。

十二月の初め、沼田城代・矢沢綱頼が上田城を訪れた。

「昌幸殿、久しいのう」

「去年の十月以来ですな」

見れば、その頃よりも明らかに頭が白い。こちらの眼差しに気付いたか、叔父は「ふふ」と小さく笑った。

「苦労をかけられたからな。先の策には、さすがにたまげたわい」

「叔父上なら、やり果《おお》せてくださると信じておりましたが……」

それにしても、今ひとつ腑に落ちないことがある。心中に薄っすらと霧がかかっているようだった。

「如何した。徳川と北条の和睦で、上野はひとまず落ち着いたのだぞ」

昌幸は伏し目がちに返した。

「おかしい気がするのです」

「それは？」

首を傾げつつ答えた。

「秀吉に傾いた流れを自らに引き戻すべく、信雄が仲裁に乗り出すことは見越しておりました。徳川と北条、大国二つの争いを収めたとなれば、家中でも重きを増すでしょうからな」

「全て昌幸殿が講じた策のとおりではないか」

「全てではござりませぬ。信雄は家中でも愚昧《ぐまい》と陰口を叩かれおる由にて、この餌に喰い付くのはもっと後になると踏んでおりました。北条にも痛い目を見てもらうはずでしたが、和議が早かったことで……」

「力を殺いでやろうという当てが外れたか。そこは、信雄殿の臣に目端の利く者がおったということじゃろうて」

何とも、ゆったりと言う。それはいつものことだが、どうにも引っ掛かる。のんびりした口調に似合わぬ鋭い面持ちが常の人なのだ。このように安らいだ顔など、ついぞ見たことがない。そこはかとなく違和を覚えながら頷いた。

「そう思うしかないでしょうな」

「何にしても良かったではないか。ところで北条と揉めておる間、家康公からは何と?」

「七月までは何度も明け渡しを命じられましたが、北条が兵を動かしてからは見て見ぬ振りを決め込んでおったようです。徳川の目は羽柴の動きを追っておりますれば」

「ふむ。全てが思惑どおりにならなんだとて、徳川とすぐに角突き合わせることにならぬなら、まずは十全な結末と考えて良かろう。わしも気を張った甲斐があるというものよ」

発して悠然と笑う。

やはり、おかしい。どうしてこうも力を抜いているのか。

心を満たす怪訝なものが顔にまで出ていたのだろう。叔父は小さく吹き出した。

「昌幸殿はさすがに目利きよな。実は、今日これへ参ったは、お許しをいただきとうてな」

「はて、何をです」

叔父は背筋を伸ばし、静かに口を開いた。

「此度の一戦を機に隠居しようと思うておる」

「何と」

昌幸は胡坐のままで叔父へとにじり寄った。

「叔父上なくして沼田が守れましょうや」

「いやいや、頼康がおれば大事あるまい。まあ……白状してしまうが、上杉に降れという下知を聞いて、ついに昌幸殿に疑いを持ってしもうた。頼康から策の全てを聞かされるまで得心できなんだ。わしも歳を取ったということよ」

「されど、歳の功というものもござりますれば」

「年が明ければ六十七を数える老骨ぞ。正直なところ、具足が重く感じられてきた」

叔父は「古い話になるが」と続け、目元にゆったりとした笑みを湛えた。

「我が娘婿……海野幸貞殿が謀叛した時のことを思うてな。わしは昌幸殿を稚児《ちご》の頃から知っておるが、その頃から大いに期待しておった。兄弟の誰とも、いやさ、我が兄、昌幸殿の父上とも違う才を持っていると思うておったのじゃ」

何を言わんとしているのか計りかねて、昌幸は「はあ」とだけ応じた。

叔父の顔が、やや苦いものになった。

「その大才、異才が真田の当主になった。この喜ばしきことを幸貞殿に分からせることができなんだ。これは我が不徳の致すところよな。ゆえに、娘婿を討つという話ですら、昌幸殿を疑うことはなかった」

昌幸は俯いた。あの下知を下したのは、それが必要なことだったからだ。だが当時の己は、叔父の心中を慮《おもんぱか》ることができていなかった。

こちらの顔を見て、叔父は「はは」と朗らかに笑った。許すと言ってくれている。

「そのわしが、此度のことでは昌幸殿を疑ってしまったのじゃ。年老いた……この先、こういうことも増えるじゃろうて。矢沢の当主に居座って我を張るばかりでは、迷惑をかけるに違いあるまい。歳の功と言うてくれるなら、以後は昌幸殿の伽衆にでもしてもらえれば有難い」

そして「肩の荷が下りた」という顔を見せた。胸の内に一点の曇りもない。認めざるを得なかった。

矢沢家は嫡男の頼康が継ぎ、隠居した綱頼は以後、上田城で昌幸の相談役を務めることと決まった。

それから半月、もう少しで年が明けようかという頃になって、浜松の信尹から書状が届いた。奉書紙の包みを届けた池田の前で拡げ、目を走らせる。

昌幸の顔から、一気に血の気が退いた。

「見抜かれておった、だと」

「誰に？　何をです」

昌幸は驚きと怒りを奥歯で嚙み殺し、手の中の紙を握り潰した。

「徳川と北条の和議……織田信雄の動きが速すぎると思うておったが、からくりが分かった。何のことはない、家康がこちらの思惑を見通して、仲裁を頼んでおったのだ」

池田は「はて」と戸惑ったように応じた。

「こちらの策と同じところに行き着いただけでは？」

荒い溜息と共に返す。

「まるで違う。家康はわしを踏み台にし、おまけに別の踏み台まで手に入れおった。彼奴め、信雄を味方に付けて羽柴と一戦交える肚であろう。羽柴は後見人の立場を越え、主家を我が物にせんとしている……そういう大義名分を得るための駒なのだ、信雄は」

信雄は伊勢と伊賀《いが》に所領を持ち、一万五千余の兵を動かせる。四ヵ国半を従える徳川と合わせれば五万以上の大軍勢を整えられるだろう。

「家康公と信雄殿が手を組まば、織田領の大半を動かせる羽柴とも十分に戦になりましょう。徳川が勝って領地を拡げれば、当家に約束された知行も宛がわれるかと。代えの地があれば上野に拘ることはなくなりますが」

池田の見通しは何とも暢気なものだが、致し方ないところか。家康自ら信雄に仲裁を頼んで上野が安んじられたのだから、真田が明け渡しを拒んだことを許し、さらに恩を施した形になる。

昌幸は大きく頭を振り、押し潰した声音を発した。

「そうはなるまい。寛容な差配と見えるのが狡猾《こうかつ》なところよ。実のところ家康は激しい男だ。羽柴に勝って力を得れば、いずれ何らかの口実を付けて真田を呑み込むべく動く」

「何と！　火は未だ消えぬと」

池田はそれきり言葉を失った。昌幸は顔を強張らせて呟く。

「どうするか。このままでは」

やはり家康は手強い。今後、徳川・北条の両者から圧迫が増すことは必至であった。

三　小牧と信濃

天正十二年（一五八四年）三月一日、上田城に使者が寄越された。家康の古くからの側近、鳥《と》居元忠《り　いもとただ》である。本丸館の広間に昌幸と叔父・矢沢綱頼が入り、これを迎えた。

中央に座る四十路半ばの細面はきょろりとした目つきで、常から驚いたような面相である。胸の内が見通せない。

「戦触れが出され申した。家康公からのお託《ことづけ》にて参じた次第」

「真田にも出陣のお下知ですか」

鳥居は大きく首を横に振り、ことの次第を説明した。

織田信雄と羽柴秀吉の関係は悪化の一途を辿っていた。

昨年十一月、信雄は真田の上野領を巡る争いを仲裁し、織田家中に於ける重みを増したはずだった。しかし羽柴は信雄に、安土《あづち》城からの退去命令で応じた。信雄が同じ安土にあっては織田家当主・三法師の意思を妨げるという名目である。当時四歳の稚児に自らの意思も何もあろうはずがない。だが当主の名を使われたことで、信雄は安土から退かざるを得なかった。

そして今年の正月、羽柴は信雄に新年参賀を命じた。安土の三法師に、ではない。大坂にある自身に対してである。信雄は激怒し、三人の家老を大坂に遣って羽柴を非難させた。ところが、この三人が寝返ったと聞こえているらしい。

「羽柴の主家簒奪《さんだつ》は明白にて、家康公は信雄殿をお助けすべしと判じられた次第」

「信雄殿とは既に話が付いているということですか。戦はいつから？」

「三人の家老は六日に大坂より戻ると聞き及んでおり申す。信雄殿はそれらを斬って兵を挙げる次第。家康公も七日には浜松を発たれる」

そして顎を引き、心中を窺うような、掬い上げる視線を寄越した。

「さて、貴殿への託《ことづけ》にござる。上野はその後どうだと、家康公はお気にかけておられますが」

値踏みをするように、じっと目を覗き込んでくる。

昨年の信雄による仲裁は、家康がこちらの思惑を読んで先手を打った結果である。もっとも家康は、その経緯とて筒抜けであると承知しているらしい。つまりは脅しである。羽柴との戦に際しては、おとなしくしていろ。真田が徳川に恩を受けたことを忘れるなと。

昌幸は心中で舌を打ちながら、頷くように頭を下げた。

「北条との和議にて真田は助かり申した。此度の一戦では必ずや家康公の背後を安んじる所存」

人を喰ったような鳥居の目が初めて違う色を湛えた。二十を数えるほども押し黙って、瞬きひとつしない。

息の詰まりそうな静寂の後、鳥居はごく小さく頷いた。

「信濃のこと、貴殿を頼みにしておりますぞ。深志城の小笠原殿と談合し、上杉を押さえ込んでくだされよ」

鳥居は「では」と頭を下げて立った。

ずっと黙って聞いていた叔父が声を上げる。

「昌幸殿。御自ら門までお送りするのがよろしいかと存ずるが」

それを聞いて鳥居の動きが止まる。昌幸は朗らかに応じた。

「さすがは叔父上。然らば鳥居殿、参りましょう」

「城主自ら案内に立つなど聞いたこともない」

叔父が好々爺《こうこうや》の笑みで「いえいえ」と口を挟んだ。

「真田はそれほど徳川家の恩に感じているということです。お使者を下にも置かず扱ったと、家康公のお耳に入れていただければ幸甚《こうじん》と存ずる」

何を考えているのか分からぬ目つきのまま、鳥居は「はあ」と頷いた。

本丸館を出て北へ進み、正面の門をくぐって二之丸に入る。ここまでは普請が済んでいた。二之丸館や侍詰所が囲む庭の中、東へと続く道に歩を進める。真新しい建物に目をやりながら、鳥居は静かに発した。

「実に良い城を築かれた」

「それもこれも、徳川家のご恩にござれば」

話しながらお進み、三之丸へと抜ける。東の遠くに見える大手門までは道の両脇に松の木を植えていた。右手の木立の向こうに一門衆の屋敷、左手は同様に家臣たちの屋敷が建てられている最中で、賦役衆の活気に満ちた声が飛び交っていた。

それらを見回していた鳥居の目が、大手門の左手前で止まった。

「あれは?」

門から北西に十間ほど離れたところに、ぽっかりと口を開けた大穴を指差す。新平が掘った抜け道であった。

昌幸は「はは」と笑って返した。

「屋敷の敷地に大岩が埋まっておりましてな。取り除くために掘り返した穴にござる。古くから浅間山の噴火があった地ゆえ、飛ばされて来たものでしょう」

鳥居はこちらを向き、きょろりと目を動かした。

「取り除いた岩は、どこに？」

「さあ。賦役の者に命じて捨てさせましたが」

「ほう……」

まただ。鳥居の目が、こちらの顔を掬い上げる。昌幸はいささか驚いたという風を作って応じた。

「もしや徳川家では斯様な時、捨て場所を報じさせるのですか」

鳥居は、ひとつ瞬きをした。

「いえ。当家でも捨てる岩などに興味はござらぬ」

ほどなく大手門に到着し、鳥居は供の者と連れ立って上田城から去って行った。

本丸館に戻ると、叔父はまだ広間にあった。

「昌幸殿、戻られたか」

「叔父上の機転、隠居の身とは思えませぬ」

「鳥居が、あからさまに脅しておったからのう。そもそも家康の近習が使者に寄越されること自体、何かあるというものよ」

「やはり、そう思われましたか」

然り、家康が使者を寄越したのは単なる脅しのためでも、改めて信濃の押さえを命じるためでもない。叔父はゆっくりと頷いた。

「家康に先手を打たれ、北条の力を殺ぐことができなんだ。如何にしても真田には、しばらく徳川に従う以外の道がない。書状ひとつで足りるはずのところだからな」

「鳥居は城内をじっくりと見ておりました。攻める場合のことを考えておったのでしょう。新平に掘らせた抜け道にも目を止めましてな」

昌幸は鳥居との話を語って聞かせた。叔父は頬を歪め、気分が悪そうに鼻で笑った。

「捨てる岩に興味はない、か。まさにそのとおりよな。抜け道の出口が見つかることは？」

「考えにくいかと。城下で新平に与えた家の、広間の床下に通じておりますれば」

新平の家は町衆に割り当てられた中でも、細い路地を入ったところにある。他国の使者が迷い込めば必ず人目に付く。

「然《しか》らば我らは、まず信濃と上野のことを考えていれば良いということだ」

「されど、それもどうしたものか。家康の弱みに付け込みたいところですが」

家康は今なお甲斐と信濃を治めきれずにいる。甲斐には浅間山の噴火による害が未だ残っており、兵役を課すことができない。信濃に至っては川中島に上杉という脅威があり、西は羽柴領の美濃と接している。上杉への押さえには昌幸や小笠原貞慶を、美濃への備えは向背定かでない木曾義昌や伊那郡の地侍を頼まざるを得ない。

昌幸は溜息をついた。

「されど真田も弱みあり。いつ北条が動くか」

各地の勢力を立たせて包囲するという、去年の策は使えぬだろう。上野・下野の国衆はまだしも、上杉や佐竹が二度も同じ手に踊らされるはずもない。真田は下手に動けないのだ。とはいえ手を拱いたまま今回の戦が終われば、徳川に呑み込まれるのを待つばかりだ。北条の軍兵が温存されているのは、ことほど左様に大きい。

固く奥歯を噛み締める昌幸に、しかし叔父は励まして言った。

「まずは戦がどう転ぶかだ。動きが変われば、策も変わろう。昌幸殿にならできる」

ぱんと強く肩を叩かれた。

「……はい。まずは左近の透破を出して探らせましょう」

叔父は満足そうに息を吐いて頷いた。

五日後の三月六日、織田信雄は大坂から戻った三人の家老に謀叛の嫌疑をかけて誅殺した。そして翌七日、家康率いる三万が出陣し、尾張《おわり》へと向かった。徳川の遠征軍は三河・遠江・駿河から駆り出されたものであり、甲斐と信濃から参じた者はごく少なかった。

横谷左近の透破衆は入れ代わり立ち代わり上田に戻り、戦の次第をこと細かに報じた。

三月十三日、家康は清洲城に入り、その日のうちに十里ほど北東の小牧山《こまきやま》城へ陣を移した。同じ尾張の犬山《いぬやま》城で、織田派と見られていた池田恒興《つねおき》が羽柴に付いたためである。

両軍は三月十七日に一戦を交えたものの、その後は睨み合いが続くばかりとなった。徳川は小牧山、羽柴は犬山、双方の拠点が守りを固めすぎ、どちらも攻めの姿勢を取れずにいる。

戦が動かねば、真田は窮状を打破できない。昌幸の苛立ちは日に日に増していった。

そうした折、上野羽根尾城代・湯本三郎右衛門が上田城を訪れた。

「お久しゅうござる」

広間で頭を下げた湯本の顔には激しい焦燥《しょうそう》が見えた。昌幸は怪訝に思って問うた。

「何かあったのか。北条……ではないな」

湯本の治める羽根尾城は、矢沢頼康の沼田城や嫡子・信幸が固める岩櫃城よりもずっと信濃に近い。北条が両所を無視して手を回すとは考えられぬ。

湯本は、ぴんと背筋を伸ばした。

「今朝方、丸岩城《まるいわ》が乗っ取られ申した」

吾妻街道を東へ進み、羽根尾城から岩櫃城に向かう道中、草津口東南の山中に切り立った崖がある。丸岩と呼ばれるこの山の頂にあるのが丸岩城である。北条軍が須賀尾峠を越えて上野に踏み込まんとした場合に備え、昌幸が昨年に築かせたものだった。長く留まるのには不向きで、普段は兵を置いていない。その隙を衝かれたという。

「何と。誰だ。謀叛か。何ゆえ、おまえ自ら報せに来た。丸岩を睨んでおらねばならぬだろうに」

湯本は叱責《しっせき》されて頭を下げたが、すぐに居住まいを正した。

「お叱りは後でいくらでも頂戴《ちょうだい》いたします。まずは」

「良かろう。詳しく話せ」

「乗っ取ったのは羽尾源六郎《はねおげんろくろう》にござります。それがしが初めて殿にお味方した時の戦の相手、海野幸光の縁者にて」

「海野の……。どこから湧いて出おった」

「上杉が動かしたのではあるまいかと」

昌幸は眉をひそめて問うた。

「なぜ分かる」

湯本は二つ、三つと深く呼吸を繰り返し、気を落ち着けて答えた。

「実は丸岩のことが報じられたすぐ後で、それがしに上杉からの調略があり申した。羽根尾の兵ごと味方するなら、追って知行三百貫をやると手形を切った由にて」

「かなりの厚遇ではないか」

訝しい。その思いが胸に湧き上がり、言ってはならぬことが口を衝いて出た。

「心が揺らいだのではあるまいな」

「まさか。斯様に突飛な約束をするのは、丸岩の兵が足りぬからに相違ございませぬ。応じるふりをして使者を返し、急ぎこれへ参った次第です」

湯本はきっぱりと否定した。自ら上田に参じたのは、当面は丸岩城が大きな脅威にならぬからであり、ゆえに上杉の調略を暴いて対処を求めんとしたからだ。それだけのことなのに。

「……すまなんだ」

昌幸は深く頭を下げた。自らが恥ずかしい。話を聞かずに叱責したことも、話の途中までで全てを察せられず、湯本を疑ったことも。己はそこまで苛立っていたのか。

湯本は安堵したように深く息を吐いた。

「それがしに叛心なしとお分かりいただけた、これで十分にござる。それよりも、殿」

促されて昌幸は頭を上げた。先までの苛立ちではない、別の熱が胸に満ちている。

本国・越後に謀叛を抱え、越中から国境を侵され、川中島では徳川方と睨み合っている。どこにも余裕がないはずの上杉が、真田を揺さぶるために調略の手を伸ばしたのだ。

「何か裏がある。三郎右衛門、まずは羽根尾に戻り、丸岩を睨んでおけ。あの城に多くの兵は置けぬゆえ、しばらくは大事なかろう」

そして横谷左近を呼ぶ。透破が尾張に出払っているため、横谷が自ら動いて川中島と越後を探るよう命じた。

横谷は三日後の昼前に、上田に戻った。

「越後西の国境を脅かしていた佐々成政が、羽柴方の前田利家《まえだとしいえ》に背後を衝かれ、苦戦しておる由にて。どうやら上杉は羽柴と誼を通じたようですな」

秀吉が手を回して助けたがゆえ、上杉には他に目を向ける余裕が生まれた。横谷の言は理に適っている。昌幸は唸った。

「敵の敵は味方……か。おまえ自ら調べたとあらば、信ずるに値する」

事情が知れて、昌幸の顔には昂ぶりが満ち始めた。

「羽柴秀吉、さすがは織田を握った男よ」

青息吐息の上杉が息を吹き返し、信濃から甲斐にかけてを席巻したらどうなるか。大軍を駆り出して空き家同然の三河・遠江・駿河、三国の背を脅かすことになる。これらの地を失えば、徳川は天下の争いから一転して存亡の危機に立たされるのだ。

「この先、上杉もうるさくなろうな」

昌幸は顎鬚を摘むように撫で、押し黙った。

*

越中の佐々成政が苦戦していることは、遠く小牧山城にある家康の耳にも入っていたのだろう。横谷が諸々を報じたのと同じ三月二十八日の夜、上田城に家康の書状が届いた。

横谷、池田、叔父・綱頼と車座になって目を通す。かつて信尹が調略し、そのまま海津城に埋伏されていた屋代秀正を出奔させると記されていた。海津が混乱に陥ったところで、小笠原貞慶と談合して攻めよという指示である。そうすれば上野領を明け渡すための代地を出す、と。

「……北条に背を衝かれぬよう重々気を配るべし、か」

またも北条の名をちらつかせ、脅しをかけている。昌幸は鼻で笑った。動けと命を下すからには、北条が兵を出さぬ確証があるに違いない。

灯明を前に四人が顔を突き合わせる。池田が思案して発した。

「海津を攻め取って上田と併せれば、仮に徳川に攻められても抗戦はできようかと」

横谷が「それは」と首を傾げた。

「海津には二千ほどの兵がありますぞ。我らは小県の多くを従えるに至っておりますが、支度できるのは精々が千ほどでしょう」

上野は上野で備えが必要とあって、信濃の戦に兵を回すことはできない。如何に小笠原勢と共に動くと言っても、それであの水の要塞・海津城を落とせるだろうかと言う。

叔父の顔にも「難しい」と大書されていた。

「動くにはまたとない好機だが。されど」

昌幸は、じろりと眼差しを流して返した。

「叔父上。動くとは、動くばかりを言うものではござりませぬぞ」

三人の目が集まった。乏しい灯明の火を受け、幽鬼の如く目が輝いている。

「動かずに動く、とな。どういうことだ」

怪訝な叔父の顔に、眼光鋭く返した。

「上杉と北条、北条と徳川、真田はこれまで競い合う大国二つを利用し、隙を衝いて力を蓄えて参りました。此度とて同じようにするまでです」

「さすれば、上杉と徳川をか」

「いいえ。真田の手駒に名乗りを上げてくれた者がありましょう。羽柴秀吉です」

皆の顔が、意表を衝かれたものになった。気持ちは分かる。羽柴を利用すると口で言うのは容易いが、相手は織田旧領の大半を従えた大物なのだ。しかし、と右手に拳を握る。

「できぬことではない。徳川の弱みは即ち羽柴の強みぞ。だからこそ羽柴は上杉を助けた。行き詰まった尾張の戦を、信濃から動かそうとしておるのだ」

丸めていた背を伸ばし、居室の外には漏れぬぐらいの小声で続けた。

「信濃を切り崩して羽柴に靡《なび》かせる。徳川と長く張り合い、しばし押さえ込んでいて欲しいのでな」

右手の叔父、正面の池田と顔を見回し、左手の横谷で目を止めた。

「羽柴領の美濃に近い地が最も踊らせやすい。左近、夜道の案内を致せ。今すぐ木曾谷へ行く」

「は……はっ！」

上田の差配を叔父に任せ、昌幸は横谷を伴って足早に居室を出た。

二人は城を出ると、馬を励まして先を急いだ。夜半ゆえ、各地の城を避ければ人目に付くこともない。そして翌日、三月二十九日の朝日が昇る前には諏訪湖の北に至った。

ここからは東山道を取らずに馬を捨て、駒ヶ岳の連山に入った。森に紛れ、小牧山に遣った透破が使っているという獣道を辿る。寒冷な信濃も初夏の風情を湛え始めた三月の末、足許に踏む若草の香気は清々しい。しかし休むことなく歩を進めているがゆえ、涼しい山中にも拘らず体中汗だくになっていた。

夕刻に差し掛からんという頃、ようやく福島城《ふくしま》へと至る。木曾義昌——武田一門衆ながら織田に寝返り、主家滅亡の契機となった男の居城であった。木曾川と支流の黒川《くろかわ》に挟まれ、要衝・木曾谷を見下ろす山の頂に築かれた城は、小城ながら中々に堅固である。

昌幸と横谷は森の獣道を外れ、虎口の前へと進んだ。いきなり姿を現した二人に、門衛の兵たちが槍を向けた。昌幸は、やれやれ、とばかりに名乗って聞かせた。

「たった二人で城攻めなどするか。同じ徳川方、上田城の真田昌幸だ。城主・義昌殿に目通りを願う」

兵たちはいったん虎口の門を閉めた。が、櫓の兵に睨まれたまま半刻（十五分）ほど待つと再び扉が開かれる。そこには、かつて見知った木曾の顔があった。

「久しぶりだ」

何とも突《つ》っ慳貪《けんどん》な挨拶をされ、昌幸は黙って頭を下げた。

「武田の犬だった男が何をしに来た」

再びの木曾の放言に、昌幸は心中で嘲笑した。武田のことを今になって云々《うんぬん》するのは、この男なりに悔いるところがあるからだ。思いつつ顔を上げて平らかに返す。

「貴公は間違いなく主家を滅ぼした。されど、過ぎたことを咎めに来るほど暇ではない」

意外、という面持ちが返された。昌幸は、ゆるりと笑みを浮かべて続けた。

「尾張での戦について、談合したきことあって参った次第」

「そうか」

木曾は決まり悪そうに昌幸主従を招き入れた。

通されたのは本丸よりも一段低い、南の二之丸であった。家臣の詰所として使っているのだろう古びた建物の前に横谷を残し、中に入って板張りの広間に腰を下ろす。木曾は人を払い、足音が聞こえなくなるのを待って問うた。

「早速だが、談合とは？」

「貴公、徳川に従うことをどう思っておる」

かつて依田信蕃とも似たような話をしたことがある。依田は家臣領民のために徳川を頼ったと言っていたが、この男はきっと、そこまでのことを考えていない。問いかけに問いを以て返したのは、それを確認したかったからだ。

木曾は黙って眉根を寄せた。自らの見通しが間違っていないことを知り、昌幸は腹の中で嘲笑《あざわら》って言葉を継いだ。

「家康公から約束された知行が、きちんと与えられておるのかと聞いておる」

「それと戦と何の関わりがある」

「大いにあってな。実は……信濃は既に、羽柴の手に落ちたも同然ぞ」

木曾の面持ちが大いに変わった。だが、おろおろしたものではない。驚きつつも落ち着きのある風には、どこかしら得心したものが見え隠れしていた。

なるほど、と昌幸は口元を歪める。

「思うに、先んじて羽柴の使者が訪れたのだろう。その者の言が正しい」

「然らば上杉は、本当に羽柴に付いたか。其許も？」

それについては頭を振った。

「背後の北条がうるさくてな。境目の者は向背勝手と言いつつ、今のところ動けぬ。されどこの地は、同じ境目でも接しておるのは羽柴だけだ」

「まあ、確かに……」

昌幸は、にたりと笑った。

「昨日、家康から命じられた。深志の小笠原貞慶と共に海津を攻めよと。もっとも家康はわしを持て余しておるだろうよ。上野のこと、貴公も耳にしておろう」

「無論、聞き及んでおる。それでも家康公が真田を頼むのは、認められておるからだろう。持て余しておるなど、お主の思い込みではないのか」

返された言葉に失笑を浮かべ、それを気取られぬように俯き加減で頭を振った。

「頼まざるを得ぬのだ。それが家康の弱みよ。義昌殿、お考えあれ。貴公が動けば真田も羽柴に寝返りやすい。家康の下知を逆手に取り、我らで深志を挟み撃ちにすればどうなる。三・遠・駿の三国は兵を根こそぎ駆り出しておるゆえ、家康も背が寒かろう。さすれば尾張の戦は羽柴が勝つ。我らは戦功第一、秀吉も篤く報いるのではないか」

木曾はただ唸った。煮えきらぬ様子を見て、昌幸は長く溜息をついた。

「のう義昌殿。わしは元々、人質として武田に送られた者ぞ。信玄公の薫陶を受け、重く用いられて、ようやく日の目を見た。ご厚恩に報いるため、身も心も全て武田に捧げる覚悟であった。ところが主家は……」

言葉を切り、木曾の目を見た。

「皆が皆、勝頼公を見限ってしまった」

眼差しに力を込める。向こうが目を逸らしたのを見て、昌幸はなぜか苛立ちを覚えた。その心のままに言葉を継ぐ。

「最後まで武田に、信玄公のご恩に殉じるべしと思うておったのに、主家が滅ぶを待つばかりとは……そう思うて苦しんだ。誰にも、弟や叔父にすら言うたことはないがな」

木曾はそっぽを向いたまま、かさかさに乾いた喉から無理に吐き出すが如く発した。

「お主とて、その……最後には武田を離れたろうに」

先からの苛立ちに火が点き、昌幸の心中で何かが弾けた。

「わしが死に、真田が絶えたらどうなる。信玄公の軍略や治世を知る者、受け継ぐ者がいなくなるではないか。あのお方の生きた証を残すことは、わしひとりの進退などより遥かに重い」

目を吊り上げ、体を右肩から前に突っ込ませて、語気強く発した。調略のために敢えてしたのではない。偽らざる思いの丈である。最大の恩人への思慕と敬愛——自力で生き残る、成り上がるという苦難の道を敢えて選んだのは、それがあってこそなのだ。

この剣幕に木曾は明らかに怯み、逸らした目すら閉じている。昌幸は自らを落ち着けるため、大きく、大きく溜息をついた。

「貴公の申されるとおり、わしも武田を見限った。そうせざるを得なんだ。だが、以後は織田、上杉、北条、徳川と、良いように使われ続けておる。貴公はどうだ。元は武田一門なれど、織田に降ってからは世の動きに押し流され、不遇を託ってきたのだろう。今とて秀吉の矢面に立たされているではないか。徳川にあっては、まず、わしと同じ目に遭う。それよりは共に良い思いをせぬか」

切々と訴える口調で語ると、控えめな眼差しが再びこちらを向いた。

今こそと、とどめのひと言を放つ。

「貴公が頷いてくれれば、わしは恩を受ける。武田のことも水に流せる」

木曾の顔が緩んだ。

「……話は聞いた。帰ってくれ」

「馬を二頭、都合して欲しい」

黙って頷きが返される。昌幸は深々と頭を下げて立ち去った。

福島城からの帰路は馬に乗って堂々と東山道を通った。轡を並べる横谷が問う。

「こうして馬を寄越したところを見ると、義昌は応じたのですな」

「何とも言わなんだがな。あの者が織田に降ったのは、信念あってのことではない。逃げただけだ。此度も必ず、沈まぬ船に乗り換えようとする」

そして、吐き捨てるように続けた。

「気の小さい男よ。織田に降って痛い目を見たがゆえ、今になって主家を滅ぼした負い目を感じておる。武田重臣の生き残りは、今やわしぐらいのもの……この顔を見た時、既に勝負は決まっておった」

横谷は何かを――恐らく木曾という男を――憐れむように「はい」とだけ返した。昌幸は胸の内を清めるべく、朗らかに発した。

「さて、帰るとするか。忙しくなるぞ」

この日、木曾義昌は徳川に叛旗を翻した。

＊

木曾が羽柴方となったことで、筑摩郡や諏訪郡が新たに境目の地となった。特に筑摩は上杉にも境を接している。両面に敵を抱え続けたら、深志城の小笠原勢は自滅したかも知れない。しかし四月一日、海津城の屋代秀正が出奔したことによって、小笠原を始めとする徳川方は何とか踏み止まった。

屋代は海津城代・山浦景国の寄騎である。川中島と北信濃四郡の要である城から寄騎ひとりが消える意味は大きい。徳川への備えの一角が抜け落ちてしまうからだ。新たな寄騎を定めて軍兵の編成を直さねばならず、海津城は大きく混乱していた。

報せを受けた昌幸は池田を呼び、即座に命じた。

「二百で良い、三日で兵を整えよ」

池田は意外そうに返した。

「出陣にござりますか」

「どうした。二百ぐらい、三日もあればどうにでもなろう」

「はあ。されど海津攻めには少ないでしょう」

昌幸は「ああ、そうか」と頷いた。

「木曾谷へ向かう前に、細かく話しておらなんだな」

咳払いをして仕切り直し、少しばかり早口で説明を加えた。

「今から整える二百は、羽尾源六郎に奪われた丸岩城を取り返すためぞ。上杉が真田に手を伸ばしておる以上、火の粉は振り払うまで」

「上杉に抗すると仰せられるなら、小笠原勢と共に海津を攻め、元凶を叩いた方が良いのではござりませぬか」

昌幸は「いいや」と頭を振った。

「海津を落とすには相当の痛手を覚悟せねばならん。加えて、上杉に真田攻めの口実を与えることになろう。いずれにしても家康を利するのみ。されば海津攻めの下知など聞き流し、より自らのためになる道を選ぶのだ」

「なるほど、承知仕りました。すぐに二百を整えましょう」

池田は得心し、駆け出して行った。

四月四日の早暁、昌幸は上田城と戸石城から集められた二百の徒歩勢を従えて出陣した。

真田郷の北東、鳥居峠を越えて上野に入る。丸岩城の手前十里にある羽根尾城に至ると、城代の湯本三郎右衛門が五十の手勢を率いてこれに従った。

丸岩城は山中に一ヵ所だけ突き出た岩山の上、急峻な斜面に囲まれた山城である。吾妻街道から東南を仰げば、切り立った崖が薄茶色の岩肌を剝き出しにしていた。東、北、西の三方は同じような有様である。頂《いただき》にだけ森がある様子は、大入道、或いは大太郎坊《だいだらぼう》などと呼ばれる物の怪《もののけ》の頭にも思えた。頂は痩せ尾根で、丸岩と言いつつ少し尖っている。

断崖絶壁の間際にある北の腰郭を、湯本が指差した。

「あれを」

掲げられた旗や幟には羽尾の飛び燕《つばめ》紋ではなく、白地に黒の六文銭が描かれていた。真田の本家筋、海野家を標榜している。

「上杉に泣き付いておった者が、斯様な真似をしておるのです」

この光景を幾日も見続けていた湯本は、癪に障って仕方がないという風だった。昌幸は平らかに返した。

「己が分を弁《わきま》えず、人を見下して上に立ったつもりの馬鹿者ぞ。まともに取り合うことはない。実がどちらにあるのかを、思い知らせに来たのではないか」

そして草津口を一里半ほど進み、道を南に取った。

三方を崖に囲まれた丸岩城を攻めるには、南の須賀尾峠から登るしかない。峠から山道に入ると、昌幸と湯本も下馬し、手綱を木に結び付けて進んだ。

攻め口が一方に限られる不利な戦だが、昌幸には落とす自信があった。

第一に、丸岩城には多くの兵を置けない。須賀尾峠を固めて戦う際に本陣を敷き、武具や兵糧の蔵として使うための簡素な砦なのだ。上杉が援軍を出して峠を押さえていたら厄介だったろうが、家康が海津城に揺さぶりをかけたことで、その余裕もなかった。寡兵の羽尾源六郎はやはり峠に兵を回しておらず、城に近付くのは容易であった。

第二に、やはり自分で築かせた城だからだ。泣き所は知り抜いている。

「進め」

兵に号令して山を登る。森を切り開いただけの道は実に急で、しかも、ところどころ木の根が土を盛り上げて凹凸が激しい。

南の尾根を登り続け、急な斜面の上に本丸の土塁を望む。あそこまでは、ざっと一町半ほどだろうか。高低の差を生かし、土塁の上から十、二十と矢が飛んで来た。

「怯むな。遠矢など、多くは木立に阻まれる」

兵を励まして坂を登らせる一方、昌幸は後ろに続く湯本に命じた。

「東の尾根に回れ。木の生えているところなら何とか山肌を伝って行ける」

湯本は「承知」と応じ、手勢五十を東に回した。

これを見送って自身はなお前に進む。虎口まであと一町足らずとなると、五人、六人と射られる者も出てきたが、構わず登らせた。

残り半町と少し、昌幸は総勢に弓を持たせた。

「放て。揃えずとも良い、次から次に射掛けよ」

百八十ほどに減らされた兵が乱れ撃ちに放つ。一斉に放つのでないだけに、命中する矢はないに等しい。だがそれで良かった。間断なく射掛けることで敵は猛攻と捉える。

四半刻（七、八分）も続けると、明らかに敵の応射が増えた。先までの倍ほど、四十ぐらいの矢が迫る。真田軍の兵たちは弓で叩き払い、首をすくめて遣り過ごしながら、なお次から次と放ち続けていた。

そこへ――。

本丸の東から鬨の声が上がった。なお乱れ撃ちに矢を放たせていると、少しの後、土塁の内に城方の悲鳴が満ちた。

東、北、西、三方は断崖で、その上にある木立の中も極めて急峻である。ゆえに土塁や空堀などを築けない。それこそ、この城の弱点だった。南の尾根から東の尾根までは何とか歩いて渡れるが、これを遮ることができないのだ。

敵がこちらの動きに気付いて東の尾根に矢を放っていたら、湯本の五十は全滅しただろう。だが昌幸が南の尾根から盛んに矢を放たせたことで、そうはならなかった。敵は見せかけの猛攻に目を奪われ、寡兵の全てを虎口に回した。それを見計らった湯本が東から本丸の土塁を越え、城方を混乱に陥れたものであった。

戦は呆気なく終わった。羽尾源六郎は山肌を転げ落ちるように逃げて行った。

昌幸は丸岩城を再び湯本に任せ、四月五日の夜に上田へ戻った。この頃になっても、海津攻めを命じられていた小笠原貞慶は深志城から動いていなかった。何しろ、共に動くはずの昌幸が家康の下知を黙殺している。小笠原も、真田が海津攻めに加わる気がないのを察したようだった。

十一日以降、上田城には次々と透破が戻った。

四月九日、徳川・羽柴両軍が激突したという。場所は小牧山から大きく東南に離れた地、長久《ながく》手《て》である。睨み合いの戦を動かすべく、秀吉が全軍七万から二万を割いて大きく迂回《うかい》させ、徳川の故地・三河を急襲せんとした。家康はこれを見抜いて戦に及び、大勝を収めたそうだ。流れは徳川に傾くかと思われた。しかし羽柴方はこの敗戦を機に守りを固め、両軍は再び睨み合うようになった。小競り合いこそあれ、雌雄《しゆう》を決するような戦いはどちらも仕掛けようとしない。戦は長陣の様相を呈している。

信濃でも事情は同じであった。木曾義昌の離反は、上杉の海津城が混乱したことで相殺されている。真田が自らのためだけに動いていることで、小笠原も日和見《ひよりみ》を決め込むようになった。

月が変わって五月一日、昌幸は叔父に誘われるまま居室で碁盤を挟んでいた。もっとも胸の内は、小牧と信濃の双方で動かぬ戦をどうするべきか、そればかりを思っていた。

そこに、小姓が書状を届けた。桐の文箱は家康からである。

次の指し手を中断して目を落とした昌幸は、軽く鼻で笑って書状を放り捨て、白い碁石をぱちりと盤に置く。

「良いのか」

心配げに叔父が問う。昌幸はこともなげに返した。

「思うておったとおりの書状ゆえ」

叔父は渋い顔で、黒の碁石を盤に置いた。

「海津を攻めず、丸岩に兵を出したことか。まあ、咎められるとは思っていたが」

「罰として、上野を北条に渡せと言うております」

叔父は眉をひそめた。

「なおのこと、これからをどうする。尾張の戦が行き詰まっておるからには、家康にもこちらに目を向ける余裕ができようぞ」

「応じる気はありません」

「どういう言い訳で返書する」

「言い訳など致しませぬ。全て道理に沿って返すのみ。佐々の脅威がなくなり、上杉は一方の手が空いた。然らば海津を攻めても落とせるはずがない。真田が上野を手放して窮すれば、信濃はどうなろうか。そう書き送ります」

叔父は「ううむ」と頷き、手に持った黒石を盤上に放った。

「投了じゃ」

「まだ打てる手はありますぞ」

「いつまでも昌幸殿に相手をさせておる訳にもいくまい」

叔父の言葉が何を意味するのかは分かっている。昌幸は小さく頷いて碁石を片付けた。徳川とは、どこまで戦をせずに付き合えるだろう。

*

七月になったばかりの頃、新平は虚空蔵山へ獣獲りに出た。罠で仕留めた獲物は二つ、兎一羽と猪の子一頭である。これらを背負子に積み、上田の城下町に入った。すると、昌幸が上田城下の町割りを視察に来ている。

「商いの物も、家の荷物もひととおりを片付けておくように」

小姓などの家臣と手分けして、町衆や商人に指示を出していた。表通りは軍兵が通れるように四間半の幅が取られているが、日頃は商人があれこれの品を並べ、町衆も桶や樽などを外に置くことが多かった。

「殿様あ」

のんびりと声をかける。昌幸は「おお」と頷いて、こちらに歩を進めて来た。

「今日は狩りか」

「へえ。獲ったもの、上田で売ろうかと思うて」

「もうすぐ刈り入れだろう。下原村におらんで良いのか」

「狩りは偶のことずら。父やんも兄《あい》やんも、うらがじっとしちょる方が気味悪いら」

新平は「はは」と笑い、然る後に問うた。

「ところで殿様、道を片付けろって仰せじゃったずら。どうしたんですけ」

いつもの昌幸なら、思うさま生業《なりわい》に精を出せと言う。何が——或いは城普請の頃に予見したとおり、戦があるのだろうか。

昌幸は「ああ」と頷いた。

「今だけのことだ。実は碁の名手が信濃を訪れておって、上田に招くことになった。道を片付けておくのも礼儀であろう」

「碁……って。あれけ、こう」

石を盤に打つ真似をする。昌幸が頷いて言った。

「それだ。碁盤の上で陣取り合戦をする遊びだが、将が己を磨くための嗜みでもある」

「へえ。お好きなんじゃね」

だがどうしたことだろう。この言葉で昌幸の顔が曇った。

「確かに好きだが、正直なところ気は乗らぬ」

「へ？　名人に来てもらうのが？」

「それどころではないのだ」

本当にどうしたのだろう。落ち着きのない口ぶりであった。新平は控えめに返した。

「嫌なことなら、やらんでも」

昌幸は苦い笑みを浮かべた。

「無駄な戦を構えずに小県を纏めるには、必要なことでな」

どういう事情かを全て飲み込めた訳ではないが、必要だからだ、と言われて得心はできた。

「ほんじゃ、うら獲物を捌《さば》かにゃならねんで」

挨拶をすると、新平は裏通りにある自らの家へと向かった。

先に昌幸から下された家だが、ここにいることは少ない。戸石城下の下原村では父や兄が百姓を続けており、春から秋までは手伝いをせねばならぬ。昨年の普請が終わってからは、ほとんどそちらにいた。四、五日に一度の割合で山へ狩りに出るのだが、獲物を求めて虚空蔵山まで足を延ばした日だけ、ほど近い上田城下で夜を明かすために使うぐらいだった。それにこの家は、そもそもが城からの抜け道を覆い隠すためのものだと思っている。

「よいしょっと」

土間の中、丸太を三尺ほど切り出しただけの俎板《まないた》に猪の子を置いて毛を毟り、鉈《なた》で大雑把に捌く。ただの肉となったものを前に目を瞑り、獣の血に濡れた手を合わせた。

断ち分けた肉は家の前に並べ、土間掃除の間だけ商いをする。買い求める町衆には安く分けてやるのが常であった。

俎板や罠に付いた獣の血、あるいは捌く最中に使った手拭いを洗おうと、新平はいつもの手順に従って水桶の蓋を取った。が、水は一滴も入っていない。

「あ、そうじゃった」

夏場は百姓仕事が忙しく、また肉も悪くなりやすいため、下原村から離れた虚空蔵山や上田まで足を延ばすことは少ない。桶の水も、腐らぬようにと、春の終わりに捨てていた。

「しょうがねえ。後で川に洗いに行くべか」

半時（一時間）ほど肉を並べておくと猪は全て売れ、兎も半分がなくなった。売れ残った兎を焼いて自らの夕餉とする。食い終わった頃には日もとっぷりと暮れていた。

新平は鉈と手拭い、狩りに使った罠を水桶に入れて持ち、城下町から南に向かった。千曲川の河原へ出ると、川面の小波が三日月の乏しい明かりをぼんやりと跳ね返していた。

まずは桶に水を汲み、蓋をする。家に帰ったら丸太の俎板を洗うためだ。木と竹を組んで作った二つの罠と、獣を捌いた鉈は、川の流れでそのまま洗った。草のまばらな場所を選んで玉石の河原にしゃがみ込めば、昼の暑さが嘘のようにひんやりとしている。

「さあて」

罠を洗い終えると着物を脱ぎ捨て、素裸でざぶりと流れに入る。川底に座ると腹の辺りまでが水に浸かった。両手に水を掬い、頭からかぶる。水を掬っては首を洗い、腕や尻を洗う。山歩きの汗が洗い流されて心地良い。

「ふう」

――と、せせらぎとは違う物音が聞こえた。大きな音ではないが、川下遠く、西の方から近付いている。河原の玉石や草を踏む足音、それも駆け足だ。音の調子からして四つ足ではない。

「何け」

夜に河原を走る者がいるとすれば、戦の兵か透破ぐらいだ。音の方に目を遣ると、小さく松明の火が見えた。

まずい。直感して新平は川から上がり、玉石の中で少しばかり草深い辺りに身を伏せた。駆け足の者は河原をどんどん近付いて来る。

あと十間、五間、そして目の前を通り過ぎて行った。

だが次の瞬間、がしゃ、と大きな音がした。走っていた者がもんどり打って転げる。

しまった。先に洗った罠を河原に置いたままにしていた。仕掛けていた訳ではないが、これを踏んだのに違いない。鋭く削った木を並べ、獣の足を噛む歯のように作ったものだ。踏めば人の足とて容易に傷付けるだろう。

新平は身を縮めた。罠を踏んだ者が苦しげな声を上げる。

「さ、真田の手の者か」

男の声だ。動転して発したのだろう。真田家に仇為す者であることが知れた。

どうする。見過ごせば、あれこれ良くしてくれる昌幸が苦しむことになろう。だが相手は武士か透破だ。真っ正直にやり合って勝てるとは思えない。

ふと、草むらの端で鈍く光るものが目に付いた。先に洗った鉈である。新平はそれに手を伸ばし、様子を探った。

男は周囲を見回している。しばし何かを疑っているようだったが、やがて自らの足が踏んだものを確かめて舌を打った。

「急がねば」

男は独りごちて足から罠の歯を抜き取り、立ち上がった。右足を引き摺りながら歩き始め、背がこちらに向く。

今だ。新平はぐっと奥歯を噛み締め、草むらから躍り出た。

「何奴」

男が感付いて振り向き、松明を捨てて腰の刀に手を掛ける。だが右足を痛めているために動きが鈍い。

「こんの、野郎めっ」

新平は身を低くして鉈を横に振り抜き、男の左脛を思いきり叩いた。ごつ、と骨に当たった感触が伝わった。

「あ、がっ」

男は苦しげな声を上げ、その場にくずおれた。立ち上がろうとするが、左脚の脛から先があらぬ方を向いていて思うに任せないでいる。

先に男が捨てた松明を拾い、新平は一目散に城下町へと走った。

急げ。急げ。早く誰かに報せねば。思いながら自らの家に駆け込み、これまで一度も使ったことのない広間に入った。松明で照らし、床の節穴を探す。そこに指を突っ込み、えいやと持ち上げると床板が外れた。床下には大穴が口を開けている。

穴に飛び込み、松明で照らして走る。城の三之丸、真田家臣の屋敷まで四町ほどの距離があるが、土の黒さの違いや壁面の飛び出し具合を見れば、どのぐらい走ったかはすぐに分かった。何カ月もかけ、自らの指示で掘らせた抜け道である。

「もうすぐじゃ」

ようやく道が上り坂となった。そのまま八間も走ると行き止まりになり、穴が上へと向きを変えている。手を伸ばして出入り口の地面に掛け、一気に外へと出た。

このような時、誰を頼れば良いか。答はひとつしかない。

「横谷様、左近様！」

叫びながら横谷の屋敷へと走る。穴のすぐ近く、十間ほど北側に門があった。

「開けてくりょうし。横谷様！」

閉められた門扉を、どんどんと叩く。騒ぎ続けると、横谷はすぐに出て来てくれた。

「おまえか。……何という格好で」

言われて思い出したが、水浴びの時のままの姿である。もっとも百姓は男女を問わず、野良仕事で素裸になるのは珍しくもない。

「そんなこと、どうでもええずら。大変だあ。怪しい奴が！」

ここまでの経緯を話して聞かせると、横谷は血相を変えた。

「何と。確かに『真田の手の者か』と言ったのだな」

「間違いねえです」

「分かった。おまえは家に戻っておれ」

そう残し、すぐに飛び出して行った。

新平は言うことを聞いて家に戻ったが、眠れるはずもなかった。

まんじりともせぬまま朝を迎えた頃、横谷が訪ねて来た。昨夜、河原に放っておいた荷物を持って来てくれたのだ。

「怪しい奴、どうなったんですけ」

「まだ何も言えぬ。とりあえず下原に戻るが良かろう」

問うても聞かせてくれぬと察し、村に戻った。

十日が過ぎて七月十五日のこと、新平は改めて上田城に召し出され、横谷に導かれて本丸館の庭へと上がった。そこには米の大俵が三つ置かれていた。館の縁側には昌幸がいたが、何とも近寄り難い空気を纏っていた。

「来たか。早速だが此度の働きに報いる。米三俵だ」

「え？　ええと、あの怪しい奴のことで？」

昌幸が「そうだ」と頷く。横谷が詳しく語ってくれた。

あの男は室賀孫右衛門《むろがまごえもん》と言い、小県で唯一真田家に従っていない室賀正武《まさたけ》の家臣ということだった。

「殿が碁の名手を招くことになっていたのは、おまえも聞いておるな。実はその名手とやら、室賀が手を回して信濃に呼び寄せたらしい。上田に招くことになったのも、殿が室賀に勧められてのことなのだ」

油断して上田の城門を開いたところで、兵と共に雪崩れ込む。昌幸を亡き者にするための謀だったそうだ。

「そんな、おっかねえ話じゃったんけ……」

昌幸は憎々しげに頷いた。

「室賀は徳川家の鳥居元忠と繋がっていた。鳥居は上田城に来たことがあって、城の造りを見知っておる。それを室賀に教え、わしを殺せと唆《そそのか》したのだ。おまえが手負いにした孫右衛門は、七日に決行すると、甲斐にいる鳥居に報せるための使者だった」

先に城下で会った時、昌幸は必要だからそうするに過ぎぬと言っていた。室賀正武なる者と戦をしている暇がないゆえ、良い間柄でいることを重んじたのだろう。

再び無言となった昌幸に代わり、横谷が胸を張って続けた。

「企みが分かれば容易いものよ。向こうの策に嵌《は》まったと見せかけ、誘き寄せるまで。俺がこの手で返り討ちにした。室賀の領も真田の手に入り、万々歳だ」

米三俵の訳が知れた。だが新平の胸に喜びはなく、思い浮かんだ別のことでもやもやとしていた。眉をひそめて問う。

「あのう。徳川って、殿様の殿様じゃねえんですけ。それが、どうして」

「徳川の大将に嫌われたということだ。これまで向こうの辛抱に託《かこつ》けて、わしはずいぶんと好き勝手にやってきたのでな。さすがに許せぬと思うたのであろう」

「でも、その。室賀って人をやっちまったんなら、徳川様は怒るずら」

「……徳川とはいずれ一戦交えることになろう。おまえにも、何か頼むやも知れぬ」

館の内へと消えるまで、ついに昌幸の顔が晴れることはなかった。

＊

小牧・長久手の戦いは長陣になっていた。三月に戦が始まって実に半年、もう九月である。羽柴と徳川を張り合わせ、両者の争いを利して肥え太るべし。その思惑も、一向に動かぬ戦によって崩れ始めている。徳川が画策した室賀の一件、これを返り討ちにした辺りから懸念してはいたのだが——。

昌幸は居室の畳に地図を広げた。信濃、上野、越後、越中、美濃、尾張、三河、遠江、駿河、甲斐、各地に加留多の札と、兵力に応じた数の碁石を置いていく。徳川方を示すのは剣の模様の札、羽柴方が銭の模様の札である。真田は形の上だけでも徳川方ゆえ剣、北条も一応は徳川の盟友ゆえに同じであった。

しばし思案に暮れた後、昌幸は地図をまじまじと見つめ、傍らの碁盤に石を並べた。

「誰かある」

参じた小姓に叔父・綱頼を呼ぶように命じる。叔父はそう長くを待たせず廊下に至った。

「ご用かな」

「お入りくだされ」

そして先に石を並べた碁盤を示す。

「黒の番です。どう打ちます」

叔父は碁盤の前に腰を下ろし、三つ数えるほど考えてから石を手に取った。

「こうじゃな」

ぱちりという音を聞き、昌幸はうな垂れた。

「何かまずいのか」

怪訝な顔に向け、ゆっくりと頭を振って見せた。

「いいえ。やはりこの局面をすぐに動かすことはできぬのかと思いまして」

叔父は碁盤と地図を交互に見て「ははあ」と得心顔になった。

「これは小牧か」

「そうです。どうあっても戦を動かすことはできない。もしも」

碁盤の右端の石を並べ替える。

「こうなれば、黒も白も動きようがあるのですが」

叔父は「はは」と呆れたように笑った。

「そうならなんだのは、昌幸殿が信濃に打った一手の結果ぞ。待ったは利かぬ。次の手を考えねばならん」

溜息をつきながら、渋い顔で頷いた。叔父は含むところあるように問う。

「家康からは、その後何か言ってきたのか」

「何も。室賀を討ったことで、向こうも、それがしに見抜かれたと分かったでしょう。戦は避けられぬと踏んでおるはず」

「ふむ。尾張の戦も年を越すほどの長陣にはするまい。羽柴か徳川、どちらかが近いうちに落としどころを探るであろう。年が明ければ、徳川が当家に牙を剝くのは必定ぞ」

昌幸は腕組みをして、歯切れの悪い言葉を発した。

「徳川との手切れは遠からず。手を拱いておられぬのは道理なれど」

真田は小県一郡を完全に握り、上野の西半分を押さえた。小なりとは言え大名と呼ばれるほどになっている。それでも、四ヵ国半を従える徳川と戦うにはまだ力が足りない。

銭の札を取り、地図の上、上田に置かれた剣の札と取り替えた。少しするとまた剣の札を置き直す。何度か交換を繰り返した後、昌幸は両方を置いて溜息を漏らした。

「徳川に抗するためか。難しいのう。が、煮えきらぬのは昌幸殿らしくない」

叔父が発して剣の札を取り除く。然る後に別の一枚を取り、地図に置いた。化け札であった。

「まずは徳川を化かしきることを考えねばならぬだろうよ」

「羽柴は今でさえ徳川以上に力を持っております。この懐に飛び込むは、伸るか反るかの賭けにござれば」

するると叔父は、厳かな面持ちで反した。

「昌幸殿は羽柴秀吉という男を知っておるのか。知らぬだろう。にも拘らずそう言うのは、何もせず、ただ恐れているに等しい。それで乱世の化け札などとは片腹痛い」

言葉に詰まる。そこへ諭すように続けられた。

「楠流にも『必ず以て敵の心を奪う』と言うだろうよ。秀吉を化かすには、まず知ることだ」

必ず以て敵の心を奪う——相手の心を知って考えを読み、最も困ることをせよ。昌幸が軍略の範とする楠流に於いて、奥儀《おうぎ》十六箇條のひとつとされることである。

苦笑が漏れた。やはり叔父は頼りになる。

上杉に余裕が生まれ、調略の手を伸ばされるようになった。家康も刺客を寄越してきた。これまであしらってきた相手が揃って逆襲に転じたことで、己が心には今までにないものが生まれていたのだ。焦り、苛立ち、恐怖、それゆえに迷っていた。これを乗り越えねば次はない。

「……目が覚め申した。それがし、化け札たらんと決めたからには」

昌幸は目を瞑り、両の掌で自らの頬を強く張った。そして、見開く。大声で呼ばわった。

「左近やある。これへ」

廊下の向こうで小姓が走り去る足音がした。少し待つと横谷が足早に参じた。

「お役目にござりますな」

「ひとつ遣いを頼む。川中島の常福《じょうふくじ》寺に善誉《ぜんよ》という僧がおる。これを上田に招きたい」

「はっ。して、何用にて?」

クク、と笑って返した。

「徳川と手を切り、上杉に盟約を持ち掛ける」

「それは、また」

横谷は絶句した。これまで散々に煮え湯を飲ませ、良いように利用してきた相手ではないかと言いたいのだろう。だが、と峻厳に命じた。

「本国の越後と川中島、双方に頭痛の種を抱える上杉なればこそ応じる目がある。だが、それのみに非《あら》ず。上杉を通じて羽柴の懐に入る……徳川を喰らい、羽柴を化かすための盟約ぞ。行け」

「は……はっ！」

横谷は気圧《けお》されながらも鋭く頷き、走り去った。

昌幸は叔父と短く眼差しを交わし、地図に目を落とした。

「待っていろ、秀吉」

自らに言い聞かせるための呟きでもあった。

二ヵ月後の十一月、小牧・長久手の戦いは終わった。徳川の盟友・織田信雄が秀吉と和議を結び、家康もこれに倣わざるを得なかったためである。戦の終結は、即ち真田と徳川の衝突が間近に迫っていることを意味していた。

一方、上杉に持ち掛けた盟約の話は即答を得られなかった。とはいえ、断固拒否するというのでもない。粘り強く、しかしできる限り早く交渉をまとめねばならなかった。

四　上田の風雲

小牧・長久手の戦いが終結して一ヵ月余、年明けの天正十三年（一五八五年）を迎えると、家康はまたも上野領明け渡しを求めるようになった。昨年七月に刺客《しかく》を寄越した上での要求は、厚顔ゆえではない。脅迫そのものである。だが昌幸は、のらりくらりと逃げ続けた。

四月、上田城――。

「そうだ。格子《こうし》の目は細かく組んでおけよ」

昌幸は城下普請の傍ら、町衆に賦役を命じていた。戸石城のある太郎山から大量に木材と竹を切り出し、柵を作っている。木を縦横に組んだ柵の裏表には、割った竹を格子に編んだものを取り付けるよう指示した。

そこへ、土煙を立てて馬を馳せ付けた者がある。戸石城代を命じた池田綱重であった。

「殿！　そこにおわしましたか」

池田は大声で呼びかけると共に、体ごと後ろに傾けて手綱を引いた。急な制止に馬はけたたましく嘶《いなな》き、棹立ちになって止まった。

「一大事、一大事にござります」

馬上から転げ落ちるように下りて叫び散らす。昌幸はこともなげに返した。

「家康が兵を出したか」

「え？　ご存知で」

意外そうな顔に、大きく首を横に振って返した。

「頃合だろうと思った。それだけのことだ」

そして、背後にある賦役衆の頭に向く。

「柵は今、一日でいくつ作っておる」

「六つぐらいは」

「ふむ、いささか遅いな。絵図面どおりにするには、日に八つも作らねばならん」

「へ、へえ。急ぎます」

「頼む。給金は弾むぞ」

池田に手招きして踵を返し、城へと向かった。いくらも進まぬうちに、池田は目を丸くして問う。

「殿、これは？　戦に備えて柵を作るとはお聞きしましたが、目抜き通りがすっかり塞がれておるではございませぬか」

「ああ。わしが、そうせよと命じた」

真っすぐ城へと通じる大通りは、大手門から三つめの辻で塞がれていた。北向きの小路も同様である。昌幸は南の小路に入ると、わざわざ裏路地を何度も曲がり、半刻（十五分）ほどもかけて門から二つめの辻に出た。

「悠長なことをしておる時ではございませぬぞ」

池田がやや苛立った声を寄越す。さもあろう、柵で塞いだ場所を避けるだけならすぐに大通りまで戻れるにも拘らず、ずいぶんと無駄な道を通った。

昌幸は、ほくそ笑んで応じた。

「道案内をしてやったのに、怒ることはなかろう」

「は？」

「今後、城に至るには今のとおりに進まねばならぬ。そのように、柵で道を封じるのでな」

池田は後ろに付いて歩きながら、しばし黙って考えていた。やがて大手門の前まで来ると、ようやく口を開く。

「道を封じるのは策なのですな」

「他にあるか。そうでなければ、わしも斯様に面倒なことは御免被《こうむ》る」

「されど城下の町など、城攻めに先立って焼き払われるのが常にございますぞ」

小細工をしたところで無駄であろうという口ぶりだった。

昌幸は懐に手を入れ、白黒いくつかの碁石を取り出して池田に渡した。

「それを投げて、わしに当ててみよ」

「左様な無礼は」

「構わぬ。当てることができたら褒美を遣わす」

池田は戸惑いつつも「されば」と軽く石を放った。ひょい、と避ける。

「もうひとつ」

また石を放る。昌幸は大袈裟《おおげさ》に「ひゃあ」と声を上げて逃げた。

「どうした綱重。わしはここだ。逃げるしかできぬ者に当てられぬようでは、戦場でも役に立つまいな。ほれ、ほれ」

尻を向けて、ぺん、ぺんと叩く。存分に愚弄《ぐろう》して走り、一目散に大手門を指した。最前からの苛立ちも手伝ったのだろう、池田は少しばかりいきり立って追って来た。そして門前で立ち止まった昌幸に向け、碁石を投げた。

投げられた石を左手で受け止め、にやりと笑う。

「これが答えだ」

「……何が何やら」

「その時になれば分かる。まずは来い」

池田と共に門をくぐる。大手門を入ってすぐ、三之丸から二之丸へと続く道の南には真田一門の屋敷、北には家臣の屋敷が建ち並んでいる。これを覆い隠すように松の木が植えられているのだが、池田はこの光景を見てまた目を丸くした。

「松の枝が」

「全て払い落とした」

昌幸はにんまりと笑って本丸館へと向かった。

広間に入り、小姓に命じて叔父と横谷左近を呼ばせる。二人が揃うのを待って池田を促し、徳川の出陣について詳しくを報じさせた。

池田は一礼して発した。

「此度の出陣は、家康公が自ら八千の兵を従えているとのこと。上野を明け渡さねば、脅しでは済まなくなりましょう」

一郡を握ったとはいえ、真田が小県で揃えられるのは千二百から千五百と言ったところであった。上野領では二千を整えられるが、北条が虎視眈々と狙っていることを思えば、いざ戦となっても呼び寄せられぬのが道理である。

池田の顔は常よりもずっと緊張に満ち、がちがちに固まっていた。気持ちは良く分かる。だが昌幸は平然と返した。

「徳川は本気で真田を潰しにきておるのだ。そのぐらいの数は当然だろう」

池田は大声を張り上げて抗議した。

「左様に悠長なことを！　八千、八千なのですぞ」

八千対千二百──彼我の差はあまりに大きい。数の上では六倍から七倍といった差だが、ひとりで六、七人を相手にするのとはまるで違う。隣にいる六人の敵が味方ひとりを捨て置き、自らの相対する七人に加勢するかも知れぬ。下手をすれば味方ひとりに数十人の敵が群がることもある、それが全体の数が増えるということであった。

「徳川だけではありませぬ。北条が上田攻めを知らば、きっと上野を窺うでしょう。信濃でも深志城の小笠原が背後を衝くやも知れず。もっと真面目にお考えくだされ」

重ねて絞り出される池田の声は、ともすれば泣き出さんばかりに悲痛なものになっていた。

「当然、真面目に考えておる。うろたえるなと申しておるのだ」

昌幸は「やれやれ」という気持ちを顔に出して池田を宥めると、声を低く落ち着けて横谷に問うた。

「上杉との話は？」

横谷は決まり悪そうに頭を振った。

「常福寺の善誉殿が再三、海津城を訪れておりますが……未だ色好い返事はもらえぬとのことにございます」

そして眉根を寄せ、身を乗り出した。

「徳川との手切れは上杉との盟約が整ってこそにございましょう。手間取ることは殿も承知しておられたでしょうし、話がまとまらぬうちに兵が出されたとあっては」

池田が大きく頷いて続いた。

「左近の申すとおり、ここはさすがに……家康公のお下知を聞き、上野を明け渡すに如《し》かずと存じます」

叔父・綱頼もゆっくりと頭を振り、溜息交じりに発した。

「わしは隠居の身、昌幸殿の仰せに従うておれば良いものを、余計なことをしてしまったかも知れぬのう」

昨年のことを言っているのだろう。上杉を通じて羽柴に鞍替えするかどうか、迷う己を叱咤した一件である。昌幸は「はは」と笑って応じた。

「何を仰せになられるやら。叔父上は迷いを断ち切ってくださったのみ。あれは間違いなく、この昌幸の決めたことにござる」

そして池田と横谷に目を遣った。

「綱重には先にも言うたが、家康が兵を出すことは見越しておった」

先月のこと、羽柴秀吉が紀州《きしゅう》雑賀《さいか》党《とう》を平らげるために兵を出した。家康は徳川軍のみで秀吉と再び相対することを最も恐れていたはずだ。しかし秀吉は表向きの和議を以て、まずは足許を固めに掛かった。当面の再戦が回避できるなら、先んじて真田との因縁を決着させようとするのが当然であった。

「ゆえに戦支度を進めておる。城下を迷い道に仕立てるのが第一歩だ。まだまだあるぞ」

池田が、なお不安そうに捲し立てる。

「まだまだと仰せられましても、家康公の軍は既に甲斐に入らんとしております。間に合いませんぞ」

昌幸は「少し落ち着け」と言う代わりに顔をしかめ、蠅《はえ》でも払うかのように手を振った。

「最後にもう一度だけ明け渡しを命じる使者があろう。家康自ら軍を出し、単なる脅しでは済まぬと示しておるのだから、これは間違いない。返答を引き延ばすぐらいはできよう」

「どうあっても上野は明け渡さぬと？」

「向こうが、戦で決するしかないと思っておるのだ」

池田はついに口を噤んだ。が、ひと呼吸の後に身を震わせ始め、ぼそりと発した。

「それでは、信尹様の身は」

当然の懸念であろう。しかし昌幸は「大丈夫だ」と言い放った。

「家康は、信尹を斬らぬ。八千という数を寄越したのは何のためか。こちらの気を萎えさせて一気に終わらせたいからだ。だが戦の前に信尹を斬れば、真田家中は身分の上下を問わず怒りに燃えて奮戦するであろう」

自らそう言ったものの、瞬時「それだけだろうか」と胸に思う。そこに、横谷が険しい顔で別の問いを寄越した。

「我らが勝ったら、報復に信尹様を斬ることもあるのでは」

胸中になぜか苦いものを覚えつつ、昌幸は応じた。

「それもない。家康は負けたまま終わる気はなかろう。信尹を斬れば、わしを脅す手札が一枚減ることになる」

「ならば、我らが負けたら用済みとばかりに」

今度は叔父である。昌幸はその言葉にも首を横に振った。

再び胸に思う。家康が一気に戦を決しようとしているのは、あるいは信尹を「斬りたくない」

からではないのか。信尹は才ある男だ。徳川に潜り込ませてほぼ二年、家康がそれを愛でていることは十分に考えられる。それこそ、兄の贔屓目なのかも知れぬが――。

叔父の問いには言葉を返さず、ただ苦い笑みだけを向ける。そして大きく息をつき、三人をざっと見回した。

「綱重、左近、肚を決めよ。家康は既に刺客まで寄越した。上野を手放したところで真田を許す気などなかろうよ。力を殺がれた上で攻め滅ぼされるのが落ちだ」

今まで家康に散々な目を見せてきたという自覚があるゆえ、自信を持って言い切った。目の前の三人は互いに顔を見合わせていたが、やがて叔父が「ふう」と溜息をついた。

「我らも、家康を怒らせる片棒を担いだ……か」

池田と横谷も、このひと言を以て肚を据えたようであった。昌幸は頷いて発した。

「左近、ご苦労だがすぐに常福寺に走れ。善誉殿を通じ、海津城に申し入れたきことがある」

「はっ。申し入れの儀は？」

「わし自ら使者に立とう」

それが何を意味するのか、三人の重臣は理解したようであった。

＊

五月、海津城――。

昌幸は上杉重臣に囲まれて、本丸館の広間で平伏していた。正面、三間を隔てた先から声がかかる。

「面を上げよ」

従って平伏を解く。主座にあるのは、ふくよかな丸顔に大きな吊り目、上杉景勝であった。以前、武田家臣として会った頃よりも眉間の皺が深くなっている。

「お目通りの儀、お聞き入れいただき恐悦至極《きょうえつしごく》」

景勝は、じろりと目を動かした。

「会うことを承知したに過ぎぬ」

飽くまで盟約の件は別だと言う。しかし昌幸にとっては、どちらも同じことに思えた。

「何用あって参ったか、察しておいでとお見受けいたしますが」

「だから何だ。わしが海津まで出向いたは、直々に断るためとは考えぬのか」

「そのおつもりなら、今までに断る機会はいくらでもあり申した」

なのに、なぜ明確な返答を引き延ばしているのか。上杉とて真田の力と小県郡、西上野が欲しいのだろうと眼差しで挑む。図星ゆえか、景勝は小さく舌打ちをした。

「其許は先年、上杉に従うと言いながらひと月で掌を返した。不届き千万である。まず、あれが何ゆえかを聞かせてもらおう。わしが得心できねば以後の話はないものと心得よ」

昌幸は口の中で、声を出さずに「クク」と笑った。

「然らば、それがしからもお聞きいたしましょう。かつて真田が麾下に参じた折、上杉家は盟主として何をなされたか」

北条に圧迫されていると知りながら、援軍を寄越さなかったことを遠回しに責めた。

「それは」

景勝は口を開き、すぐに苦虫を噛み潰したような顔になった。北越後に新発田重家の謀叛が起き、援軍を出す余裕がなかった。その言葉を飲み込んだのだろう。盟主の責務を果たせなかったのは事実なのだ。弁明して後手に回ることを嫌ったらしい。

昌幸は追い討ちをかけた。

「境目の者は向背勝手、それが戦乱の世の習いにござりましょう。ゆえに真田は生き残りを賭けて北条に降ったまで。これを咎めると仰せなら」

「良い」

「上杉に降る者とて、全て不届きということに――」

「もう良いと言うておる！」

景勝は一喝で返答を遮った。そして脇を向き、心底嫌そうにひと息を吐いて続けた。

「そこまでは良い。その後も弟・信尹を海津城に残し、調略を続けておったろうが」

昌幸は、からからと笑った。

「大国・上杉の当主とも思えぬ物言いにござる」

「何だと」

目を剝かれたが、何でもないとばかりに返した。

「信尹が調略を働いたのは、真田が上杉の下にあった時のことにござりましょうか」

否である。景勝が憤怒《ふんぬ》の形相で押し黙ったのを見て、なお続ける。

「そもそも、真田が北条に鞍替えした後も信尹を抱え続けたは、上杉家の勝手にござろう。加えて申すならこの昌幸……いやさ真田は、二代前、父・幸隆の頃から調略を以て敵を挫く手管を多く用いてきた。互いに敵となったからには調略も当然のこと。我が弟に用心することなく抱えていたとあらば、上杉家の不覚悟――」

「黙れ！」

再度の一喝が加えられた。養父の謙信もそうだったと聞くが、景勝も多分に、頭に血が上りやすいらしい。

そうした欠点を、景勝は自ら承知しているのだろう。大きく三つ息をして、声を落ち着けてから発した。

「其許の申しよう、もっともである。されど上杉が真田に不信を抱くのも道理ぞ。くるくると、猫の目のように主君を替える。斯様な者を信じて盟約をと申すなら、其許の策、調略が今後は上杉を利するために使われると証を立てるべし」

昌幸は「ふふん」と鼻で笑った。

「今、景勝公はこの昌幸を信じておられませぬ。それは自らの情、心を飼い慣らしておられぬからにござる。然らばそれがしが何を以て証と為したとて、まず疑うことが先に立つ。このまま傘下に入り、上杉のために調略をしても、またぞろ寝返る算段かと疑うのみではござりませぬか。主家が斯様なお気持ちである以上、それがしは上杉のために調略をすることはできませぬ。そのことだけは天地神明に誓って申し上げられます」

敢えてやり込めた。景勝の顔が見る見るうちに朱に染まる。ぎり、と歯軋りの音がここまで届くほど憤っている。

景勝が口を開いた。怒声が飛ぶ――。

その前に、腹の底からの大声を捻じ込んだ。

「お考えあれ。調略、密謀は真田のみで成し得ることに非ず。寝返り、裏切り、それがしが悪巧みをするなら必ず相手があり申す。然らば上野・下野の国衆を通じ、謀の相手を探れば良い。上杉家は関東管領《かんとうかんれい》、誼を通じた国衆とて多くある。訳のない話ではござりませぬかな」

景勝が目を見開いた。顔を彩っていた激怒が、じわり、じわりと退いてゆく。

信じられぬなら、信じぬままで良い。こちらの動きを疑うのであれば、如何様に調べられても構わぬ。逆説の真理であった。真田に不信を抱き、昌幸に怒りを覚えていたからこそ、景勝は思い至ったのだ。これを以て証が立てられたのだと。

あまりにも偉大な先代・謙信から家督を継ぎ、領内にいくつも火種を抱えながら、ここまで上杉家を保ってきた景勝である。その器量を信じ、景勝がこの真意に辿り着くことに賭け、そして昌幸は勝った。

景勝は未だ何も言わぬ。昌幸は「ふう」と長く息を吐き、静かに続けた。

「もし上杉との盟約が成らねば、真田は徳川に従い続けるため、上野を手放すしかござらぬ。されど、それでも徳川はいずれ真田を潰しましょうな」

疑いは自力で解決できると分かったはずだ。その道を取らず、ただ北条と徳川から圧迫されるだけの道を選ぶのか。言外に示すと、景勝はしばしの後に発した。

「もう聞きとうない。話はこれまでじゃ」

不機嫌そうな声音は、この上なく静かで落ち着いたものでもあった。

＊

七月十五日、上田城——。

城に参じる者があった。丸子城主・丸子三左衛門である。

「徳川家からのお下知、どうなさるおつもりか」

あからさまに苛々として、本丸館の広間でがなり立てる。昌幸は内心「うるさいな」と思いつつ返した。

「どうもこうも、生き残れるように立ち回るのみ。手は打ってあるゆえ、そう騒ぐでない」

「手とは？　あの迷い道の如き城下のことにござりますのか。それとも迷い道の中に築いた半端な柵にござろうか」

「どちらもだ。まだあるが」

「斯様なもの、焼き払われたらそこまででしょう。まったく……貴殿には騙されたわい」

丸子は一昨年の天正十一年、昌幸の調略を受けて真田に従う道を選んだ。もっともその実は徳川の威を借りた恫喝に等しい。にも拘らず当の真田が徳川に睨まれているのでは、なるほど騙された思いだろう。

「このままでは我が城も……」

嘆く丸子に、昌幸は「待て」と渋面を向けた。

「だからと言って、真田に上野を捨てよと申すのか」

「家康公は信濃に一郡をくださると仰せなのでしょう。従わぬ方がおかしい」

「二年も捨て置かれおる空手形ぞ。それに何度も申しておるとおり、上野を渡したとて攻められるのは間違いないところだ。いい加減に聞き分けて戦支度をするが良かろう」

押し問答に陥った。昌幸は立ち上がって主座の左右を行ったり来たり、無言で歩き回る。そしてまた座った。

昌幸とて苛立っている。景勝は間違いなく真田との盟約が持つ重みを認めた。そう信じてはいても、明言されねば丸子ひとり黙らせることもできない。ただ待つだけというのがこれほど辛いものだとは思わなかった。

「とにかく――」

今は丸子を帰らせるべし。思って口を開きかけたところ、小姓が廊下に駆け込んだ。

「申し上げます。上杉景勝公より、書状、届きました」

来た。小姓の声も上ずっている。是か非か、どちらだ――。

憤然としたままの丸子を捨て置き、自ら小姓の元に足を運ぶ。黒漆塗りの文箱から荒っぽく書状を取り出し、奉書紙の包みをもどかしく思いながら外した。紙の端を右手に取って手首を強く振ると、畳まれた書状がぱっと開いた。

目を落とす。次第に、昌幸の顔には熱を帯びた笑みが浮かぶようになった。

「是だ」

ずかずかと丸子の前に進み、どかりと尻を落とす。景勝からの書状を膝元に広げてやった。

「見よ三左衛門。上杉景勝公より、真田の味方をする旨の起請文だ」

丸子は起請文とこちらの顔、交互に視線を動かしつつ、空恐ろしいものを見る目になった。

「もしや、これは、この」

「これこそ徳川に抗する最大の一手ぞ。気短な家康を相手にここまで粘り、味方も得た。勝つ道が開けたのだ。分かったら、さっさと城に帰って戦支度を進めよ」

「は……はっ」

追い立てるように丸子を帰すと、昌幸はすぐに叔父と横谷を呼んで盟約の起請文を示した。

真田が再び従うこととなった上は、上杉は見捨てることをしない。北条・徳川が兵を出した際には、上田のみならず西上野の吾妻郡や沼田にも援軍を送る。この先は真田に密謀の噂があっても、まずは仔細を調べて両家の誼を保つように努める。先の交渉で話したことへの回答が、はっきりと記されていた。

叔父が白髪頭の生え際まで紅潮させて声を弾ませた。

「良くぞ、ここまで上杉に譲らせたものよ。これは真田の勝利ぞ。兵を使わぬ戦で、真田は勝ったのだ」

「景勝殿は道理を弁えた人であった、それだけのことです。加えて、やはり北条・徳川の挟み撃ちは恐いのでしょう。真田を従え、小県と西上野、二枚の盾を得られることは大きい」

「然らば昌幸殿、次に為すべきは」

昌幸は大きく頷いて返した。

「はい。徳川との戦で十全な結果を示すこと。それがあってこそ上杉の後ろ盾……羽柴秀吉に渡りを付け、天下を化かすことができ申す」

そして、勢い良く立った。

「叔父上、このことを小県の各地に報じてくだされ。左近は上野の各地に。わしは策の仕上げに掛かる」

綱頼と横谷はすぐに起請文を書き写しに掛かり、昌幸は小姓に供を命じて城下へ向かった。

東に向いた大手門を出ると、二つめの辻は東と北が柵で塞がれ、南に向かうしかなくなっている。これに従って南への小路に入ると、裏路地にも道を塞ぐ柵が張り巡らされ、右に曲がり、左に折れ、左を指したかと思えば右に向くと言った具合になっていた。

その上、迷い道の中には、ところどころに木を縦横に組んだだけの柵があった。高さは人の胸までのものから頭を超えるぐらいまで、まちまちである。

この柵は城へと続く側を頭として八の字形に設えられている。それを幾重にも配し、しかも左右の柵を前後にずらしてあった。通行を完全に遮るではないが、右に行き、左に戻りを繰り返して縫うように進まねばならない。丸子三左衛門が言うところの「半端な柵」を擦り抜けながら、昌幸は亡き友・依田信蕃を思った。

（おまえに教えてもらったものだ）

かつて兵糧に窮した依田が昌幸に助けを求めた時、立て籠もっていた三澤小屋の土塁の間にはこの千鳥掛けの柵が張り巡らされていた。数に勝る敵が進みにくく、退く時にはさらに手間取る代物である。

通りにくさを確かめながら路地を進み、目抜き通りの三つめの辻に出ると、ぱっと視界が開けた。ここには千鳥掛けがない。賦役衆が威勢の良い掛け声と共に目抜き通りの東へと丸太を運んでいる。千鳥掛けは、今まさに作業をしているこの場所だけ途切れている。賦役の者たちは昌幸の姿を目にすると、ざっと左右に分かれて道を開けた。そこを通り、再び柵が続く中を右へ左へと縫って進む。向こうでは、屈強そうな体の者が梯子の上に登り、仕上がった柵を槌で地に打ち込んでいた。目抜き通りから南北の脇道に逸れる小路の全てが竹の目隠し付きの柵で塞がれていた。

そのうちのひとつ、北に向かう小路に至る。昌幸は千鳥掛けを縫うのをやめて、小路口を塞ぐ柵の足許を蹴った。ざざ、と地を擦る音を立てて、柵が小路の方に動く。他の柵とは違い、蝶番を使って扉に仕立てられていた。

開いた扉の向こうへと続く路地は、人が三人並んだら一杯という幅でしかない。昌幸はそこへ足を踏み入れ、路地裏の一軒を指して進んだ。

次第に、人の声が大きく聞こえるようになる。

向かった先は、城下に与えた新平の家であった。

「どうだ、新平」

「こりゃあ殿様」

七月の夕暮れ近い陽光を受けて間抜け面が綻んだ。刈り入れが始まって百姓は忙しい時期であるが、無理を言って賦役に駆り出したものである。

新平は目を細め、手にした薪の束を持ち上げた。

「良う干されちょります。元々が松の枝じゃから脂《やに》もある。これなら長く燃えるずら」

「幾束できた」

「ええと。一昨日から作って、もう三百束ぐらいじゃねえですけ」

「よし、上々だ」

「お城の松、すっかり枝がのうなって寂しいもんでしたが」

昌幸は「はは」と笑った。

「上田城が残りさえすれば枝はまた生える。薪の束は、こんなもので良い。表通りの町衆に配っておけ。それから、おまえには別にやってもらうことがある」

昌幸は新平を手招きし、ひそひそと耳打ちした。

「ええ？　うらが？」

「そうだ。わしの話し相手を命じ、今までに何度も役目を申し付けた。そういう者なら村衆も信用するだろう。薪を配り終わったら、すぐに行け」

新平は少し当惑した風に、おずおずと言う。

「けんど、みんな百姓ずら。うらも殿様も、怨まれるんじゃねえですけ」

「それでもだ。真田が生き残り、村衆を守るためには如何にしても必要なことぞ」

たとえ自らが誹られ、嫌われても、必要ならばそれを為す。昌幸と新平、二人の変わり者に相通ずる気質である。肩をぽんと叩いてやると、新平の顔はじわりと変わった。知り合って以来、初めて「間抜け面」以外のものを映している。

「そうか……。そうじゃね。うらがやらにゃあ」

新平と頷き合い、昌幸は城へと返した。

戦支度が仕上がりつつあることを見届けた昌幸は、家康に書状を送った。上野を明け渡せという下知への返答である。

そもそも上野領はかつての武田領であり、真田が代官を務めた地である。織田信長が横死した後とて、徳川から下されたものではなく、自らの力で取り返したものだ。北条との和議に際して一言もなく「切り取り勝手」としたのは理不尽極まりない。

加えて言えば、徳川に帰順してから実に二年が経とうと言うのに、最初に約束された知行すら未だ下されていない。亡き友・依田信蕃と共に戦い、また家康本人にも策を示し、徳川のために尽力してきたにも拘らずである。

これを怨みに思うことこそあれ、どうして恩義と感じるだろう。真田に上野領を返上せよと命じるのは、ただ小勢の足許を見ているに過ぎない。斯様な主君に従い続けることを是とする者など、どこにいると言うのか――。

痛烈な言葉で上野の明け渡しを断固拒み、徳川との手切れを宣言する書状であった。

＊

下原村の東、本原村の出配《いずへ》神社は、古来「出水を配る」として百姓には馴染みの深い場所であった。

ここには二つの鳥居がある。ひとつめの鳥居から石段を上がり、社殿の手前にもうひとつ。それぞれの鳥居は二間足らずの高さで然して大きくない。これらと社殿は鬱蒼と繁った森に包まれているが、鳥居の前には参道として少しばかり開けた地があった。その草むら、初秋を迎えて枯れ始めたところが人で埋め尽くされている。真田郷の村々から集まった百姓衆であった。野良仕事の時の、のんびりとした空気ではない。ざわめきの中に、ずん、と重いものが感じられる。

新平はひとつめの鳥居をくぐり、石段を上がって皆を見下ろした。夕刻とあって広場は暗く、ひとりひとりの顔までは見渡せない。

「みんな、良う集まってくれたなあ。下原の新平だあ」

隅々まで届くようにと声を張り、深々と頭を下げた。先までざわついていた人の群れが、ぴたりと無駄口をやめた。

新平は再び頭を上げた。

「それぞれの村長から話があったじゃろ。真田の殿様が、うらたち百姓の力を頼んでいなさる。どうか力ぁ貸してくりょうし」

すると向かって右前にいる者が、すっと手を挙げた。

「新やんは殿様のお気に入りじゃ。おまんの話なら本当じゃって分かるけんども、何したらええんけ」

言わねばならぬ。新平は、ごくりと唾を飲んで発した。

「徳川の兵と、戦ってくりょ」

途端、静まり返っていた人の群れが再びどよめいた。

「戦う……ちゅうてものう」

「徳川様は、真田の殿様の、そのまた殿様ずら」

「だいたい、百姓に何ができるんけ」

「無茶ゆうなし」

思ったとおり、口々に不満を漏らしている。新平は苦い面持ちで両の掌を皆に向けて宥め、大きく声を上げた。

「まんず、聞けし。真田の殿様は、徳川様と手を切るって決めた。上田のお城でも戦支度を進めてんだ」

左手の奥から訝しげな声が上がる。

「本当なんけ」

新平は胸を張った。

「今まで殿様からあれこれお役目を仰せつかった、うらがゆうんじゃ」

正面の中ほどで、ぼそぼそと発する者がある。

「ほいでものう。百姓は賦役でも戦なんかしねえずら」

百姓は戦場の賦役を命じられても、実際の戦をすることはまずない。何の鍛錬もせずにいきなり槍や弓、鉄砲を持っても役に立たぬからだ。戦うのは武士や雇われの足軽であり、賦役衆は雑用をこなす。

新平は頷いて「じゃけんども」と応じた。

「殿様が仰せじゃった。小県では千二百、どんだけ頑張っても千五百しか兵を集められんて。徳川は甲斐に八千もいるっちゅう話ら」

百姓の集まりは、蜂の巣を突いたような騒ぎになった。

「そんなん、死にに行けっちゅうもんずら」

「負けるじゃろうが。うらたちゃどうなるんけ！」

怒号が飛び交う。中には石を投げてくる者すらあった。新平は弱りきって「待て、待て」と何度も声を上げる。だが誰ひとり聞こうとしない。

次第に腹が立ってきた。この者たちは何なのだ。誰も彼も目先のことしか見えていない。何が本当に大切かを、考えようとすらしないとは。

新平は飛んで来た石を叩き払い、すう、と大きく息を吸い込んだ。

「黙れし、馬鹿たれ共！」

一喝すると皆が口を閉ざした。目には鬱々とした怒気を宿している。それらに向けて「ああ、もう」と叫び、荒々しく怒鳴り声を上げた。

「おまんら本物の馬鹿け！　ほんなら聞くけどよう、真田の戦が嫌じゃちゅうて、おまんらどうするんけ。徳川に付くんけ。それで今みてえに安い年貢で済む訳がねえら」

目先のことしか見ようとせぬなら、それを以て黙らせるのみ。なお声を張り上げた。

「甲斐の話、聞いちょるずら。苦労して作った米は六分目も持ってかれて、その上あれこれ毟り取られんだ！　武田がのうなってから、真田の殿様は五分目しか取ってねえ。何かにつけて施しまで、くださったずら。今まで誰が、うらたち百姓を守ってくれたんだ。真田の殿様じゃねえけ」

この剣幕に皆が気圧される中、最初に手を挙げた者が、おずおずと発した。

「新やん、落ち着けし。ゆうてることは分かるけんども、うらたちゃ戦なんぞしたくねえんだ。戦なんぞやめてくりょって、殿様に頼めねえんけ」

ふう、と息をついてから返した。

「殿様がゆうんだ。今やらんでも、そのうち戦になるって。徳川はどうしたって真田を潰す気なんじゃ」

百姓衆の上に、またも重たい空気が圧し掛かる。が、新平は構わず捲し立てた。

「なあ。ほんなら一揆でもして、真田に歯向かって死ぬんけ。馬鹿のやることずら。百姓ってのはよう、どっちにしたって戦に巻き込まれんだ。ほんなら殿様に味方して戦った方がええら」

それでも皆は煮えきらぬ溜息を聞かせるのみであった。

「百姓が戦って、勝てる訳がねえ。皆殺しずら」

誰かが不満げに呟く。何を考えるよりも先に、新平は口を開いていた。

「みんな真田の殿様が『こうせい』って命じてくださる」

今まで己に下された役目は全てそうだった。昌幸は「おまえだからできたのだ」と言ってくれるが、自らそう思ったことはない。昌幸の下知、策というものは、それほどに完成されている。数々の役目を果したからこそ、このことについては微塵《みじん》も疑わなかった。

己が心中に問い、きっぱりと続けた。

「言われたとおりにすればええ。それで勝てる」

百姓衆を包むものが少し軽くなった。もうひと押し、何かないか。先に皆が黙ったのは――。

「あのな、おまんら。殿様も、ただで戦をしろなんて、ゆうてねえんじゃ。徳川との戦で働いた奴は向こう二年、年貢が半分になるんじゃぞ」

途端、重かった空気が一掃された。皆が皆、目を血走らせて身を乗り出している。

「そりゃあ本当け」

新平は大きく頷いた。

「本当じゃとも。おまん、年貢はいくらじゃ」

「毎年、二石じゃ。上杉が恐えから、真田と半々で納めちょるが」

境目の地の百姓は生き延びるため、双方の勢力に年貢を半納する。これも戦国の習い、新平は指差して「それよ」と応じた。

「徳川と戦って勝っても、真田は向こう二年、二石出せなんて言わねえ。やっぱり一石しか取らねえんじゃ。殿様がゆうちょった」

嘘である。だが皆を動かすには、これしかない。昌幸にも納得してもらえる自信はあった。

百姓の群れが、わっと沸いた。新平はその喧騒を上回る大声で呼びかけた。

「みんな、刈り入れを終わらして、八月になったら上田のお城だぞ。槍やら陣笠やらは殿様が貸してくださる。いんや、足りなくなるかも知んねえし、鍬でも鋤でも、相手の兵をぶっさらえそうなもん、何でも持って来いし！」

集まった皆は興奮に顔を上気させ、それぞれの村へ帰って行った。ひとり残った新平は夕闇の境内にぺたりと尻を落とし、大きく息をついた。

二日後の昼過ぎ、新平は上田城に参じた。昌幸が城下の仕掛けを視察に出ている頃合である。町の道には先日よりも多くの柵が立てられており、何とも進みにくい。

千鳥掛けの切れ目に人だかりがある。果たして昌幸はそこにいた。

「殿様あ！」

晴れやかに声をかける。昌幸はそれで、百姓兵のことが上手く行ったと察したらしい。

「待っておったぞ。どのぐらい集められそうだ」

「うらが集めたのは二百ぐれえです。けんど、もう話が広まってて、あっちこっちの村長からゆうてきたのを合わせると五百を超えました。まだ増えるずら」

昌幸は大層驚いて、目を丸くした。

「すごいな。皆が渋るだろうと、おまえでさえ危ぶんでおったのに」

「年貢が半分になるって約束で、みんな目の色変えてんです」

途端、昌幸の顔が呆気に取られたものに変わった。

「年貢、半分？　左様なことは」

「うらが約束しました」

「阿呆！」

怒鳴り付けられて思わず首をすくめた。さらに叱責が飛んで来る。

「何ゆえ勝手なことをした。返答次第では、ただでは済まさんぞ」

新平は背を丸め、顔だけを昌幸に向けた。

「そうでもゆわんと、みんな戦なんぞしたがんねえずら」

必要だからだ、と返す。昌幸は未だ怒りが治まらぬ様子ながら、何も言わない。

「だけんども殿様、戦に勝っても徳川は潰れねえら？」

「当たり前だ。そこまで生温《なまぬる》い相手ではない」

「そんなら小県は徳川との境目になるんじゃねえけ。年貢だって、これまでは上杉と半々、この先は徳川と半々ずら。じゃから、徳川に勝っても真田は向こう二年は二石出せって言わねえ、一石のままじゃって、ゆうたんじゃけど」

真田が境目の地にある以上、どの道一石しか入らないのだ。何ら痛手を与えた訳でもない。昌幸はこれを聞いて、あんぐりと口を開けた。

「これは……詐術《さじゅつ》だ。騙したのか」

「とんでもねえ。うら、嘘はゆってねえら」

先まで激憤していた昌幸が、何とも愉快そうに「この策士め」と笑った。

「だが、からくりに気付けば皆が不満を持とう。……そうだな、おまえの約束とは別に、百姓衆には何かの形で報いるとするか」

「そうしてくださるんなら、ありがてえです」

「ただし、勝手な約束で人を集めたことには罰を与える。百姓兵はおまえが束ねよ。良いな」

昌幸は厳《おごそ》かな――池田や横谷に下知するときと同じ面持ちで言った。

*

昌幸の返答が届くよりも前、七月上旬に、家康は警護の千を連れて遠江へ戻っていた。

甲斐出兵から浜松への帰還の間、信尹は常に家康に伴われていた。が、特に何を命じられるでもない。つまりは己が兄と気脈を通じ、徳川に仇為すことを疑っている。目を光らせておくだけのために側に置かれているのだと知れた。

ところが今日は、珍しく家康に召し出された。

(用向きは)

先に兄から申し送られた手切れの一件に相違あるまい。本丸館、中之間へ向かう際に、人と擦れ違って会釈する。何とも冷ややかな眼差しを向けられた。もう慣れたとはいえ、気分は悪い。信尹は静かに溜息を漏らした。

「参上仕りました」

廊下側、開け放たれた障子の陰に片膝を突いて短く声をかける。家康が「入れ」と命じた。ことさらにのんびりした声で、逆に、どれほど腹を立てているか分かった。

障子の陰から身を進め、一礼して部屋に入る。嫌気を堪えた小姓の目を煩わしく思い、いつもより一間余計に三間を隔てて座った。

家康は「やれやれ」と発した。

「呼んだのは他でもない。其方の兄から無礼な手切れ状が参った」

「はっ」

「できるだけ戦をせず……昌幸を従えたかったがな。もう、どうにもならぬわい。其方はどうする。真田に戻るか」

戻ると言えば戻してくれるのか。そんな訳はなかろう。

「……真田は兄の家にござれば」

「潰しても構わぬと？」

「滅ぶなら、兄はそこまでの器です」

家康は忌々しそうに笑みを浮かべた。

「然らば其方は今後も徳川に残り、わしに忠節を尽くす。それで良いのだな」

忠節を誓ったとて、この首が繋がるとは言いきれない。兄を滅ぼしてしまえば、家康にとって己は用済みなのだから。

信尹は敢えて明言を避け、「何ごともご存分に」とだけ返した。家康は鼻で笑って応じた。

「然らば自らの屋敷に戻り、戦の首尾が報じられるのを待て」

そして犬でも追い払うかの如く手を振った。

おや、と思った。

自らの屋敷——三之丸の居所に詰めよという下知は、即ち家康がずっと浜松城にあるということではないのか。

首を傾げていると、少し不愉快そうな顔が向けられた。

「どうした。下がって良いぞ」

「上田にはご出馬されぬと？」

「分かっておるのだろうに」

失笑して、家康は鷹揚に繕《つくろ》うことをやめた。荒っぽい三河弁で、ぎろりと睨む。

「うぬから目ぇ離したら、危ねえだら」

兄・昌幸と、その影である己への警戒を顕わにする。この姿を見て確信した。去就の如何を問わず、家康が勝てば己は首を刎ねられる。

信尹は心中に固唾を飲みつつ、だが、と沈思した。目の前に死を突き付けられて命乞いをするのは見苦しいが、猶予を与えられながら諾々と受け入れるなど馬鹿のすることだ。

（我が命は）

真田と徳川の双方が負けぬために、どちらも世の流れに飲み込まれてしまわぬために使うと決めたのだ。

此度の戦に徳川が勝てば、真田は滅びる。対して真田が勝ったとて、それで徳川が潰れることはない。ならば兄に勝たせ、家康の心に化け札の楔《くさび》が打ち込まれたままとなるのが最善ではないのか。さすれば家康とて、この首を取ることはできまい。真田昌幸——何をするか分かったものではない男の考えを、少しでも見通せるのは己のみなのだ。

信尹は、ふう、と息を吐いて瞑目した。

「本気で真田を潰すと？」

発して薄く目を開き、小馬鹿にした含み笑いで肩を揺らす。家康が見咎めて一喝した。

「何じゃ、その目は！」

信尹は居住まいを正し、胸を張った。

「御身の本気は半端にて。ご自身の出馬なく、あの兄を叩こうとは」

家康は苛立ちも顕わに言い放った。

「鳥居に大将を任せる。上田城の中まで、自ら見てきた者ぞ。勝ちは疑いない」

「知られていると承知して、手を打たぬ人ではござらぬ」

一貫して正論で返す。家康はそれが気に入らぬのか、或いは不気味に思ったか、眼差しを逸らした。

「真田殿、お控え召されよ」

小姓が制するのを無視して、信尹は追い討ちをかけた。

「重ねて申し上げます。御自らのご出馬が望ましいかと」

家康はこちらに向き直り「うぬは」と怒鳴る。だがすぐに言葉を切り、しばし黙った後でくすくすと笑った。

「わしがおらぬ間、遠州で何を手引きするつもりじゃ」

「何も。お疑いなら、軍にお連れくだされ」

「そしたら、昌幸に通じる気だら！」

声を荒らげ、膝元の畳を右拳でこれでもかと殴る。信尹は静かに返した。

「鳥居様のような宿老を遣るは下策」

「何がいかんと申す」

「きっと負けて、徳川の面目を潰します。兄に抗し得るは家康公のみ」

途端、家康はげらげらと笑った。極限の怒りが成さしめる大笑であった。

「真田は小県で精々千五百、上野でも二千が一杯ではないか。徳川にありながら、徳川の力を甘く見るとは」

「御身は真田を甘く見ておられます」

「やかましい！　昌幸のやり口は重々承知しておるわ。信尹よ。わしを本気で怒らせると、どうなるか……兄の末路を以て知れ」

家康はまた畳を殴り、その勢いを借りて立ち上がると、足音も荒く立ち去った。小姓が慌てて後を追う。

最後まで一切の謀を差し挟まず、諫言を繰り返した。兄と渡り合えるのは家康だけだ、というのも本音である。

だが、それこそ策であった。家康は兄を高く買っているがゆえに警戒し、この信尹にも目を光らせておかねばならぬと思っている。だからこそ、正論を吐かれて逆に頑《かたく》なになった。かくなる上は、決して自ら出馬などすまい。真田が勝つための最大の条件は整ったのだ。

ひとり残された中之間で信尹は瞑目した。後のことは兄に委《ゆだ》ねられている。

少しして七月末、北条が上野と下野に兵を出した。真田が上野から兵を集められぬようにするため、家康が盟友の立場で呼びかけたのだろう。北条も心得たもので、より重んじたのは下野の方であった。徳川との関係を思えば、上野は牽制するだけの方が望ましい。当主の氏直は下野に向かい、上野には叔父の北条氏邦を寄越していた。

そして八月、徳川はついに甲斐の兵を上田へと向けた。鳥居元忠を大将に、大久保忠世《おおくぼただよ》、平岩親吉《ひらいわちかよし》らが率いる兵は七千を数える。真田は小県の寡兵でこれを迎え撃たねばならない。

五　小勢の用兵

徳川軍は甲斐から信濃佐久郡を経て、天正十三年八月二十六日に小県郡の禰津に入った。上田城と徳川軍は、ちょうど中間に神川を挟む形で対峙することとなった。

開戦を間近に控えたこの頃、沼田城代の矢沢頼康が上田城に参じた。昌幸の次男・源次郎信繁《げんじろうのぶしげ》を上杉への人質に出すため、海津城まで随伴した帰りである。

昌幸は叔父・綱頼と共に頼康を迎えた。広間の中央で頼康が勢い良く一礼し、挨拶もそこそこに声を弾ませた。

「人質の儀、景勝公は大層お喜びとのこと。盟約早々のご決断で信用を得ましたな」

苦笑を浮かべて「いいや」と応じた。

「景勝殿にしてみれば、当座は疑う手間が省けたというところだろう」

「されど上杉も動きが速うござりますぞ。盟主として誠心を返すため、来る徳川との戦にも援兵を寄越すと約束してくだされました。すぐに三千を差し向けるとのことにて」

昌幸はぴくりと眉を動かした。

「すぐ……とは、いつだ」

「閏《うるう》月の一日には上田に到着するよう手配する、と」

あと四日である。昌幸が俯き加減で眉根を寄せると、頼康は励ますように声を張った。

「徳川が陣屋を築くには、四、五日はかかりましょう。間に合います」

その言葉に顔を上げ、小さく首を横に振った。

「頼康、ご苦労だが急ぎ海津へ返し、援軍は虚空蔵山城と海津城に留め置くよう申し入れてくれ」

「何を仰せられます。徳川に勝つための、上杉との盟約では？」

「そのとおりだ。されど我らが勝つには、援軍なしで戦わねばならん」

頼康は当惑気味に首を傾げた。

「そうは仰せられましても、小県で集められたのは千二百でしょう。徳川は七千、援軍なしでは全軍で上田を守るしかござらぬが」

「いいや。千二百を上田城、戸石城、矢沢砦の三ヵ所に分けて迎え撃つ」

きっぱりと言い切る。頼康の顔が頼りなげなものを映した。少しばかり説いて聞かせねばなるまいと、昌幸は口を開きかけた。

が、その前に言葉を発した者がある。主座の右前に侍した叔父である。

「これ頼康。昌幸殿がこれほど自信を持って仰せられておるのだぞ」

「されど父上。当家は端から寡兵ですのに、少ない方がわざわざ兵を分けるとは、どうしても解せませぬ。もしや殿から何かお聞きに？」

すると叔父は、からからと笑った。

「わしにも、どういうことかさっぱりじゃ」

そして居住まいを正す。

「じゃが信じよ。ほれ、わしが隠居する前のことを思い出せ。自ら上杉に降れと言われて、わしは昌幸殿を疑ったろう。されど、それとて策であった。おまえの主君、わしの主君は謀を以て世を化かす男ではないか。疑うは家臣としての恥と心得よ」

頼康は決まり悪そうに俯いた。だが、すぐに両の掌で膝頭をぱんと叩き、その面持ちを洗い流す。

「そうでしたな。然らば、すぐに海津城へ」

昌幸は満足して、にこりと応じた。

「頼むぞ。海津への遣いを終えたら、またすぐに戻って矢沢砦に入れ。先んじて二百の兵を配しておく」

頼康は「はっ」と一礼して広間を辞した。その背を見送って、大声で呼ばわる。

「左近、左近やある」

すぐに室外の小姓が走り、横谷左近を連れて戻って来た。

昌幸は言下に命じる。

「手の者を上野に遣り、何でも良い、噂を流して北条軍を掻き回せ。その間に、おまえは岩櫃の信幸から兵を預かって沼田に向かうように」

「承知仕りました。して、その後、若殿は？」

「すぐさま戸石に参じるよう伝えよ」

横谷が立ち去るのと同時に、昌幸は腰を上げた。

矢沢頼康は海津への使者に立ち、その後は兵二百と共に矢沢砦に入る。

嫡子・信幸は岩櫃の兵を横谷に渡した後、兵三百と共に戸石城に入る。

頼康に代わって沼田城を守るのは湯本三郎右衛門、横谷は岩櫃の兵を連れてこれに合流し、また透破衆を使って北条軍を攪乱《かくらん》する。徳川との戦に横槍を入れられぬよう、睨み合いに持ち込むのが目的であった。

そして上田城には昌幸と池田綱重、叔父・綱頼が入り、兵七百を従える。

傍目には圧倒的な不利と映るだろうし、昌幸自身にも不利と思える布陣である。だが、これで良かった。戦は兵の数ではない。数の利をどう活かし、どう殺すかだ。不利だからこそ勝てる戦もある。手筈《てはず》は整った。

＊

早暁の空がうっすらと明け始め、先まで一面の黒だった枯れ草交じりの原が空の群青《ぐんじょう》を映している。閏八月二日、新平は二百の百姓兵を率い、上田の城下町から二里ほど東の野辺にあった。

二百の百姓は皆、右手に足軽の長槍を持っていた。新平のみ、槍の他に陣笠を着けている。誰も彼も薄汚れた麻の着物を捲り上げただけの格好をしている中、指示を下す者の所在をひと目で分かるようにするためだ。

百姓の群れは、誰ひとり無駄口を利かない。昌幸を、或いは皆を束ねる己を信じているがゆえか。その逆かも知れない。いずれにしても静かなのは良いことだ。

振り向いて口を開く。

「ぼちぼち、明るくなってきたなあ」

すると、皆を包む空気が確かに波立った。

戦乱の世に於いては百姓とて戦場と無縁ではない。賦役に駆り出されて雑用をこなすこともあれば、勝ち馬に乗って落ち武者狩りをすることもある。戦を見物し、骸から武具を剝いで売る者すらあった。だが自らが戦そのものをするなど、新平以外は初めてである。

新平は皆を見回して続けた。

「さっき、お城の人が仰せになったとおりじゃ。徳川の兵は朝一番で神川を渡って来る。うらたちゃ殿様に言われたとおりに、ひと当たり戦う」

ざわめいていた空気が、ぴんと張った。不安ゆえだろう。

新平は思う。もし昌幸から何の指示も受けていなければ、自らも同じだったはずだ。もっとも己は、この中で唯一、戦場でやり合うことの実際を知っている。あの時の緊張を思えば、これから果たすべき役目はそれほど大変なことではない。

「まんず、うらのやるとおりにしてくりょ。真似するだけなら、できるずら」

すると百姓たちの空気が幾らか柔らいだ。新平は「うん、うん」と頷いた。

「お役目を果たすまで、死んじゃなんねえぞ」

言葉を切り、大きく息を吸い込む。

「ええな」

強く発した声に、一斉に「おう」と返ってきた。新平はまた皆に背を向け、東――神川の方を見遣る。空と地の交わる辺りに紫色が滲み出していた。

息を殺して目を凝らす。次第に紫色は空の高いところへと登ってゆき、地平は白っぽい色が濃くなってきた。やがて、その白々とした空気の下から橙《だいだい》色が漏れ始めた。

槍を摑む右手の指が、ぴくりと動いた。

感じる。大地を伝い、槍を伝い、この手へ。足を伝い、腿を伝い、この胸へ。気を張っていなければ逃してしまうほどの、微かな揺れがあった。

「来るぞ」

背後にある二百の百姓が、槍を握る手に力を込める。ぎしり、と空気が軋むような圧迫があった。皆が「その時」を思い、胸の鼓動を速くしている。

やがて橙色の地平の向こうから、一条の光が迸《ほとばし》った。日が昇るのだ。人で言えば頭の先の、毛の一本ほどを出したに過ぎない。しかし遍《あまね》くこの世を照らす陽光は力強く、常ならぬ影――人の群れが近付く有様をありありと照らし出した。

それにしても、この数――否、数と言うのもどうだろう。徳川方の兵は逆光の中、さながら黒い塊《かたまり》が上田原を食い潰すかのようであった。分厚い壁となって寄せてくる塊から、地響きが伝わった。人の足音も、多くが束になればこれほどのものだとは。

百姓兵から神川までは一里半ほどである。徳川の兵は既に川を越えており、概ね五町の辺りまで来ているか。こちらから向こうが見えるように、向こうもこの百姓の一団を見ているに違いない。

新平の胸に怖気《おぞけ》が走った。吐きそうになるのを堪え、ただ昌幸を信じよと自らに言い聞かせる。何度か大きく呼吸を繰り返して発した。

「槍、構えろし」

二間を超える槍の石突きを地面から離し、高々と切っ先を掲げた。それに続き、背後でざっと音がする。支度が整った。

敵兵も今しばらく前に出ると同じように槍を掲げた。

「掛かれ！」

敵将が発した雷鳴の如き下知が、三町を渡って新平の耳に届く。次いで、敵兵が鬨の声を上げて駆け出した。朝日を背に受けた人の群れが怒濤《どとう》の勢いで押し寄せる。こちらとの差は、どれほどだろう。五倍、十倍、そんな生温いものではない。

「こっちも、行くぞ」

新平の号令一下、百姓たちは裏返った喚き声を上げて前に出た。

敵の士分の者は具足や兜に身を包み、足軽とて簡素ながら胴丸ぐらいは着けている。対して百姓兵は槍のみ持って薄い野良着のまま、こちらの方が身軽なはずだ。なのに足の速さは敵の方がずっと上だった。百姓兵は極限の緊張と恐怖によって、ただの駆け足さえ乱している。だが新平は何の指示も出さず、皆を奮い立たせるでもなく、ひたすら先に立って走った。

「当たれし！」

声を上げ、間近に迫った敵の中に槍を叩き下ろす。新平の一撃はいとも容易く弾き返された。敵の足軽も同じように槍を振り下ろし、寄せ集めの百姓兵を襲った。

「あわっ！」

新平は自らの得物を盾に、何とか敵の槍から逃れた。最初の叩き合いで手傷を負った者は、敵味方共にいなかったようだ。

百姓の中にも「何くそ」と抗戦する肝の太い者がいる。が、全てが同じではない。

「あひゃあ！」

「い……い、嫌じゃあ」

初めはひとり、二人、次第に五人、十人と、槍を放り出して情けない声を上げる者が増えてきた。それらは打ち下ろされる槍から逃れ、互いにぶつかり合っている。

「何やっとんけ、おまんら！」

新平は目を吊り上げて槍を振るう。だが目茶苦茶に振り回すだけでは、敵のひとりすら叩くことができなかった。

「新やんこそ！　どうすりゃええか、ゆうてくれし」

二回、三回と叩き合う、たったそれだけの間で百姓兵の足並は完全に乱れていた。

四回、五回、槍を振るう味方がずいぶんと減ってきた。半分ほどの百姓兵は戦意を挫かれ、命を惜しんで右往左往している。

新平は背後を振り向き、それらを一瞥した。どうやら傷を負った者が出始めたようだ。

と、敵の足軽が怒声を上げた。

「この百姓が！」

叫び声を耳にして前を向くと、もう目の前まで槍が迫っていた。新平は瞬時に槍を放り捨てて身を屈め、地を転げて避けた。そして自らも情けない声を上げる。

「や、やっぱり……駄目じゃあ！　逃げろし！」

指示も何もなく、皆を置いて真っ先に逃げ出した。当然ながら他の百姓兵も、もう戦どころではない。二百の抵抗は呆気なく蹴散らされ、皆が散り散りに逃げ走った。

徳川の兵は追って来ない。ただ百姓たちの無様な姿を笑い、口々に囃し立てるのみだった。

「真田は強いと聞いておったがのう」

「兵が足りずに百姓頼みとは、とんだお笑い種よ」

「上杉の援軍も間に合わんとは、かわいそうに」

「弱い弱い！　上田城も、ひと呑みぞ」

嘲笑を背に受け、新平は一目散に走った。そして矢沢砦の西を駆け抜け、太郎山に入り、どうにか真田郷まで逃れて下原村に達した。だが自らの村も走り抜け、なお駆け続ける。

やがて辿り着いた先は鬱蒼と繁った森——かつて百姓兵を募った本原村の出配神社だった。

息せき切って木立に走り込む。鳥居前の広場や奥まった境内には、先に四散した百姓兵の実に六倍強、千三百にも及ぶ数がひしめき合っていた。

「新やん、どうじゃったけ」

誰かが問う声を上げた。新平は口を開こうとして荒く咳き込む。すぐに運ばれた椀の水を一気に喉に流し込み、大きく息を吐いてから発した。

「やって来た。殿様の仰せのとおりに」

「ほんなら、わしらこの後はしばらく待っちょればええんけ」

肩で息をしながら、新平は何度も頷いた。

「お役目は、あとひとつじゃ」

ひと当たりして、人死にが出ないうちに逃げ出せ。無様であればあるほど良い。それが昌幸に言い含められたことだった。

しばらくの後、先に四散した百姓兵は全て、新平と同じく神社に戻って来た。手傷を負った者は十余人を数えたが、命を落とした者はひとりもいなかった。

＊

百姓兵による黎明《れいめい》の交戦を、昌幸は城の櫓で遠目に眺めた。大手門の脇、北にある櫓の上である。隣にいる叔父が静かに問うた。

「どうじゃな。年を取ると、遠くが良う見えん」

昌幸も落ち着いた声音で返した。

「上々です。さて、続きを」

櫓の床には灯明と碁盤が置かれていた。朝日が差し始めたとあって、昌幸は灯明を吹き消し、白い碁石をぱちりと盤に打った。

叔父も「よっこらせ」と腰を下ろし、盤に目を落とす。

「何じゃ、この手は。昌幸殿らしくもない。足止めにもならん」

そして黒石を打つ。昌幸は無言で次の手を打った。

叔父は訝しげにこちらを見た。

「本当にどうした。攻め込んでしまうぞ」

くすくすと笑って返す。

「叔父上は徳川の兵ですな」

すると、得心した顔が向けられた。

「ああ、この戦か」

「いかにも」

新平率いる百姓兵の敗走は上できだった。

そもそもが、足止めや時間稼ぎのためではない。百姓を頼まねばならぬほど追い詰められている。その百姓衆すら使いものにならぬ。真田は、弱い。敵の将兵にそう思わせ、勝ちは間違いないと信じ込ませねばならなかった。

東方、城下の外れから、遠く喧騒が渡ってきた。叔父が立ち上がって目を凝らす。

「城下に火も掛けず、駆け込んでおるようじゃ。昌幸殿の思惑どおりよな」

伏兵への用心のため、城下町は焼き払ってから攻めるのが常道である。それを、しない。緒戦があまりにも楽だったことで、敵は驕《おご》っている。

「今少しかかりましょう。お座りあれ」

促して白い石を打つ。叔父が「あっ」と口を開いた。

しばし碁を打ち続ける。すっかり日が昇った頃、櫓の下で池田綱重が呼ばわった。

「敵、千鳥掛けに入りましたぞ」

昌幸は丸めていた背を伸ばして「よし」と発した。

「綱重、鉄砲を率いて南の櫓へ。土塁も任せる」

「承知！」

櫓の下で、味方の兵が駆け足の音を立てた。

「徳川の兵は小魚の如し」

「一網打尽とは、まさにこのことじゃな」

昌幸と叔父は、にやりと笑みを交わした。

城下の喧騒は、じわり、じわりとしか近付いて来ない。千鳥掛けの柵、および迷い道と化した城下に翻弄され、一気に攻め寄せることができないのだ。

これを嫌って城下を焼き払うように改めても良いのだろう。だが徳川方の「大軍である」ということが、ここで仇になっていた。緒戦の勝ちに浮かれて後から後から押し寄せるため、先んじて城下に進んだ兵は引き返すことができない。

昌幸は未だ碁を打ちながら、門内で待機する兵に声をかけた。

「今しばらく、静かにしておれよ」

返答すらない。それでこそだ。

城門に押し寄せて来るまで、一切動いてはならぬ。それが昌幸の指示であった。こちらが遠矢や鉄砲で抵抗すれば、城下の仕掛けに手こずる敵は、思い直して引き返すやも知れぬ。真田は弱い、取るに足らないと侮蔑させたままでなければ、懐深くに引き込めない。

敵が城下に踏み込んでから半時（一時間）と少し、町割りの中に紛れ、くぐもっていた喧騒が真っすぐ届くようになった。ようやく迷い道を抜け、大手門を望む目抜き通りの二の辻まで出たらしい。

上田城は未だ静まり返っている。総身で敵の気を探った。

（やはりな）

昌幸は碁石を摑み、ぎらりと目を光らせた。

城内の味方が発する張り詰めた気配が、敵からは微塵も感じられない。この面倒な城下町で、軒昂な戦意を殺ぎ落とされたのだ。手に取るように分かる。他ならぬ己とて、数多《あまた》の仕掛けを施すために城下へ出向き、そのたびにうんざりして帰るのが常だった。

敵は既に、この戦に飽いている。だが未だ静かなままの城を訝しんだか、目抜き通りまで出た後は足を鈍らせていた。後続に押されて仕方なく前に出ているらしい。

「丸太、持てい」

敵将の声が聞こえる。門前がざわめき、敵兵が無理やりに「えいや」と気勢を上げた。大勢で丸太を抱え、門扉を打ち抜きに来る——。

刹那、昌幸は碁石を天に放った。

南の櫓で、池田が大音声を発した。

「鉄砲、放てい！」

乾いた破裂音が一斉に弾き出され、轟々と空気を割った。途端、大手門の前に悲鳴が上がり、上を下への大騒ぎになった。

「弓、放て」

池田の再度の号令に応じ、門内で、土塁の上で、一斉に弓の弦《つる》が弾かれた。風を切る音が束になって飛び、門外に矢の雨が降った。

「うろたえるな。弓、応じよ」

先の敵将が声を張り上げ、少しして敵からも矢が返された。ごつ、と土塁に突き刺さる音がする。かん、と櫓の脚に当たる鮮明な音も多い。

「何の」

門内の兵が刀を振るい、頭上に迫る矢を斬り払う。土塁の向こうで敵将が次の下知を発した。

「矢、続けよ。鉄砲も支度せい。徒歩、前へ」

丸太で門扉を破ろうとすれば、当然ながら動きは鈍く、また単純になる。鉄砲に狙われたらそれまでと判じ、矢玉に援護させて土塁を登る用兵に切り替えたようだ。

だが——。

「雨、降らせい」

池田が命じると、土塁の内にある兵がいくつもの縄を放った。上にいる者が縄尻を摑み、ぐいぐいと引く。縄の先には径一尺五寸ほどの樽が結び付けられていた。

樽を引き上げた兵は、土塁に取り付いた敵を目掛け、この中身をぶちまけた。

「ああああッ！」

「い、ひゃぎゃっ」

両手で摑むほどの、角ばった石が兵の頭を叩く。肥溜めの糞汁が目を潰す。そして、ぐらぐらと沸き立った煮え湯が肌を焼く。汚く濁った悲鳴と共に、土塁から人の群れが剝ぎ落とされた。

「怯むな。続——」

なお兵を叱咤せんという敵将の声を遮り、池田の鉄砲方が二度めの正射を見舞った。城門前は阿鼻叫喚《あびきょうかん》の様相であった。

戦場の殺気というものがある。城攻めならば、落としてやるという意思の塊こそが門を打ち抜くのだ。そうした力の源なくして、兵の数や丸太だけで破れる門扉などない。

徳川軍は城下の仕掛けに戦意を挫かれた上、この猛烈な抵抗を受けた。上田城に掛かる圧迫、熱気とでもいうものが、急速に弱まっている。それでも大軍を擁するがゆえ、後から後から頭数だけは城門前に押し出されていた。

「そろそろか」

城門を挟んで交戦すること四半時（三十分）と少し、昌幸は北の櫓を下りた。門内で矢を放ち続ける兵の元まで進み、南の櫓に大声で呼びかける。

「綱重」

池田は「はっ」と返して櫓を下り、五十の鉄砲方と共に参じた。

昌幸は峻厳な声音で発した。

「一気に片付けるぞ」

かった。

「御意！」

頭を下げると、池田は背後を向いて呼ばわった。

「鉄砲方五十、徒歩五十、わしに続け」

そして二之丸の方へ少し走り、北に建ち並ぶ屋敷の間に消えた。

これからやることは、他の者には任せられない。戦場の呼吸を知り抜く池田でなくてはならなかった。

昌幸は百の兵を見送ると、弓兵に向けて命令した。

「第二の矢、支度せい」

すると弓兵の半分、後衛に当たる者たちが射る手を止め、背の靫《ゆぎ》から別の矢を取り出した。油を染ませた麻布が固く鏃《やじり》に巻き締められている。火矢であった。

皆が懐から火打石を取り出して叩き合わせる。支度が整うと、昌幸は次の下知を飛ばした。

「前衛。門、囲めい」

門外に向けて放っていた弓兵の前衛が走り、大手門を囲うように並んで弦を引き絞った。それとは別に、徒歩の二人が門へと走る。

「開門！」

閂《かんぬき》を外し、門扉が内向きに開いた。当然、敵兵はここに殺到する。それらの顔はどれも、何かに救われたような気持ちに彩られていた。

しかし——。

「放て」

昌幸のひと声に応じ、先んじて狙いを定めていた矢が一斉に射出された。数は三百にも及ぶ。

狭い門に詰め掛けたとあって、敵は避けることも斬り払うこともできない。蓑虫のような姿になって転げる姿を目の当たりにして、敵の後続が足を止めた。そこへさらに乱射が加えられた。

次いで昌幸は命じる。

「火矢、放て」

遠矢の形で放たれた火矢は土塁を越えて蒼天に吸い込まれ、敵の頭越しに城下の町屋へと落ちた。少しの後、あちこちの屋根に火の手が上がった。

城内の松から刈り払った枝を十分に乾かし、薪に仕立てた。これを表通りの町衆に配り、板屋根の内に仕込ませていた。矢によってもたらされた種火が薪に移り、次々と勢いを得てゆく。そして隣家へ、また隣へと燃え広がっていった。

「ひ、火攻めじゃ」

「わしらが攻め込んでおるというのに……」

敵の中に、明らかな怖じ気が生まれた。大軍の威など何処へやら、今や徳川軍は燃え盛る火に炙《あぶ》られ、煙に包まれて完全に狼狽している。

「ひ、退け！　退けい！」

敵将が——門の向こうに見える顔は平岩親吉か——ついに撤退を命じた。だが夥《おびただ》しい数の後続があるために、中々に退き果せぬだろう。平岩の指示が伝わって逃げに転ずるまでは、しばらくの時を要する。

大混乱に陥った徳川方に、真田軍は容赦なく矢を放った。乱れ撃ちに放って手傷を負わせ、また射殺していく。一方的な攻撃は半刻（十五分）も続いた。

やがて、やっと徳川軍は退き始めた。だが思うに任せないでいる。迷い道の城下も然ることながら、千鳥掛けの柵が効いている。

城へ通じる方を頭に八の字を成す千鳥掛けは、押し寄せるに当たっては「半端な柵」でしかない。八の字を前後にずらして設え、左右に縫うように進まねばならぬと言っても、進路を狭めるだけの力しか持たないのだ。

だが退く時は違う。八の字の頭が手前を向いているからだ。間を縫って進むのは同じでも、人は自らに突き出されたものに対して、どうしても足を緩めてしまう。かつて依田信蕃が使ったこの柵は、そうした心の枷を利用するものであった。

「必ず以て人の心を奪う、か」

昌幸が戦術の範とする楠流の奥儀である。呟くと、目の前で次の火矢を支度している兵が振り向いた。昌幸は「ふふ」と笑って発した。

「相手の心を読んで最も嫌がることをせよ、ということだ。ほれ、支度を急げ」

「あ……はっ！」

その後も真田方は、引き上げようとする徳川方を狙って矢を放ち、遠く町屋を目掛けて火矢を放った。

やがて、前に出ていた徒歩兵が城門の内に駆け戻った。

「徳川方、全て迷い道に入ったようです」

「よし」

昌幸は城にある六百の兵から四百をまとめ、大手門前に出した。至るところに徳川方の骸や、負傷して動けなくなった兵が転がっている。

「叔父上」

北の櫓に向けて叫ぶと、叔父・綱頼が「おう」と返した。

「城に残す二百の兵、わしが預かる。存分に追い討ちをして来られよ」

力強く頷いて返し、昌幸は手勢から百ほどを割いて丸太を持たせた。ひと抱えもある丸太を携えた兵の群れが四つ、目抜き通りに広がった。

「前へ。二の辻を塞ぐ柵、突き倒せ！」

号令の下、皆が喚声を上げて猛然と走る。そして竹の目隠し付きの柵に一斉にぶつかった。二度、三度、四度、叩いては下がり、また叩くことを繰り返す。道を塞いでいた柵はやがて、めりめりと支柱の割れる音を残して倒れた。どすん、と地に響く。

「それ、三の辻に向かえ」

三の辻に設えた柵の向こうでは、臆病風に吹かれた徳川方の悲鳴が上がっていた。目抜き通りの千鳥掛けを抜けるのに手間取り、錯乱しているのだ。

構わず柵を打ち壊し、倒してやる。多くの敵を下敷きにして、ずずんと大地が揺れた。見通しの良くなった向こう側では、徳川の兵が狂おしい叫び声を上げていた。

「矢を放て」

昌幸は命じる。徳川方は誰も抗戦しようとせず、先を争って千鳥掛けの中に逃げ込んだ。

そこへ――。

「扉、開けい」

池田の声が響いた。目抜き通りから裏路地に入る小路の口、目隠し付きの柵と見せて実は扉に仕立ててあった場所である。

扉が開くと、次の下知が飛んだ。

「放て！」

ごった返す敵の群れに、横合いから鉄砲が放たれた。池田と鉄砲五十、徒歩五十は、新平の抜け道を使って路地に先回りしていた。

背後には昌幸の兵が迫っている。しかしそちらは後続——人の壁が矢を阻んでくれる。そう思っていた徳川方は、急な鉄砲の音に壊乱した。奇襲に長《た》けた池田の頃合の計り方は、まさしく絶妙だと、昌幸は大きく頷いた。

鉄砲に続き、五十の徒歩兵が目抜き通りに溢れ出して徳川方の横腹を抉《えぐ》った。次々と傷を負わせ、また首を取っていく中、再び声が上がった。

「徒歩、伏せい。放て！」

弾込めの間を稼いでもらった鉄砲が、また正射を加えた。

昌幸の矢、池田の鉄砲、それぞれの徒歩兵は、十二分に追い討ちをかけた。正気を失った徳川方が全て城下から退き果せるには、一時（二時間）近くを要した。

上田城から敵を追い払うと、池田が昌幸の元に参じた。

「殿の策、全て当たりましたな」

「うむ。おまえも良く働いてくれた」

しかし池田は、少し不満そうであった。

「もっと多くを討ち取ってやろうと思うておりましたが」

昌幸は「クク」と含み笑いで応じた。

「信幸や頼康の分を残してやったと思えば良い」

そして遠く東、徳川の本陣がある禰津の空を見遣った。

「徳川の者共……。これで終わりだと思うなよ」

＊

ほんの四半時（三十分）ほど前、戸石城の真田信幸が三百を率いて城下を進軍して行った。これを遠目に見つつ、新平は出配神社の森の入口に胡坐をかいている。

今か。まだか。待ち続けていると、ひとりの百姓が南の方から猛然と走って来て、半町先から大声を寄越した。

「新やん！　矢沢様も出られたぞ」

「よっしゃ！」

新平は腰を上げた。そして背後にある千五百を向く。

「うらたちも出るぞ」

しかし百姓の一群は、どこか気後れした空気に包まれていた。前の方に固まっている中から弱々しく問う者がある。

「本当に、大丈夫なんけ」

「殿様を信じろし。若様や矢沢様が出たっちゅうことは、徳川の兵が恐がって逃げちょる、ちゅうことずら」

だが、ざわついている。新平は少し考えてまた口を開いた。

「朝方、うらと一緒に逃げた奴、手ぇ挙げてみろし」

そこかしこで、ざっと手が上がった。それらに向けて続ける。

「徳川の数、凄えもんだったなあ。ありゃあ恐かった」

皆は口々に不満げな声を返した。

「当たり前ら」

「右見ても、左見ても、のう」

「んだ。誰も歯が立たんかったずら」

新平は「そこじゃ」と、右手に拳を握って見せた。

「わざと負けて逃げるって分かっとったんじゃ。おまんら、初めからそこまで恐かった訳じゃねえら？　周りが恐がっちょるのに引き摺られただけずら」

「徳川も恐がる奴に引き摺られる、ちゅうんけ。馬鹿ゆうなし。向こうにゃ数があるずら。皆が皆、恐がっちゃいねえら」

いささか怒った声に向け、新平は「そうでもねえ」と応じた。

「あのな。例えばおまんら、十人でひとりを相手に喧嘩してると思えし。味方十人のうち、ひとりが恐がって逃げたら、どうするけ」

「まだ九人いるずら」

恐るるに足らず、と返される。そのとおりだろう。

「ほんならその百倍じゃ。相手は百人、こっちは……ええと、千人じゃ。その千人から百人が一度に逃げ出したらどう思うけ」

途端、皆が不安げな顔になった。どうやら分かったらしい。

「十人のひとりが逃げんのも、千人の百人が逃げんのも、どっちも同じら？　じゃけんど、一度に百人が逃げると残りも恐くなる。数があるっちゅうのは、そういうことなんじゃねえけ。気が大きくなんのも、小さくなんのも、あっとゆう間ずら」

百姓たちの顔は、どれも口が半開きになっていた。新平は声を張って続けた。

「もう一回ゆうけんど、若様と矢沢様が動いたんじゃ。徳川は恐がっちょる」

じわり、と皆の気勢が上がるのを感じた。それは隣から隣へと伝わり、瞬く間に熱気に変わった。新平は先に自ら発した言葉に得心した。確かに、数があるというのはそういうことだ。

苦笑を浮かべつつ、大声で呼ばわった。

「徳川は、負けるはずがねえと思って乗り込んで来たんら。そいつらを、うらたち百姓がやっつけんだ。胸がすっとするずら、なあ？　ほれ、行くぞ」

皆の「おう」という声を背に、新平は駆け出した。後を追う千五百の駆け足が真田郷に土煙を巻き上げた。

新平の率いる百姓兵は神川の上流を泳いで渡り、戸石城のある太郎山の麓に達してから南へと向きを変えた。鍬や鋤を手に、深まりつつある秋の枯れ野をひた走る。左手一里の先に川の流れを見ながら三里も進むと、遠く右前にいくつもの幟が入り乱れて見えた。蒼天の下、藍色の地に白く染め抜かれた真田の六文銭がはためいている。徳川方のものであろう幟も、数多く風に翻っていた。

「あそこじゃ」

走りながら新平は指差した。真田信幸の三百、矢沢頼康の二百、合わせて五百の兵に対し、徳川方はざっと六、七倍か。にも拘らず、追い駆けているのは寡兵の真田方であった。

「ほれ、見ろし。うらがゆうたとおりじゃ」

振り向いて右手の鍬を掲げる。あべこべの戦場を目の当たりにして、百姓兵は歓声を上げた。

手に手に鍬や鋤を振り上げ、猛然と走る。

徳川の軍兵まであと四半町、既に目前と言って良い。敵兵は突如襲い掛かった百姓の群れを見て、慄いた顔をさらに引き攣らせている。

「おまんら、ぶつかれえ！」

新平は腹の底から叫び、真っ先に敵兵の只中へと飛び込んだ。これに続き、次から次と百姓が群がってゆく。

「そらあ！」

「こんの、馬鹿たれが」

口々に罵って鍬を振り下ろし、鋤を突き込む。

「うわっ」

「ひゃ、百姓のくせに」

「何という数……」

胴丸だけの足軽も、立派な具足を着けた士分の者も同じ、敵兵は声を震わせながら、誰ひとりとして抵抗の構えを見せない。

「今朝は、よくもやってくれたなあ」

新平がいきり立って鍬を振り回すと、敵の群れがざっと飛び退いた。

「や、やめろ！」

「うるせえ。おら、おらあっ」

新平だけではない。百姓兵はどれも同じ、手にしたものを目茶苦茶に振るうのみである。だが徳川方はひたすらこれを避け、千々に乱れた混戦の中、とにかく東へ東へと逃げるばかりであった。信幸と頼康に背後を襲われ、新平に横腹を急襲され、双方から攻め立てられた兵はまさに烏合の衆と化していた。

「出てけ！　ここは、うらたちの土地だ」

叫んで、新平は鍬を振り下ろした。ひとつの陣笠に当たって、ガツンと鈍い音を立てる。殴り付けられた端武者は、ふらりとよろけて前のめりに倒れる。そして、這いずって逃げた。

「たす、助けて……。死にたくない」

「勝手ゆうなし！」

這いつくばる尻を思い切り蹴飛ばす。相手は「ぎゃあ」と泣き声を上げて転げ、草むらの向こうでどぼんと音を立てた。追い立てて走る間に、とうとう神川のほとりまで来ていたことが知れた。流れに落ちた兵は立ち上がって逃げようとしたが、川底の石に足を取られたか、再び飛沫《しぶき》を上げて転げ、そのまま流されて行った。

他の百姓たちも同じように敵を追い込んで川に落とし、或いは数人掛かりで足軽を囲んで嬲《なぶ》っていた。

「やるな、新平。それ者共、百姓兵に後れを取るなよ！」

背後から聞き覚えのある声がする。昌幸の嫡子・信幸であった。振り向けば、後ろにいる徳川の兵は、もう川を渡ることも諦めて四散している。六文銭の指物を背にした騎馬の若武者が、それらをさらに追い散らしていた。

逃げ散る敵と、追い回す真田方や百姓兵、大乱戦はなお続く。しかし半時（一時間）も経った頃には敵の姿もなくなった。

上田原は未だ、ざわめいている。新平たちの心にはようやく、自らのしたことを思い返す余裕ができていた。だから、であろう。そこら中で草の上に尻を落とし、大の字になって息を荒く弾ませながらも、皆が身を打ち震わせている。

新平も同じであった。放心の一語に尽きる。焦点の合わぬ目を虚ろに泳がせながら、鼓動が速まったままの胸に手を当てていた。

「おうい、新平!」

遠くから呼ばれた。はっと我に返った。この声は——。

「殿様」

激しく息を乱しながらも、立ち上がって大きく手を振る。馬を馳せ付けた昌幸の面も、喜びに紅潮していた。

「良うやった。この戦、おまえが始めて、おまえが締めたな」

「そんな、とんでもねえ。何もかも殿様のお陰ずら」

「我が策を形にしたのだ。もっと誇れ」

「へ、へえ。そんじゃ」

胸を張り、腹に力を込めて、脚の震えを止めようとする。だが腹に力を入れたせいか、尻からはことさらに大きな屁が漏れた。

昌幸は顔をしかめて言った。

「おまえ、昨日何を食った」

「ええと。獣の肉と、青菜と、それから……木の実やら、握り飯やら。あとは忘れました」

「大戦を前に、そんなに食えたのか。大物め」

昌幸が呵々と笑った。新平も釣られて笑う。昌幸の連れた兵が顔を綻ばせ、誰からともなく声が上がった。

「さあ勝鬨だ。皆、立て」

呼びかけられて百姓たちも腰を上げる。そして昌幸が拳を固め、皆に示した。

「えい、えい、えい！」

「おう！」

「えい、えい！」

「おう！」

士分の者、足軽、百姓兵が揃って拳で天を突く。身分の上下を問わず、皆が分け隔てなく肩を組み、抱き合って共に笑い、また涙を流した。

この日、上田城に押し寄せた徳川軍は、全七千のうち五千であった。真田軍千二百は百姓衆の力も借りて、鮮やかにこれを退けた。

真田軍の討ち死には五十に満たぬほどである。対して徳川軍の死者や負傷者は千数百に及び、雇われの足軽も多くが逃げ散ったまま、禰津の本陣に戻らぬという有様だった。

この一戦で、真田昌幸の名は一躍世に知られるようになった。

＊

浜松城にある信尹の元に上田合戦の顛末が報じられたのは、閏八月十日のことであった。

去る二日の合戦に敗れた徳川軍は、翌日には真田に従う丸子三左衛門を攻めて巻き返しを図ったが、これも失敗に終わったそうだ。丸子城の要害に加え、兄・昌幸自ら援軍に駆け付けたことによる。

　三之丸の屋敷、裏庭の廊下から遥か北の空を望み、信尹は思った。数に於いて大きく勝る徳川が完膚なきまでの大敗を喫した理由は、一にも二にも油断ゆえであると。

（二の二の謀……か）

　楠流の戦術である。緒戦に勝った軍の驕りに付け入る奇襲だが、今回の徳川軍は半ば強引に油断「させられた」のだ。

「開門、開門！　家康公よりお召しにござる」

　屋敷の反対側、南に面した表門から声がかかった。信尹が向かった頃には、既に下人が門を開いて家康の小姓を招き入れていた。

　庭から歩を進めて来た若者に一礼し、縁側に正座して問う。

「お召しの儀、何用にて」

「はて、それがしの承知するところではござりませぬ。いずれにせよ急がれたし」

　若者はどことなく怯えた風であった。どうやら家康は相当に機嫌が悪いらしい。

「すぐに向かうとお伝えあれ」

　答えると、若者は飛ぶように戻って行った。敗戦の苛立ちをぶつけられたのでは、小姓も堪ったものではあるまい。

　身支度を整えると、信尹は本丸館に上がった。そして案内を受け、中之間へと進む。

　案の定、仏頂面が待っていた。

「参上仕りました」

　ひと言を発すると、家康は心底面白くなさそうに溜息をついた。

「上田の一部始終は聞いたであろう。何か言うことがあるのではないかと思うてな」

信尹は「はあ」と気のない返答をした。

「これと言って、ござりませぬ」

「後の戒《いまし》めとするため、其方の厭味を聞いてやろうというのだ。遠慮なく申せ」

すまし顔を崩しはしなかったが、一方で「おや」と微妙な違和を覚えもした。家康は何を言いたいのだろう。探るように、掛け値なしの本音のみを発した。

「御身が本陣にあらば、軍兵に驕りは生まれなんだかと」

家康は気短な反面、この上なく慎重でもある。この人ならば、緒戦で百姓兵を苦もなく蹴散らしたとて、真田の小勢を侮りはしなかったろう。手順を踏み、城下を焼き討ちにしてから城攻めに掛かったのは疑いない。

少しの間を置いて、苦い面持ちの頷きが返された。

「昌幸め、上杉の援軍が来ていたにも拘らず、自らの兵のみで戦いおったようじゃ。上田と丸子を守りきるや、すぐに上杉方を引き入れて守りを固めおった」

「然《しか》らば睨み合いに？」

「そうならざるを得ぬ。上杉が銭を出し、上田城をより堅固に整えておるらしいのでな。昌幸の奴……徳川の銭で城を築き、上杉の銭で固めるとは」

信尹は「ふむ」と俯く。もしやこれは、どうしたら良いかを諮《はか》られているのではないか。思って顔を上げ、短く問うた。

「それがしの考えを？」

「聞いてやらんこともない。わし自ら上田に出向けと申したのは、其方だけだったゆえな」

目を逸らしつつ答える家康を見て、信尹は心中で深く頷いた。

敵の弟に策を請う姿に、無上の敬意を覚える。やはり家康は紛うかたなき英傑であった。戦の前の諫言は家康を頑なにするための策だったが、恐らく当の本人が今になってそれを理解し、悔いているのに違いない。だからこそ、改めて問うている。

(正論か、奇策か)

思って、信尹は自らそれを退けた。己が何を言おうと、この人が同じ失敗を繰り返すはずがない。十分に吟味して最善の道を見出すはずだ。

「本陣の鳥居様が無傷とて」

発すると、逸らされていた目がこちらに向いた。真っすぐに受け止めて続ける。

「戦を続けることは叶いますまい」

「退けと申すのか。北条の手前もあるのだぞ」

北条が上野と下野に兵を出しているのは、今回の上田攻めと無関係ではない。だからこそ家康も、落としどころが見つからぬのだ。

だが、と信尹は胸を張った。

「恐れながら、家康公の欠点は気短なことにて」

「承知しておるわい」

「されど使いどころひとつで、それも力となりましょう」

家康は眉をひそめて少し考え、然る後に腹立たしげな笑みを浮かべた。

「兵を退かせ、真田の安泰を図るか。上田の守りが固くなれば、再び攻めるのも易からぬことになるからのう」

信尹は、すまし顔を崩さずに返した。

「徳川と真田、双方に益ありと思うたまで」

兄と家康は当代きっての俊英、己ごときが二人を凌駕《りょうが》できるなどと己惚《うぬぼ》れてはいない。この答が全てなのだ。あとは家康の決断次第である。

しばしの沈黙を破り、家康はこれ以上ない嫌悪を込めて吐き捨てた。

「昌幸め、小県の片田舎から堂々と天下の動きに絡んできおった。あの信玄もどきめ、まこと厄介な奴じゃわい」

「如何にしても潰すと仰せですか」

信尹が問うと、家康は毒気を抜かれたように溜息をついた。

「徳川と真田、両家のため……か。其方はずっと、そればかりを考えておったのだろうな」

すまし顔が崩れた。疎んじられているとばかり思っていたのに、この人はそこまで己を見ていてくれたのか。

家康は小さく噴き出して続けた。

「何という顔をしておる。我が家臣ではないか。まあ……此度は戦にこそ負けたが、得るものもあったわい。其方が兄に劣らぬ才を秘めておると分かった。先の言い分、わしなりに考えておくぞ」

信尹は黙って深々と一礼し、中之間を去った。

六　化かし続けよ

　上田城で徳川との睨み合いを続けて三ヵ月、天正十三年も十月下旬となった。上野に侵攻していた北条軍は、上田合戦の顚末を知ったからか、或いは沼田城を攻めあぐねたからか、既に兵を退いている。

「昌幸殿。来た、来たぞ」

　叔父・綱頼が、ばたばたと廊下を踏み鳴らして居室に参じた。年に似つかわしくない慌てようである。理由はひとつしかない。

「羽柴ですな」

　昌幸は秀吉と誼を結ぶべく、上杉を通じて書状を送っていた。その返書かと確かめると、白髪頭が力強く頷く。朱漆塗りに金箔を散らした派手な文箱を、手ずから運んで来ていた。

　受け取って中の書状に目を通し、昌幸は静かに発した。

「是、です」

「よし！」

　叔父が手を叩いて喜ぶ。だが昌幸は淡々としたものであった。

「これより真田は羽柴傘下の大名です。上杉との盟約については今までと同じようにすべしと申し送られておりますな」

　叔父はどこか当てが外れたような顔になった。

「嫌に落ち着いておられるのう」

昌幸はさらりと返した。

「大して面白くもありませぬ。こうなることは分かっておりましたゆえ」

小牧・長久手の頃から、秀吉は自らに益あるように信濃の国情を動かし、徳川の背後を衝こうとしていた。戦そのものは和議を以て終結させたが、徳川との対立が終わった訳ではない。警戒や牽制は未だ必要なのだ。秀吉にとって、徳川の大軍を撃破した真田との交わりは願ったり叶ったりであろう。

語って聞かせると、叔父は得心したように「なるほど」と頷く。昌幸は、くすくすと含み笑いを漏らした。

「されど、ここからは面白くなる。徳川と羽柴、両者の争いを再び煽ってやれますからな。まずは叔父上のお言葉どおり、秀吉という男を知るところからですが。さて、大国二つをどう化かすか……それを思うと笑いが止まりませぬ」

小さな笑いは次第に肩を揺らすようになり、やがて腹の底からの大笑へと変わった。

真田が羽柴と好誼《こうぎ》を通じたことで、家康はどう出るか。様子を窺うこと半月ほど、十一月十四日の早暁に、戸石城にある嫡子・信幸から早馬が寄越された。

「禰津の徳川本陣、夜中から慌しく動いております」

寝巻のままで急使を引見した昌幸は、訝しく思いながら問うた。

「朝駆けを仕掛けて来るでもないのか」

「はい。若殿も怪しんで物見を出されましたが、向こうの用心も相当なものでして。何がどう動いておるのか、中々に探れませぬ」

腕を組んで沈思した。秀吉とのことは、徳川方もとうに知っているだろう。にも拘らずここまで踏み止まったからには、今になって羽柴の威に恐れを成したとは考えにくい。

「落ち着きのない動き……皆目見当も付かん。されど敵が乱れておるなら好機ぞ。徳川方をさらに乱れさせるよう、信幸に申し伝えよ」

「承知仕りました。して、どのように」

昌幸は、ほくそ笑んで返した。

「噂を流すべし。甲斐に於いて龍宝《りゅうほう》殿に決起の動きあり、とな」

武田信玄の次男、幼少で失明して仏門に入った者の名であった。再び武田の旗が翻れば、甲斐国衆はどう動くか分からない。徳川にとっては脅威であろう。折りしも季節は冬、退路の不安を煽れば撤退に追い込めるかも知れなかった。

だが――。

流言の効き目があったのかどうか分からぬうちに、徳川方は全軍が撤退に掛かった。家康の用心は相当なもので、退き際の追撃を受けぬように牽制するため、股肱《ここう》の井伊直政《いいなおまさ》に五千の兵を付けて寄越したほどだ。昌幸はこの撤退をただ見ているしかなかった。

だが真田にも、追撃して戦果を大きくするだけの余力はなかった。昌幸はこの報を得て、深く、深く、安堵の息を吐いた。

真田領は、ひとまずの落ち着きを得た。諸将の配置も平時のものへ戻し、信幸は岩櫃城、矢沢頼康は沼田城、池田綱重は戸石城に帰らせる。先まで沼田を任せていた湯本三郎右衛門は元の羽根尾城に入れ、横谷左近には上田城付きを命じた。

だがこの頃、上杉景勝から昌幸を愕然とさせる書状が届いた。

徳川の宿老・石川数正《いしかわかずまさ》が出奔し、羽柴に寝返った。

書状を持つ昌幸の手が震えた。だから徳川方は急に引き上げたのだ。

石川はただの重臣とは訳が違う。徳川の故地・三河岡崎《おかざき》の城代を任せられたほどであり、家康の父・松平広忠《まつだいらひろただ》の頃から仕えて主家を支え続けた忠臣である。己に照らし合わせれば、叔父・矢沢綱頼が謀叛したに等しい衝撃なのだ。

「羽柴秀吉……何と恐ろしい男か」

叔父の言に従い、まずは秀吉という男を知らねばと心に決めていた。そのこと自体に変わりがあるではない。だが改めて相手の力量を思い知り、漠とした予感が胸に満ちた。真田はまだまだ危ない橋を渡らねばならぬのだと。

＊

徳川との戦が収束に向かう頃、昌幸は秀吉に人質を差し出した。先に上杉に送った次男・信繁を羽柴へと転じたものである。秀吉の居所・大坂《おおさか》まで随伴したのは、上杉に遣った時と同じく矢沢頼康であった。

十二月六日、その頼康が戻って上田城に上がった。どうしたことか、ひどく憔悴している。

「大坂への行き帰りが身に応えるような歳でもあるまい」

広間の中央にある頼康に問いながら、右前に侍する叔父に目を遣る。少しばかりむっつりとした顔が返された。自ら「歳だ、歳だ」と言う割に、人に言われると腹が立つのは人の常である。わずかでも頼康の気持ちを楽にしてやろうと思っての戯言だった。

しかし頼康は、いささかも心を緩めることなく返した。

「未だ、上方のことは伝わっておりませなんだか」

「何かあったのか」

昌幸も面持ちを厳しく改めた。頼康が頷いて続ける。

「先月の二十九日、上方が地震に見舞われ、甚大な害を被りました。信繁様に於かれましては幸いお怪我もありませんでしたが、数日は気の休まる暇もなく過ごしましたゆえ」

「そうであったか。信繁もおまえも、災難であったな」

子や従弟が無事で済んだことに胸を撫で下ろしつつ、昌幸はすぐに次を問うた。

「秀吉は？」

安否を気遣う気持ちからではない。真田の行く末を左右するからだ。頼康もそれは承知していて、見てきたことをつぶさに語った。

秀吉は怪我もなく無事である。だが昨今築城している大坂城は、ところどころ石垣が崩れて補修を要する状態になった。町割りの進む大坂城下にも目を覆うばかりの被害があり、当面は満足に商いもできぬ有様だそうだ。京でも東寺《とうじ》の講堂で壁が崩れ落ち、三十三間堂《さんじゅうさんげんどう》では仏像が六百も倒れたという。

「若狭湾《わかさわん》には津波もあったとか。それから帰り道で、近江《おうみ》の長浜《ながはま》城や美濃の大垣《おおがき》城が無残に崩れ去っておるのを目にいたしました。同じく美濃の郡上八幡《ぐじょうはちまん》は、どこからあれだけ水が出たのか、一面の大池と化しておった次第」

主家となった羽柴の領地が如何に凄惨《せいさん》な状態かが知れた。本来なら憂えて然るべきところだろう。しかし昌幸は呆けたように聞いた後で、しばし腕組みをして沈思し、やがてにんまりと笑った。

「秀吉に隙ができたか。家康の尻を叩きたいところだ」

信濃は今も徳川方と羽柴方の国衆が小競り合いを繰り返している。これを種火に両大国が正面切って争うよう焚き付ければ、真田にとっては漁夫の利を得る好機となろう。

さて、どの争いをどう使うか——。

値踏みしながら周囲に目を配ること三ヵ月ほど、年明けの天正十四年（一五八六年）二月三十日に重大な指示がもたらされた。

「矢止めだと……」

書状に目を落としてそう漏らしたきり、昌幸は奥歯を嚙み締めた。傍らの叔父が身を乗り出し、こちらの手の内を覗き見る。

「信濃国衆の小競り合いをやめさせて欲しいとな。じゃが、これは」

秀吉は昨年七月に関白《かんぱく》に叙任されていたのだが、停戦の要請はこの官位を以て発している。昌幸は顔を上げ、力なく頷いた。

「形の上では単なる依頼です。されど、その実は命令に相違ござらん」

「これでは我らも」

叔父も口を噤んでしまった。

秀吉にとって、徳川との和議は表向きのことだったはずだ。だからこそ先に石川数正を引き抜き、真田とも誼を結んだ。上杉の北信四郡、真田の小県、木曾義昌の伊那、全十郡の過半を押さえるに至った秀吉が信濃での停戦を求めるとは、即ち徳川との真の和睦を模索し始めたことを意味していた。

「やはり、この間の地震が大きいか。万策尽きたようじゃな」

諦めたように叔父が呟く。昌幸はただ苦い面持ちを見せるのみであった。

この命令の後、上杉景勝と木曾義昌は国衆を説き伏せ、小競り合いを止めに掛かった。徳川も同様である。真田だけが騒いだところで何をどうしようもない。

両勢力ともに釈然としないままの、居心地の悪い平穏が続く中、秀吉は関白の権限を以て家康に上洛を求めるよう方針を変えた。応じれば臣礼を取らざるを得ないからだろう、家康は馬耳東風《ばじとうふう》に聞き流している。

そして五月、秀吉が如何に本気であるかが明らかになった。妹の朝日姫《あさひひめ》を夫と離縁させ、正室のない家康に嫁がせるという離れ業に打って出たのだ。だが家康は、それでも上洛には応じなかった。

家康の思惑は定かでない。朝日姫を正室に迎えたのは、単に人質と見ているだけかも知れなかった。詳しく知るための伝手《つて》は、徳川に潜り込ませた弟・信尹のみである。だが上田合戦を境に弟からの書状は途絶えていた。斬られたという話は耳にしないが、徳川家中の目が厳しいことは容易に想像が付く。

一方で、この頃になるとまたも北条が上野に兵を出して来た。昌幸は沼田城の頼康と岩櫃城の信幸に指示を下して防戦に徹した。家康の考えが知れぬ以上、小県の兵を上野に回すことはできなかった。

六月、上杉景勝を通じて書状が届いた。朱漆と金箔の文箱は秀吉からのものである。昌幸はこれを検めると、上田城に諸将を集めた。

上野で北条軍を押さえている頼康と後詰の信幸を除き、重臣が本丸館の広間に並んだ。池田綱重、横谷左近、湯本三郎右衛門、そして右手前に侍する叔父、皆を見回して昌幸は発した。

「秀吉から、上洛せよと言うて来ておる」

真っ先に口を開いたのは湯本であった。

「それはまた無理な注文を」

然り、上野を攻められている最中に上洛などできようはずもない。上田合戦の際に沼田で奮闘していた湯本は、北条軍がどれほど手強いかを熟知している。昌幸は大きく頷いた。

「景勝殿も上洛を命じられておるのか」

問うた叔父に、昌幸は「はい」と返した。

「主立った大名全てに上洛を命じているようです。家康に上洛を促すのと同じでしょう。上方が荒れているためかと」

傘下の者には改めて忠節を試すため、他はこれを機に臣礼を求めるため、関白の威を以て戦わずに諸勢力をまとめようとしている。

横谷が声を押し潰した。

「然らば応じると？　上野のことを思えば、危険極まりない話です」

池田が「ですが」と声を上ずらせた。

「上洛せねば怒りを買いますぞ。後々どのような目に遭うか分かったものではございませぬ」

昌幸はそれぞれに「うん、うん」と頷いて、最後に叔父へと目を向けた。

「ご存意は？」

叔父は瞑目して口を真一文字に結び、しばし考えてから答えた。

「まずは景勝殿を通じ、真田の苦境を報せたが良かろう。北条が兵を退き次第、上洛すると」

池田が頷く。横谷や湯本も「それが良い」と口を揃えた。個々に思うところの差こそあれ、秀吉に従うべしというのは一致しているようだった。

「昌幸殿、ご決断を」

叔父に促され、ふう、と息を吐いた。然る後に声を張る。

「上洛の下知、拒むのみ」

広間がしんと静まった。ひと呼吸の後、それは喧騒へと変わる。

「殿！　それではどうなることか」

「景勝殿をお頼みする以外にございますまい」

「今までの苦労が水の泡となりますぞ」

口々に言う。昌幸は自らの膝をぱんと叩き、まずは黙れ、と示した。

「矢止めの下知があった時、叔父上が仰せられた。万策尽きたと。皆が皆、そう思うておるのではないか」

叔父が虚を衝かれたような顔で返した。

「違うと仰せか」

右前を向いて大きく頷いた。

「この苦境こそ好機なのです」

そして居並ぶ重臣に向けて言った。

「考えてもみよ。家康は秀吉の妹を娶《めと》った後も上洛しておらぬ。それでも何ら咎めを受けてはおらぬではないか。同じように真田が拒んだとて、罰することなどできまい。その上我らは上野を攻められて身動きが取れんのだ」

池田が切羽詰った声で捲し立てた。

「恐れながら、徳川は大国、我らは小国にござりますぞ。徳川は戦わずに取り込みたい、されど真田が逆らえば潰す、それが人の世の常にござりましょう」

「然《さ》にあらず。大国だから拒んで良し、小国だからいかんというのでは、諸侯に上洛を命ずるに於いて一貫を欠く。大国だから拒んで良し、網重の申すとおり、確かに人の世は理不尽なものぞ。だが関白が筋を違えては、小国には不信しか生まれぬ。まして秀吉は未だ徳川や北条という大国を従えておらぬのだ。わざわざ火種を生むような差配をするとは思えぬ」

叔父が確かめるように釘を刺した。

「敢えて綱渡りをなさるか」

「真田は今までそうやって参りました。小国の常として、強い者に付いたから安泰などということはござりませぬ。然らば、自らの立場を以て関白を試そうかと。もし真田に怒りを向けるような愚か者なら、家康はどう出るでしょうな」

付け入る隙があれば牙を剝くのが、あの男なのだ。真田が生き残り、伸し上がるための道はまだ潰《つい》えていない。

「危ない橋こそ渡る価値があると心得よ。秀吉と家康を化かす。これが最後の賭けだ」

居並ぶ重臣に向け、力を込めて宣言した。

＊

二ヵ月が過ぎ、秋八月となった。上野に侵攻した北条軍はここまでの間に兵を退いている。堅牢な沼田城に拠って戦った末の粘り勝ちであった。

上洛を拒んだことについても、これまで処罰を云々されてはいなかった。

ところが――。

「お久しゅうござる」

上田城の広間に使者が入り、作法に則って頭を下げた。昨年から海津城代となった須田満親《すだみつちか》である。先の上田合戦でも上杉援軍の大将を務めた男であった。

「その節は世話になり申しました。して、今日のご用向きは」

「ひとつ、お伝えせねばならぬことがありましてな。本国の越後から漏れ聞こえたことですが」

前置きをした上で、須田は面持ちを曇らせた。

「先に上洛されなんだこと、関白殿下が大層お怒りとか」

「はて。当家はお叱りのひとつも頂戴しておりませぬが。まことの話にござろうか」

須田は顔を強張らせて小さく頷いた。

「残念ながら先日、この先は何があろうと真田への援軍は罷《まか》りならぬと、主君・景勝より下知があり申した」

どういうことかは明白である。秀吉は見せしめのために真田を使っているのだ。

だが、秀吉がその気なら構わぬ。進んで傘下に入った者を無体に罰すると言うのなら、未だ関白の威に服していない諸国は不信を抱き、この先、秀吉に従うことに二の足を踏むだろう。羽柴と徳川の争いも避けられまい。真田にとっては好機到来だ。大国同士の争いがあれば、立ち回り方はいくらでもある。

とはいえ、一方では解せぬ思いも胸に満ちていた。秀吉はその程度の男なのだろうか。家康を懐柔せんとして繰り出した、あの手この手が無駄に――。

「うん？」

何か引っ掛かる。昌幸は首を傾げ、口の中でぶつぶつと呟いた。

「関白の威……。見せしめ。徳川……」

「もし、真田殿」

「徳川か！」

こちらの様子を危ぶんでいた須田が、突然の大声に仰け反った。

「な……いきなり何を叫ばれる」

昌幸は身を乗り出し、熱を込めた眼差しで発した。

「須田殿。お手数にござるが、景勝公にお頼みしてはくださらぬか」

「え？　ああ……して、何を」

「真田は関白殿下に詫びを入れとう存ずる。上杉家にお取り成しを願いたいのです」

「はあ。関白殿下は当家の家老・直江兼続《なおえかねつぐ》を大層気に入っておられますゆえ、直江を通じての取り成しはできるかと存じます。されど先に申された『徳川か』とは？」

「いずれ分かります」

昌幸は胸を張って返した。須田は訳が分からぬという面持ちながら、この頼みを聞き入れてくれた。

半月ほど経って八月の二十日過ぎ、家康が真田攻めの支度を整えていることが上田に報じられた。昌幸もこの報せを得て兵を整えたが、九月の声を聞く頃には全ての足軽にお役御免を申し渡し、士分の者や地侍もそれぞれの城や領地に戻してしまった。

九月十日、上田には軍兵の喧騒もなくなり、町普請の賑わいだけがあった。

「そうれ、よっこらしょ」

「ようし。釘打つぞ」

大工衆の威勢の良い声が飛び交う中、昌幸は城下に馬を進めた。昨年の合戦で火を放った辺りには未だ焼け跡も散見される。もっとも上杉の資金で再建は捗《はかど》っており、立ち並ぶ家はまばらではなかった。

北の裏路地へと通じる小路口の角には、間口の広い構えが新造されていた。商家だろうか。棟上げまで終わり、柱と柱の間に筋交いを嚙ませている最中である。骨組みだけの家は新しい木の香気を漂わせていた。

「もっと大きく、だ」

前後左右を馬廻衆に囲まれた馬上で、昌幸は小さく独りごちた。

上田は東山道の要衝である。町割りはもっと東に広げて商いを盛んにし、併せて城の防備も厚くしたい。城の北にある野は開墾し、千曲川から水路を引く。そうやって戸石城下の村々と一体にまとめれば、この地はもっと栄えるだろう。人も増え、ひいては多くの兵を抱えることもできる。再び作り上げられていく町並みを眺めていると、上田の繁栄が目に浮かぶようであった。

と、小路の奥から見知った顔が歩み出て来た。新平である。

「あ、こりゃあ殿様」

「おお、来ておったのか」

徳川軍を追い詰めるために火を放ったのは、主に表通りの町屋と、裏路地でも迷い道に仕立てた場所のみである。新平の家は無傷で残っていた。

昌幸は馬上のままで問うた。

「また狩りか。城に顔を出せば良いものを」

するとと新平は、間抜け面を綻ばせて大きく頭を振った。

「そうじゃねえんです。穴、埋めようと思って」

「穴……。ああ、抜け道のことか」

「へえ。次に徳川が攻めて来たら、その時は穴を使われちまうら」

確かに次の戦となれば、何をどうしようと城下を焼かれ、一斉に攻め寄せられるだろう。抜け穴が残っていては命取りになる。

「そうか。追って埋めるように命じるつもりだったが、自らそこに行き着いたか」

慧眼《けいがん》だな、と思って柔らかく笑った。

しかし新平は、どこか神妙なものを顔に宿した。

「あのう、殿様。次に攻めて来たら……って、うらぁゆいましたけんど、大丈夫なんでしょけ」

「何がだ」

「もう甲斐まで来ちょるって噂なんですが」

昌幸は平らかに返した。

「噂ではない。本当にそうだ。……が、戦にはならん」

「へ？」

新平のきょとんとした顔に向け、種明かしを始めた。

「先だって、上杉家から書状が届いてな。家老の直江兼続殿からだ。それに記されておった。徳川が真田攻めの兵を出しておるのは、実は関白殿下が陰で命じたことらしい」

「え？　あの、関白って、あれですけ。天下人の」

「そうだ。殿下が自ら軍を出すというのなら、わしも泡を食ったであろう。されど、もしや徳川を使うのではないかと思い付いたら目の前の霧が晴れた。結局のところ、わしの思うたとおりであった」

「あの、じゃけんども。それが、どうして戦はないってことになるんですけ」

昌幸は新平を手招きして、自らは視察を続けるために馬を進めた。

「徳川家康はわしを疎《うと》んじておる。ゆえに去年は戦となった。ところが真田は今や、関白殿下に付いておる」

新平が馬の脇に付いて歩きながら「へえ」と応じる。その顔を見下ろして続けた。

「家康は未だ殿下に従っておらん。その男に上田攻めを命じるとは、つまり殿下は家康を手懐けたいのだ」

昌幸は秀吉の下命に逆らった。潰す口実としては十分である。そういう真田の立場を利用して家康の歓心を買うためなのだと説いて聞かせた。

「上杉からの書状には続きがあってな。殿下は何と、実の母上を徳川への人質に差し出すつもりらしい」

新平が目を丸くして馬上を向いた。

「母上……母やんけ。そりゃあ何とも」

「だろう。ここまでしても家康が従わないなら、殿下も戦に踏み切らざるを得ぬ。もし徳川が真田の領を攻め取っていれば、戦を仕掛ける大義名分となろう」

ぽかんとしていた新平が、不意に「あ！」と叫んだ。

「そしたら、関白様が母やんを人質に出すっちゅうのは、徳川様を脅しちょるんですけ」

昌幸は「そうだ」と破顔一笑し、手を叩いた。

「家康とて、日本の半分を握る男と戦って勝てるなどとは思っておるまいよ。徳川が滅べば、此度の一件、関白殿下が裏で糸を引いていたことも闇の中だ」

「徳川様が関白様に従うにしても……その前に上田に手ぇ出しちょったら、ばつが悪いなあ」

「まあ、追って咎めを受けような。どうあっても家康が損をする喧嘩なのだ、これは」

上杉景勝に取り成しを頼んだのは、秀吉の肚を探るためであった。もし自らの足許も見えぬ者なら、いずれ世の頂から転げ落ちるしかない。それを見極めたかった。

だが秀吉は、正真正銘の天下人であった。先の先を見通し、足許をも疎かにせず、大胆かつ狡猾である。秀吉の寵を受ける直江の言なら信を置くことができよう。家康の真田攻めは、遠からず立ち消えとなるに違いない。

「関白様っちゅうお人は、凄えずら。おっかねえなあ……」

新平はしきりに感嘆の唸り声を上げていた。だが、しばし進んだ辺りで歩を止め、悟ったように静かな声を発した。

「でも殿様。関白様と徳川様が仲良うなったら」

数歩遅れた場で立ち止まったままの新平に、肩越しの視線を向けた。

「そうだな。わしの化け札は使いどころがなくなる」

昌幸は目を伏せ、しみじみと微笑みながら首を二度横に振った。

見通し違わず、ほどなく家康は甲斐から兵を退いた。秀吉の実母・大政所《おおまんどころ》を人質に迎え、上洛することを決したためである。秀吉は極限まで譲歩しつつ、その実は恫喝して、ついに駆け引きだけで最大の敵を傘下に従えた。未だ秀吉に従わぬのは、関東の北条、陸奥の伊達《だて》など、残りわずかである。戦乱の世は、ようやく収束に向かい始めていた。

家康が上洛して臣礼を取ると、秀吉は昌幸に書状を寄越し、上洛を拒んだことを許すと通達してきた。赦免《しゃめん》の条件は、真田が徳川の寄騎大名に付くことであった。

＊

徳川を取り込んだ二ヵ月後の天正十四年十二月十九日に、秀吉は朝廷から豊臣《とよとみ》の姓を下賜された。およそ千年ぶりの新姓である。

明けて天正十五年（一五八七年）三月、昌幸は再び上洛を命ぜられた。懸案の上野にも今は北条の手が伸びていない。一時の平穏を以て、昌幸は下命に従った。

上洛の途上、済ませておかねばならぬことがある。本拠を駿河に移し、駿府《すんぷ》城に入った家康への目通りである。寄騎大名に付けられて以後、未だ正式に挨拶をしていなかった。

駿府城は南に駿河湾を一望する平城であった。古来の名家・今川家が本城としていただけあって造りは古いが、堀割りは広く、見るからに深そうである。総構えから城壁から、上田城よりずっと大きく堅牢に映った。長い年月の間に広げられた町割りは、昌幸が思い描く上田城下を遥かに凌ぐ規模と繁栄があった。

「これが。そうか……強い訳だ」

昌幸は嘆息して馬を下り、供を務める横谷左近に手綱を渡して、南向きの大手門前に立った。

「真田安房守昌幸、出仕挨拶に参上仕った」

門衛の武士たちが揃って一礼し、それらの長らしい者が案内に立った。三之丸から二之丸、本丸へと導かれ、本丸館の玄関で案内役が交代した。

広間に進むと、驚いたことに、そこには家康以外の誰もいなかった。

「お久しゅうござります」

昌幸は深々と頭を下げる。鷹揚な口ぶりで声がかけられた。

「まず、面を上げよ」

平伏を解く。しばし無言で眼差しを交わした後、家康は「やれやれ」と背を丸め、顔だけをこちらに向けた。

「其方には散々に手を焼かされた。よくもまあ、あれこれと化かしてくれたものだ」

昌幸は穏やかに応じた。

「全ては真田が生き残るためにござりました。家を栄えさせ、領を広げ、家臣領民に安寧をもたらすべしと。そのために必要だからこそ、手段を選ばず立ち回ったに過ぎませぬ」

家康は、少しばかり嫌らしい笑みを浮かべた。

「それだけか」

じっとりと、粘り付くような視線である。昌幸はただ家康と目を合わせたまま、無言を貫いた。

やがて、どちらからともなく溜息をつく。家康は、今度はおかしそうに笑った。

「武田を見限って、北条、上杉、そして我が徳川、果ては豊臣に付き、付いては離れ、騙し、化かしてきた。それでも兵や政は武田流を貫いておる」

「武田流……ご承知でしたか」

「軍に於いては無駄口を利かず、戦に於いては敵の出鼻を挫き、勢いありと見れば一気に叩く。わしも信玄公とは何度も戦った身よ。長篠での戦いの後、武田が滅んだ後も、遺臣を多く召し抱えた。分からいでか」

そして家康は、何とも寂しそうな面持ちで続けた。

「其方、武田信玄になろうとしておったのだろう」

見透かされていた。そのとおりである。彼の人が生きた証を残すため、教えを受けた己が――その思いは、つまり自らが信玄の権化たらんと欲していたということだ。

しかし、それも行き詰まっている。自らの足で立つと決めた日、己は「どこまで大きくなれるだろう」と思ったものだ。それが、今や徳川の寄騎大名に据えられ、化け札の使いどころを探しあぐねている。

家康はしばしこちらの顔を見ていたが、最前よりもさらに寂しそうな顔で口を開いた。

「かく申すわしは、信玄公を越えたいと思うておった。其方と同じ、家のために力を尽くすは当然のことなれど……それとは別に、信玄公が鬼籍に入り、ついに勝てぬままだったのが癪に障ってな。そのために何としても其方の力が欲しいと思い続け、都度、煮え湯を飲まされた」

「ならば御身とそれがしは」

昌幸が発すると、家康はこそばゆそうに笑った。

「そのとおり。信玄になろうとした男、信玄を越えようとした男、似た者同士じゃわい。其方を潰さねばならぬと腹を決めて戦に及んだが、今となっては全て水に流そう。何しろ、その器ではなかったのだからな」

言葉を切り、西側の廊下の先にある庭へと目を向けた。

「のう昌幸。わしは去年、大坂に上がって度肝を抜かれたわい。地震があってから一年足らずだというのに、大坂の城も町も、どこにも荒れたところがない。全てが真新しく綺麗に整えられておる。あれが関白の力なのであろうな」

「それがしも家康公も、所詮は片田舎で騒いでおったに過ぎぬと？」

家康は目を戻し、背筋を伸ばした。

「そうは言わん。其方も、わしも、必死に戦った。信尹や、死んだ依田信蕃……其方にとっては弟や友、わしにとっては家臣たちだ。皆の思いを辱めるつもりは毛頭ない」

昌幸の胸に、二人の顔が浮かんだ。

信尹には、ずいぶんと辛い役回りを命じてきた。その全てを果たしてきたのだ。上田合戦の後も徳川に留まって生き延び、家康から家臣と認められていることが、今の言葉で分かった。才ある弟だと思っていたが、家康ほどの男に認められたのなら、兄としては誇らしい。

依田への謝意も尽きることがない。あの男が共にあったからこそ、己は北条を化かし果せたのだ。再会して喜び合ったのも束の間、討ち死にの報を耳にした時を思い出すと今でも胸が痛む。だが、もし依田が生き続けていたら、己は徳川を化かすと決心できただろうか。

「小なりとは言えど、大名と見做されるまでになれた。信尹に信蕃……あやつらがいなければ、今の真田はございませぬ」

発して、俯いた。家康の「その器ではなかった」という言葉が思い出された。

確かに、そうかも知れぬ。おこがましい。その一語に尽きるだろう。あれほど優れた弟や友があったのだ。信玄ならば、もっと大きく成り上がっていたのではあるまいか。

家康はしばしこちらを見ていたが、溜息ひとつを機に、ゆったりと、しかし峻厳に発した。

「昌幸よ。以後、其方は自ら領を広げる必要はない。徳川の寄騎となったからには、真田の繁栄もわしと共にある。この、豊臣の天下でな」

下手な野心を持つな。秀吉を化かそうなどと考えてはならぬ。信長の横死を機に伸し上がろうと躍起になっていた男とは思えぬ忠言であった。

「関白殿下のお力は、それほどにござりますか」

「其方も上洛すれば分かる。いずれ豊臣は、天下をひとつに統《す》べるであろう。家の安泰、家臣領民の安寧、それをこそ旨とすべし。泰平が満たされる限り、欲をかいて何になる」

再びの沈黙が流れた。静かに、静かに、互いの呼吸を聞く。

やがて昌幸は軽く目を伏せ、すぐにまた開いた。苦笑が浮かぶ。

既に家康ですら牙を抜かれてしまったのか。だとすれば、やはり己が豊臣と渡り合うなど無理な話だろう。小国の真田は、もう化け札にはなり得ない。その器ではなかったのだ。

家康も同じような笑みを以て応じた。

「大坂を良う見て来い。そして徳川と共に歩め」

駿府城への出仕挨拶は、半刻（十五分）ほどで終わった。

広間を立ち去って館の玄関に至り、供の横谷左近と落ち合う。南の二之丸から三之丸へと抜けた正面には城番の居館が林立していた。どれも古びた屋敷だが、小奇麗に整えられている。

それらを背にして、これも久しぶりの顔があった。信尹である。

昌幸が「おお」と声を上げると、信尹は黙って頭を下げた。相変わらずだな、と思って歩を進め、互いに手の届く辺りまで近付いて再び声をかけた。

「わしと家康公が争う中、苦労したであろう。良くぞ生き延びた」

「何も。お役目なれば」

「だが真田は徳川の寄騎となった。この上は、おまえも徳川にいる必要はあるまい。小県に帰って来ぬか」

信尹が少し眉根を寄せた。何かまずいことを言ったかと、昌幸の胸に怪訝なものが浮かぶ。

そこへ、返された。

「それがし、このままで」

平らかな声音である。だが、どこか冷ややかで、しかもいくらか激しい口調に感じられた。

言葉に詰まっていると、信尹はまた発した。

「真田が徳川の寄騎なら、それがしの出仕も当然にござろう。まことに天下が泰平とならば、もう脅し脅されて生きることもなく。兄上の化け札も無用になりますな」

最前と同じ口調であった。冷えびえとして、しかし一方で激しく胸を揺さぶる。何だろう、この奇妙な感覚は。

返答に窮するこちらに一礼して信尹は踵を返した。去り際に、右の肩越しに顔を向けてくる。

――目だけが、不敵に笑っていた。

その顔を見た刹那、総身が痺れた。脳天を不意に叩かれたような衝撃がある。ゆえに、動けない。弟の姿が城番屋敷のひとつに消えるまで、昌幸は立ち尽くしていた。

駿府城を出た後は供の横谷と馬廻衆、そして雑用番の賦役を命じた新平を従えて一路西を指した。三月十八日、駿河から遠江へと続く東海道に、初夏の様相を帯びた陽光が燦々《さんさん》と降り注ぐ。道の両脇を彩る青草から陽炎が立つほどの暑さの中、馬の蹄がのんびりとした音を立てていた。

信尹と会ってから、昌幸はずっと口を閉ざしていた。あの顔、あの目の意味をひたすら考えている。

前を行く馬上で横谷が「殿」と振り向いた。目だけを遣ると、何とも無念そうな面持ちである。

「信尹様を徳川に取られてしまいましたな。長らく殿の影としてお役目を果たして来られましたが……上田の戦いに纏《まつ》わるあれこれで、お疲れになってしまわれたのでしょうか」

違う。信尹の去り際を思い返すほどに、その確信が強くなっている。

だが、何がどう違うのか。ここまで出かかっていると思えるだけに、もどかしくてならない。

二呼吸ほど何も発しなかったからか、横谷は溜息をついた。

「武田が滅んだことを機に、我らは成り上がる道を探って参りました。ここ数年の苦労が、今となっては楽しかったとすら思えます。泰平の世となり、それも終わるのですな」

泰平——そのひと言に、昌幸はぴくりと眉を動かした。

「……そうか」

弟が何を言いたかったのか、やっと分かった。信尹は長らく家康に見張られていたはずだ。だが、逆に近くで家康を見続けてもいた。だからこそ看破できることがある。くすくすと笑いが漏れた。

「殿？」

訝しむ横谷に、笑いを噛み殺して応じた。

「わしもたった今まで、おまえと同じ思いであった。ここまでか、とな」

「え？　それは？」

「双子ゆえかな。どうにも信尹とは以心伝心というところがある。あやつの最後の言葉は、わしの思い違いを正すためだったのだ」

横谷は最前のことを思い出しつつ、信尹の言葉を拾い上げるように呟いた。

「まことに、泰平ならば……。脅し合うこともない。と」

「実は家康も、同じようなことを言うた。家の安泰、家臣領民の安寧、世の泰平が満たされる限り欲張らんとな」

昌幸は横谷に手招きをして、自らの馬と轡を並べさせた。そして声をひそめる。

「脅し、脅され……か。家康の物言いがあまりにしおらしいものだから、危うく騙されるところであった。考えてもみよ。家康は食えぬ男だ。その家康を、秀吉は脅して従えたようなものぞ。斯様な形で取り込まれて、あの男が心から服するはずがない。豊臣と徳川、両家がどれほど昵懇《じっこん》となってもそれは変わらぬ」

「そういうものでしょうか」

「家と家、されど突き詰めれば人と人よ。豊臣と徳川の間には、心の奥底に拭い去れぬわだかまりが残る」

横谷は「はあ」と戸惑うように応じた。

「殿が仰せのとおりやも知れませぬ。されど如何にして、信尹様のお言葉からそれを？」

昌幸はにやりと、謀を巡らす時の笑みを返した。

「まことに泰平ならばと、信尹は言うた。まことに……とな。それには程遠いと、あやつは釘を刺したのだ。そこで家康の言葉だが」

横谷の目を鋭く見据えて続ける。

「泰平が満たされる『限り』と言いおった」

つまり家康も、そうなるとは思っていないのだ。どうやら察したか、横谷の顔が次第に強張り始めた。昌幸は、小さく、力強く、首を縦に振った。

「間違いない。家康は秀吉を化かす気でいる。豊臣の天下に綻びが生まれれば、すぐにまた自らの足で立とうとするだろう。そして他ならぬ家康が、綻びを生むだけの力を持っておる。だからこそ、わしには『関白に逆らうな』と忠言してきた。この上は徳川に従うのが良いと」

「そのとおりにしておったら」

「ああ。家康が再び動く頃、真田は何もできなくなっている。騙し騙され、脅し脅され……世の習いよな。家康め、情けをかける風を装いながら、実は騙し、脅しておったのだ」

改めて「その器ではなかった」という言葉を思い起こす。無性に腹が立ってきた。

家康はこちらの心を挫こうとしていたのだ。器云々が「互いに」だとは言わなかった。自らはまだ諦めていないという心の内が、我知らずに出ていたのだろう。

昌幸は奥歯を嚙み締めるようにして続けた。

「だが甘い。化け札としては、この昌幸に一日の長がある。わしが骨抜きになったと家康に思い込ませ、秀吉との間にある溝を深めれば」

口の中で「クク」と笑う。

「このちっぽけな札一枚が天下を動かす目は、未だ十分に残っている」

横谷の顔には、うっすらと赤みが差していた。

「然らば、殿は次の一手を打つおつもりで？」

「それも信尹が教えてくれた。信幸を徳川に出仕させる」

既に次男・信繁を豊臣に出仕させている。だが真田が徳川の寄騎である以上、嫡男を徳川に出仕させたとて、何らおかしな話ではない。

豊臣と徳川の間には、埋めることのできぬ溝が横たわっている。いずれ再び干戈《かんか》を交えるであろう両家それぞれに子を仕えさせれば、真田の当主たる昌幸は、流れを読みながらどちらにも付くことができ、どちらを策に嵌《は》めることもできる。

「上杉、北条、徳川、三つの大国に近付き、離れを繰り返してきた。これからは豊臣と徳川よ。双方に一目置かれるように動き、いつの日か必ず……天下の行く末を握ってやる」

「化け札は未だ死なず、ですな」

横谷の声は、すっかり熱を帯びていた。

そこへ水を差すように、馬の後ろから間延びした声が届いた。

「あのう殿様。楽しそうなとこ、あれですけんど。それじゃったら、うら、また何かやることになるんですけ」

新平である。今の話で全て理解したのだから、大したものだ。昌幸は横谷と顔を見合わせ、肩越しに振り向いて呆れ顔を見せた。

「おまえ、もう真田の家臣になってしまえ。知行五十貫でどうだ」

端武者の十倍以上、破格の条件である。だが新平は目を剝いて仰け反り、顔の前で手をばたばたと振った。

「とんでもねえ。人の上に立つなんて、うら、そんな窮屈なことは御免です」

「変わらんな、おまえは」

昌幸は大笑して前を向いた。新平だけではない。己も変わらぬ。生き残るため、成り上がるため、これからも世を化かし続けるのだ。

上洛の道、東海道は遥か西へと延びて地平に霞んでいる。その様を見遣ると、この道がどこまでも続いているように思えた。自らの生涯と同じ、どこまでも続く成り上がりの道のように。

主要参考文献

真田三代　平山優／ＰＨＰ研究所
武田遺領をめぐる動乱と秀吉の野望 ——天正壬午の乱から小田原合戦まで——　平山優／戎光祥出版
人物叢書　真田昌幸　柴辻俊六／吉川弘文館
信州上田軍記　堀内泰・訳／ほおずき書籍
真田三代軍記　小林計一郎／新人物往来社
楠流軍学に学ぶ経営戦略　中村晃／東京経済
闘戦経 ——武士道精神の原点を読み解く——　家村和幸・編著／並木書房
日本城郭大系8　長野・山梨　新人物往来社

本書は書き下ろし作品です。

吉川永青（よしかわ・ながはる）

1968年東京都生まれ。横浜国立大学経営学部卒業。2010年「我が糸は誰を操る」で第５回小説現代長編新人賞奨励賞を受賞。同作は、『戯史三國志　我が糸は誰を操る』と改題し、11年に刊行。同年には第２弾『戯史三國志　我が槍は覇道の翼』を刊行、12年、同作で第33回吉川英治文学新人賞候補に。15年、『誉れの赤』で第36回吉川英治文学新人賞候補、第４回歴史時代作家クラブ賞（作品賞）候補となる。７人の作家による〝競作長篇〟『決戦！　関ヶ原』にも参加している。

他に、『戯史三國志　我が土は何を育む』、『時限の幻』、『義仲これにあり』、『義経いづこにありや』、『天下、なんぼや。』、『闘鬼　斎藤一』がある。

化《ば》け札《ふだ》

第一刷発行　二〇一五年五月十九日

著　者　吉川永青　よしかわながはる

発行者　鈴木　哲

発行所　株式会社講談社

東京都文京区音羽二・十二・二十一

郵便番号　一一二・八〇〇一

電話　出版　〇三・五三九五・三五〇五

販売　〇三・五三九五・三六二二

業務　〇三・五三九五・三六一五

印刷所　豊国印刷株式会社

製本所　黒柳製本株式会社

定価はカバーに表示してあります。

ISBN978-4-06-219498-3

N. D. C. 913　350p　20cm